目录 CONTENTS

目录 CONTENTS

SECRET 01

来不及了!

向小葵飞快地骑着名唤翠花的单车朝公司奔去，如果因为迟到损失掉这个月的全勤奖那该是多么肉痛的一件事啊！这对于宇宙超级无敌爱钱如命的向小葵来说是绝对不能容忍的!

早上还要兼职送宠物牛奶的人实在是伤不起，而且今天都怪最后一家的那只拉布拉多，不知道是看到她送来的牛奶兴奋还是看到她异常激动，尾巴都快摇断了，最后还咬着她的裤腿不让走，好不容易才脱身，幸亏身上这条从批发市场三十五块淘来的爆款哈伦裤质量十分过硬，否则今天她还得身着乞丐装出镜。

早晨的微风夹杂着尾气吹在脸上，看着被堵在路上的那些大车小车，向小葵骑着翠花一路畅通，一股优越感油然而生，心中的幸福感噌噌噌又提升了几个百分点，忍不住得意地哼起小调。

眼看着胜利在望，她不由得加快了速度，一鼓作气冲到了公司楼下。

吼，好险。

锁好翠花进了大堂才知道革命形势依然不容乐观，大概因为今天有电梯要进行检修，所以硕果仅存的两部电梯门口挤满了她的亲亲同事们，括号，还都是男同事。

正在思索等下要采取什么样的战略战术才能挤上电梯，忽然有人欢快地跟她打招呼。

"小葵你来啦，最近有啥新产品不？我媳妇儿说你推荐的那个暖宝宝贼好用，手再也不冷啦！"

原来是保安大刚，向小葵变戏法一样从自己那奇大无比的手袋里摸出一双鞋垫，"喏，这是你们部门大明要的内增高鞋垫，舒适耐用超隐形哦，你们要是团购的话可以打八五折。"

大刚乐呵呵地收好鞋垫，"你上次推荐的那个手机贼好用了！又能听歌又能看书，好使！"

"哎哟，你那个爱疯疯手机还有很多很强大的功能哦！比如你上夜班的时候可以当电筒，当榔头撬钉子也是可以的，关键时刻要是有坏人，你用这个砸上去，保证杀伤力超强！而且还会自动播放最新流行金曲《偷羊的汉子》直到弟兄们来增援，起码播十个小时不断电……对了，那个还是超级防水手机哦，上次有人放进洗衣机里滚了半个小时都没事，所以，大刚你淘到宝了！"

大刚一脸崇拜的表情，"小葵你真厉害，懂得真多。"

"没什么啦，下次需要什么东西找我啊！全市最低价！"

电梯一层层下降，可是她面前的人员数量足够这部电梯超载两次了，不行，一定得想点办法。眼见着那红色的数字变成"1"，考验她向小葵的时候到了，某个高亢的女声划破空气，"啊，老板！"

正在众人思索老板出现自己该如何的那一瞬间，向小葵凭借着她身高体型的优势，卡位稳、准、狠，突破小、快、灵，待诸多兄台醒过神来，小葵已经成功闪进电梯，按下了六楼，顺便比了个"V"字。

对面的直达电梯外，一票正装男众星捧月一般围绕在一个年轻男子身边，正在对向小葵方才的出色表现进行热烈点评：

"我记得公司是不让推销员入内的，对吧？"

"我看到那姑娘挂着公司名牌，应该就是你我亲爱的同事。"

"公关部的？"

"我觉得是销售部的。"

“看这身手，应该是保全部的吧。”

= =这位同事你真敢想。

“叮”的一声，电梯门缓缓打开，一众正装男对站在一边一直沉默的年轻男子恭敬地说，“邵先生，电梯来了。”

那个被称作邵先生的年轻男子阔步跨进电梯，回想起刚才那个敏捷的身影，唇边漾出一抹浅浅的笑容，真没想到，这么快就又见面了呢。

“阿嚏……”

向小葵把硕大的手袋甩到座位上，抽出纸巾使劲擦了擦鼻子，完全不知道自己被一群素未谋面的同事念叨了N遍。

开机、登录公司系统、给盆栽浇水，邵氏集团总务部新进员工向小葵开始了她新一天的工作。

直到现在她还依然觉得自己能得到这份工作完全是走了狗屎运，只混了一次招聘会，只投出一份简历就得到了面试机会，而且还是传说中那家遍地金龟的邵氏集团，三轮面试顺利通过，毕业证到手直接上班，全班乃至全系同学都对她羡慕嫉妒恨。

虽然进的是总务部，但是这里工作流程简单，还不用加班，没有怪蜀黍上司和阴阳怪气的妖艳女同事这样的职场大杀器，外加公司福利好、帅哥多、离家近，关键是餐厅的午饭品种丰富味道佳，她每天早上坐在马桶上刷牙的时候都要忍不住傻笑几回，老天真的开始把暖和的阳光洒在她这棵小苗身上了！

向小葵整个人沉浸在阳光的温暖中不能自拔，桌上的分机忽然响了起来，接起来还没放到耳边就听见总务部经理钟sir那中气十足的声音，“向小葵，三十楼会议室的饮水机出了问题！赶快上去看看！立刻！马上！go！go！go！go！”

直到小葵放下电话走出总务部进了电梯，钟sir的声音依然在她耳边五声道环绕着，真的是太，太，太震撼了！

因为总务部工作性质的缘故，向小葵在正式入职半个月的时间里几乎跑遍了公司的每个楼层，但是三十楼却一直没有机会踏足。据说那是老板大人的办公室所在地，除了个别高管，像她这样的小虾米平日里全无机会靠近。

电梯在三十楼停住，走出去便觉得气氛不同，不知道是老板大人气场超强还是什么别的原因，反正向小葵觉得浑身不自在。

好容易七拐八拐找到了会议室，一个黑衬衣男正焦躁地走来走去，转身看到她，恍然出声，“是你啊，总务部的？”

小葵忙不迭点头，心中简直是口水横流。美人啊，绝对是美人，公司男同事的外貌指数真高啊！唇红齿白古典气质什么的最无敌了。

“饮水机出了问题？”小葵咽了咽口水，走进会议室附设的茶水间，按了几下开关，“三个灯都在亮啊，到底是什么问题？”

美人一脸无奈，“就是灯在亮才麻烦，根本没有听到烧水的声音，水也不会热。”

她试了试，果然是这样，于是建议，“库房里没有饮水机了，要我找饮水机的售后来吗？或者，去别的部门调换一个过来？”

美人摊手，“那怎么来得及，本来在茶水间准备烧水这种事还轮不到我来做，谁晓得某些人忽然离职，今天老板休假回来开会，总不能让他喝瓶装水吧。”

这样啊，原来是为老板大人服务。好吧，老板的舒心就是员工的幸福，小葵朝美人同事眨眨眼，“那我只好使出必杀技了。”

美人同事还没来得及反应，只见向小葵对着饮水机一阵狂拍，原本沉默无语的饮水机瞬间“哗”的一声运作起来，“呼呼”的烧水声落在美人耳朵里，简直是胜利的号角，虽然胜利的过程实在是让人满头黑线。

“你真的是身怀绝技啊！”美人由衷地感叹。

小葵正想谦虚几句，却有另外一个声音在她身后响起，“她的绝技不仅如此呢。”

这个声音……

为什么这么熟悉啊，却又想不起是在哪里听过。

“boss，请稍等，您的茶马上就好。”

什么？老板！

向小葵实在没有预料到自己是在这样的场合下遇到大老板，登时愣在当场，不知道自己是应该转过身大方地打招呼还是该原地不动做鹌鹑矜持状，想来想去还是转身问好比较恰当。

“您……”

那个好字还在口中，眼前的这张脸简直要把她吓昏在地，居然是他！城中最近的话题人物，刚刚被逃婚的苦逼悲催男主角——邵年远！

这样的大人物应该不会记得她了吧，一定是这样，所以向小葵决定装傻，“邵先生您好，初次见面……”

“已经不是初次了，如果你不记得了的话，以后可以抽个时间一起回忆一下我们上次见面的难忘情景。”

老板大人低头看了看她胸前的名牌，一脸若有所思，“向小葵……新进员工吗？事情好像越来越有趣了。”

说完这句语意不详的话，邵年远转身离开，空留小葵跟美人两个人面面相觑，向小葵最后得出同一个结论，老板他，他真的是，太可怕了！

大概是因为早上在三十楼受了惊吓，中午向小葵在餐厅面对她最喜欢的一次能吃一大盘的红烧肉都意兴阑珊，一边发呆一边用筷子戳那些颤巍巍的肥肉，眼看着红烧肉变成肉泥还没停手。

可是，身边的同事要比她欢乐得多。

“老板今天第一天回来上班哦，早上搭电梯的时候看见，还是那么帅。”

“对啊，老板跟邵董比起来还是比较喜欢老板耶，搞不懂纪小姐为什么要逃婚，明明看起来那么相配的两个人。”

“真是的，这样的极品都不珍惜，唉，不知道怎么想的。”

……

女同事们笑得花枝乱颤，向小葵则是心惊胆战。

想到那场全城轰动的婚礼，向小葵就没来由地浑身冷汗。她开始理解给长了驴耳朵的国王剪头发的那个理发师了，知道惊天大秘密的感觉实在是太憋屈了，想起来就胸口闷痛。

那天，是个风和日丽、晴空万里的日子。周末不用送牛奶的她睡得正香，接到了损友简嘉打来的电话，“我表姐婚礼上缺个造型师助理，主要工作就是拎箱子，报酬从优，红包另算，外加钻石五星级酒店蹭一顿饭，来吧。”

损友不愧是损友，真是太了解她了！言简意赅，主次分明，最后用的还是肯定句而不是疑问句，简直是料定了她会答应。

她洗了把脸就背着包出门了，压抑不住雀跃的心情，在心中大声呼喊，“钱啊，我来了！”

身为能听到距离一百米远的一枚硬币落地声都会被那响声强烈震撼的穷人，向小葵过去的生活中只有“赚钱”两个字：早上送宠物牛奶，下课后在宠物诊所打杂，晚上在夜市摆地摊，情人节装熊卖巧克力，圣诞节扮成圣诞老人在商场促销，隔三差五还出现在各类活动现场给各路明星当粉丝，恨不能把每一分钟都投入到无尽的赚钱事业中，怎么能放过这种机会？！

到了酒店，她很快跟简嘉碰了头，迅速投入到了工作中，在拎着化妆箱走来走去几回后，婚礼现场居然意外上演了新娘临阵脱逃的戏码，让在场的所有人都跌破了眼镜。

幸亏邵家还有人出来主持大局，安排宾客吃完饭再走，简嘉则忙着安抚家里那一票歇斯底里的娘子军。也没有人告诉她应该做什么，向小葵本着既然空手不能空肚子的原则，准备甩开臂膀海吃一顿，也不枉牺牲了睡眠，浪费了这大半天。

钻石五星级酒店的菜色果然与众不同，尤其是点心，看起来就很好吃的样子。

“香橙慕斯来一块，抹茶的看起来也不错，啊，这个居然是薄荷的……”她一边堆满餐盘一边自言自语，不放过任何一种口味，结果就是盘子里堆满了各色甜点，但是似乎太多了，看起来有那么一点点夸张。

她举目四望，断然决定自己不能在人多的地方任人参观，于是端着沉甸甸的餐盘来到了大厅角落的落地窗前，旁边还有一个屏风，刚好可以挡住她，哦呵呵呵呵……

她在心中得意地笑起来，先吃哪一块好呢？正在思索这个紧迫而严肃的问题，屏风那边响起了两个男人低沉的对话声。

“这种情况下你都可以把场面控制成如今的局面，还真是不容易啊，叔叔。”

那个被称为叔叔的人哼了一声，完全没好气的样子，“今天发生的事，你倒是一点都不意外。”

“哪里。”那人低笑了一声，“如果她真的嫁给我，我倒真的会觉得意外。”

“不要告诉我你乐见其成。”

“难道叔叔你不是？今天这件事，难道不是成全了你和我？”

……

成，成，成，成全？

你，你和我？

原来那是今天的新郎跟叔叔啊，可是为什么她嗅到了浓浓的腐味。新娘逃婚，居然成全了叔侄俩！这里面一定有个不得不说的故事！好重口味啊有木有！这是惊天大秘密啊有木有！如果被周刊知道那得是多爆炸的新闻啊！

可是，这样的一个秘密被她知道了，会发生什么呢？向小葵有点不敢想象。

不知道是因为激动还是因为凭想象得出的结论太过可怕，她一口慕斯噎在喉中，吐不出来又咽不下去，使尽了浑身的力气猛灌了一大杯果汁才算把那块蛋糕咽到肚子里。

大概是因为向小葵的动静太大，引起了那两人的注意，两个人从屏风那边走了过来。她紧张得心快要从嗓子眼里蹦出来了，后背汗毛乍起，冷汗嗖嗖地落了下来。

其实两人都是年轻男子，一个略微年长，眉心有浅浅的皱痕，看起来冷淡又不耐烦，难道这就是叔叔？另外一个眉目清俊，唇边挂着一抹浅浅的笑，真像是书上说的朗月入怀一般，这个大概就是新郎同学吧，不过那笑容让她觉得不寒而栗，连逃跑的力气都没有了。

“小姐好胃口啊。”新郎同学看着她那堆得像小山一般的餐盘，“怎么样，今天的菜色还合您的口味吗？”

她忙不迭点头，想了想又补充道：“我不会跟别人说我见过你们的。”

叔叔听她这样说，微微挑起了眉。这一下弄得她方寸大乱，“我什么也没听见！”

“嗯哼。”新郎同学脸上的笑意更深，像是在确认什么，又像是玩味。

这个笑容让她简直有拔腿就跑的冲动！为什么，明明是这样斯文的两个人，给人的感觉却像是马上要把她毁尸灭迹什么的呢，一定是因为她知道了他们的秘密！一定是！

向小葵成功地被两个人强大的气场整得语无伦次，“我，我一定会保守这个秘密的，你们相信我啊！”

说完便以迅雷不及QQ旋风之势飞奔离去，留下叔侄二人面面相觑。如果不是因为她逃命速度太快的话，她一定可以听见新郎同学意味深长的那句，“今天最大的收获原来在这里。”

悲催啊！

回忆完自己跟老板大人的初次见面，向小葵简只觉得生无可恋。自己来这里面试了三次，为什么都没有反应过来，自己的老板将会是那个从来都笑得不怀好意的邵年远先生呢！还有，新人入职培训讲解公司组织关系的时候，她究竟在做神马啊！这种关键问题都没有留意到！不过事已至此，一切已然无可挽回。

这样一份完美到不行的工作，让她放弃是绝对不可能的，所以千难万难也要硬着头皮做下去！

向小葵心中燃起了熊熊的火焰，管他是笑面虎还是冷面男，尽管放马过来吧！

第二天，向小葵带着这种爱谁谁的豪迈情怀来到了公司，一进大厅就嗅到了非比寻常的味道。她先是在电梯口遇到了那位美人同事，美人主动跟她打招呼，“以后大家互相照应吧，虽然对你来说不知道是福是祸。”

福？祸？

小葵一头雾水地目送美人上了电梯，一直到坐到自己办公桌前还在思索这个深刻的问题，也许老板身边的人说话都跟老板一个风格？

还没等她把这个深刻的问题思考出答案，钟sir的声音就在脑后响起，“小葵，到我办公室来一下。”

咦，以前不都是电话里直接下达指示吗？而且钟sir刚才的声音无比温柔，简直不像平日里的风格。

向小葵满腹狐疑地进了钟sir的办公室，刚一站定，钟sir便大力拍着她的肩膀说：“小葵啊！到了新工作岗位要好好干啊！”

“啊？新岗位！”她觉得自己有点大脑缺氧，“钟sir你要将我扫地出门啊！不要啊！”

“这是什么话。”钟sir打断她，“你要到一个更有前途的部门去了。”

虾米？

钟sir用手梳了梳脑袋上没剩几根的头发，自豪地说：“邵先生觉得你昨天在三十楼处理问题表现得十分出色，决定将你调职。从今天开始，你就是邵先生的特别助理了，要好好把握这个机会哦！”

面对这样豪迈的鼓励，向小葵心中却像有一万头羊驼在奔腾，谁来救救我啊，我不想死得太早啊！

后来，向小葵在HR那里得知自己的新职位将会有十分丰厚的补助，这个消息稍稍温暖了她那憔悴的小心灵。但是一想到自己将要面对的是邵年远那样的极品boss，她的心就又变得拔凉拔凉的。

就这样，向小葵带着沉重忐忑的心情在同事们饱含羡慕嫉妒恨的目光中离开了战斗了三十四天的总务部，依依不舍地看着电梯门缓缓关上，红色的数字一点点变化，当电梯门打开的那一刹，她忽然生出了转身逃窜的冲动！

不过……电梯口立着的那个人怎么那么眼熟嘞？原来是美人。美人兄对她眨眨眼睛，故意拖长了声音问她，“是不是很想逃啊？”

向小葵不由自主猛烈点头，随后像是明白了什么似的，把头摇得跟拨浪鼓一般，“谁，谁，谁想逃了。”

她向小葵从来不是贪生怕死之辈，何况看在钱的分儿上，也不能临阵开溜，管它前面是地雷阵还是万丈深渊。她大义凛然、昂首挺胸跟在美人兄身后，听他介绍这一层的各种情况：

“朝南的三间分别是邵先生的办公室和两间会议室，那边是文印室，这边是茶水间，有空坐在落地窗前喝咖啡，感觉不错呦^-^”

昨天上三十楼来去匆匆，没有好好参观，今天才知道高层所在之处果然奢侈、腐化、堕落！这茶水间简直完全是那种顶楼的观景咖啡馆的缩小版。这样的高度看下去，哪怕手里端得是杯大叶子茶，也会有别样的感受涌上心头吧。

美人兄继续道："其实我们这里的人员结构很简单，工作内容也并不像其他人想象得那么复杂。"

美人兄带她一边熟悉办公环境一边介绍，小葵在心中默默吐槽：这里光老板一个人就不简单了，而且伺候邵年远这样的工作怎么可能不复杂！

这时候，有个高大的身影正好从文印室里出来，美人兄介绍道："这是萧飒，我和他负责帮助邵先生处理公司内部的各项行政事务。"

这位萧飒兄跟美人兄风格截然不同，猛男一枚，高大健硕，眉目冷峻，一副凶狠的样子，看起来比较像是保镖之类的。向小葵十分担心自己今后要是略有差池，这位萧飒兄会不会握住她的肩膀疯狂咆哮。

不过她还是礼貌点头，"你好，以后请多关照。"

萧飒看她一眼，微微颔首，"幸会。"说完抱着文件转身离开，留给她一个凶狠的背影。

什么嘛，都是怪人。

"对了，我居然忘了。"美人兄像是忽然想起了什么，"一直忘记自我介绍了，我叫殷俊。"

英俊……潇洒……

向小葵风中凌乱了，二位兄台，你们俩的名字还真登对啊！

殷俊带她来到她的座位，抬起手腕看了看表，"你还有半个小时时间整理一下个人物品，邵先生的航班中午十二点半到，他到的时候要求你去机场接他。"

还没等她缓过神来，他又放了一大摞文件夹在她的面前，"这个是公司内部高层电话，请你在最短的时间内背下来。"

背，背，背下来？

不等向小葵张大嘴感叹，他抽出一个文件夹，"这是邵先生最近几天的行程。你现在是他的私人助理，我以后会每天跟你核对敲定他的安排，如果有变动你要及时通知我。”

呃，听起来还蛮复杂的样子。

像是看出她心中所想，殷俊补充道，“其实没有那么复杂，就是邵先生安排你做什么你就做什么，努力做到有求必应，就这么简单。”

有求必应，当她向小葵是酒店金钥匙啊。

“虽然上一任无故忽然离职这点很没品，不过他是在邵先生休假期间逃跑的，倒是没耽误什么大事。”

逃跑，哇，邵年远这人究竟有多变态啊，居然能让助理逃跑。向小葵觉得自己又一次更新了对boss极品程度的认识，不由得背后一凉。

半个小时很快过去，她还没来得及熟悉自己的工作环境，就已经在机场里哀叹航班时间不人道，占用她吃饭时间了。她进了到达大厅才知道，航班不负众望地晚点了，于是向小葵只好百无聊赖地在机场大厅里溜达。

远远看见墙上的液晶屏幕播放着最新的娱乐新闻，内容是锦衣华服的时尚盛典，即将要见面的boss大人从容登场，身边的女伴是高贵典雅的芭蕾舞团女首席。两个人对着闪烁的镁光灯微笑，不得不说真是一道养眼的风景。接受采访的时候难免会问到那场婚礼，他从容应对，语气诚恳且滴水不漏，自始至终脸上都带着笑意……

小葵由衷感叹，有钱人的生活也很辛苦有木有！昨天第一天上班，晚上就要飞去另外的城市参加活动，而且演技好强大啊，也许心里早就滴血了还得拍着胸口说我不在意……她忽然反应过来，老板大人的确是毫不在意的，因为他明明就是和他叔叔是一对嘛！

她还准备在心里把两位邵先生从头到尾八卦一万次，无奈广播里已经开始播放老板大人的航班已经降落的消息，只好一路小跑到出口恭候大驾。

没多久，她就在人群中看到了老板大人的身影，大约是因为高或者是气质卓然，哪怕立在人流中也显得存在感十足，令人不能忽视。

于是只见她那不能忽视的老板大人径自走到她面前，声音语气态度都是轻松而愉快的，“又见面了，小葵。”

她心里默默反驳，还小葵，我跟你很熟咩老板？笑容却已经挂在脸上，“邵先生辛苦了，我们走吧。”

“等一下。”

小葵正疑惑要等什么，只见一个扯了领带的正装男整拖着行李朝他们跑来，整个人的造型非常像是坐在了观景巴士的上层，彻底、完全地风中凌乱，他对邵年远的态度十分恭敬，“boss，可以走了。”

原来老板还是带着随行人员去的哦，于是向小葵也对那位同事展露了春天一般的笑容。

这位同事虽然风中凌乱了一点，可是心中大概还是比较有同事爱的，伸出手对她说：“Wilson。”

啊？

小葵有点反应迟钝，好在人家继续补充道：“中文名叫马伟森。”

原来是自我介绍啊，她心中松一口气，赶紧伸出手来，“我叫向小葵，你好。”

结果boss大人轻咳两声打断了这场充满了革命友情的会见，他们俩只能跟上boss大人的步伐奔去停车场，结果差点没被boss大人对司机说的话吓死！

“你可以先回去了。”

神马！

司机下班那车子谁开回去啊！

向小葵只得壮着胆子问：“那，谁开车送邵先生您回去呢？”

邵年远眉头轻挑，言简意赅，“你。”

“我？”

小葵用手指指着自己的鼻子，不可思议地看着boss大人，“老板您是说我来开车吗？”

邵年远侧脸看着她，嘴角轻轻扬起，“你是向小葵？”

“对。”

“我的新任私人助理？”

“没错。”

“那就是你开车送我们回去。”

好吧，既然老板不怕死，那她也不好再说什么。

在系好安全带准备完毕即将发动车子之前，向小葵又重新确定，“邵先生您真的不是在跟我开玩笑吗？”

这次邵年远索性闭目养神，像是不屑于回答这种问题……

那好吧，就这样吧。

向小葵熟练地起步，性能极佳的房车瞬间加速。开着几百万的车感觉果然非同凡响，身边的马伟森称赞，“很少女孩子开车像你这样帅气。”

“吼吼，多谢夸奖。”

“拿驾照几年啦？”

“这个，我没驾照啊。”

啊……啊……啊……啊……

在身边马伟森童鞋的尖叫声中，刚开出机场准备上高架桥的向小葵不得不把车停在路边，面对同事那惊恐的眼神，只是半天都没有人说一句话，最后还是邵年远打破了这不可思议的平静，“你的资料上写着你会开车。”

“没错。”向小葵一脸无辜，“可是我没说我有驾照啊。”

噗。

马伟森这回改吐血了，义正辞严地对邵年远说，“boss，我要求一份意外伤害保险。”

邵年远倒像是对这个话题很感兴趣，“那你是怎么学会开车的？”

“哦，这个嘛。”她思索了一下，“大三跟老师去看试验田的时候，在村里开过拖拉机。”

马伟森又开始尖叫，“boss，我要两份意外伤害保险。”

她正想说明明是boss你要求的，既然是有求必应，她只好照做，而且她技术很好，在机耕道上都不会有问题。

只听邵年远轻笑了一声，然后只蹦出了一个词，“Wilson。”

还没反应过来发生了什么，她已经被人从驾驶座上提溜了出来并且按照邵年远的眼神指使塞进了后座，慌乱中抬起脸，眼前便是boss大人那张似笑非笑的脸，顿时觉得鸭梨山大，赔笑道：“邵先生您饿吗？”

于是，阳光明媚的中午，万籁俱寂，向小葵清楚地听到了乌鸦展翅飞过的声音。

终于，boss大人用行动回答了她的问题——直接回公司，然后召集各路主管开了一下午的会！

饥肠辘辘的她还被拖进会议室，名为熟悉工作流程，实际上就是给boss大人端茶倒水，她看到萧飒为其他高管准备的都是咖啡，而交给她端给boss大人的却只是水，boss不愧是boss，连喜好都与众不同。

会议室里清一色黑色正装，袖口熨帖，领带整齐，为首的那位正在认真聆听汇报，好像玩具柜子里的将军和锡兵。

刚刚下飞机不超过两个小时的boss啊，您一直都是这样精力旺盛的吗？这样庞大一个集团，手中掌握着那么多人的生计，生活基本上就是飞来飞去和开会吧，大概要有铁人三项的身体才能应付得了，这样想，boss大人也还真的很不容易啊。

剧烈的心理活动之后，饥饿感更甚，头晕眼花之际，向小葵毅然决定趁着换咖啡的机会躲进茶水间觅食，鬼鬼祟祟地翻找了半天，总算在橱柜的角落找到了一包公司下属的食品公司生产的饼干，饿到她这种地步，觉得这饼干简直是美味佳肴。

只是，外面那是什么声响，莫非是——散会了？！

用尽全力把嘴里的饼干咽下去，还猛灌一口咖啡顺气，总算结束了战斗，正想着自己是现在出去还是等人都走光了再出去，转过身便看见boss大人正倚在门口静静地看着她，唇边依旧是那抹浅笑，意味不明。

她只能傻笑，“邵先生，散会了？”

邵年远看起来心情大好，朝她点点头，然后说：“我以为这里面又有什么机械故障。”

呃。

boss大人啊，这个笑话很冷好不好，向小葵礼貌微笑，“我来看看饼干的保质期。”

邵年远闻言接过她手中的饼干包装袋，仔细端详之后一脸恍然，“公司能有你这样亲力亲为的员工，我很欣慰。”

“啊？”

她愕然，boss大人您这是什么意思啊？

邵年远把手中的包装袋在她眼前晃了晃，“今天过期。”

向小葵整个人都思密达了，恍惚得连boss是怎么离开的都不知道，郁闷地回到自己的座位上，简直是万念俱灰，临近下班时间，马伟森跑来闲聊：

“想什么呢，这么出神？”

小葵喃喃自语：“今天亏大了！”

“为什么？”他一脸不解。

“午饭没有在公司吃，起码损失五十块。”

……

马伟森有点觉得自己跟这位新同事也许不属于一个星球了，却并没有放弃继续与之沟通，“虽然公司餐厅菜色不错，但是，谁也吃不到五十块吧。”

“我相信她可以。”

囧囧有神的对话被boss大人的忽然出现生生打断了，邵年远静静地站在逆光的走廊里，长身玉立，身上笼罩着橘黄色的光晕，仿佛梦中出现的场景。

不过接下来的话可一点都不梦幻，“我第一次见到她，就对女孩子的食量有了全新的认识，嗯，记忆犹新。”

马伟森张大嘴，一脸崇敬状，不知道是对boss还是小葵，“希望可以认识一下。”

“你会自卑的。”boss十分肯定地下了结论，然后宣布，“其他人可以下班了，向小葵留下来。”

“我？”她差点从椅子上蹦起来，“为……为什么……”

邵年远面无表情，“因为我要加班。”

好吧，身为boss大人的私人助理，等待老板是最基本的。向小葵心中默默飙泪，看着其他人火速下班，整个三十楼就只剩下她跟boss两个人，看天色一点一点暗下来，饥饿、紧张在某一刻化为浓浓睡意，于是，她就什么也不知道了。

很久很久之后，向小葵还能清楚地记得自己是在怎样一种压迫感中惊醒，邵年远的脸被放大了一倍有余，就那样活生生地摆在自己面前，她差点尖叫出声，后来凭借她强大的心理承受能力（孩子，直接说自己脸皮厚不就行了么）才勉强说出一句，“您要下班了吗？”

邵年远站直了身子，手臂上搭着大衣，此刻的表情却是冷淡而疏离，看得向小葵心里直发毛，不由得担心自己刚才是不是在办公室里打呼噜。

“下班，跟我走。”

好简短，好直接，简直是在锻炼她的反应能力有木有，向小葵快速关掉电脑跟上boss大人的步伐，可是，为什么她的心在狂跳呢？

从电梯到地下停车场，boss大人一路无语，直到他敏捷地开车上路，向小葵才鼓足勇气开口，“邵先生，请问您经常加班吗？”

“没有。”

邵年远瞟了她一眼，“今天忽然不想那么早回去。”

……

好吧，算她没问。

“可是。”向小葵斟酌了一下用词，“我们这是要去哪里？”

“补偿你。”

= =

其实在听到boss大人要带她吃大餐这个消息之后，向小葵的确在心中雀跃过一阵子，不过从走进这里的第一步开始，她就觉得浑身不对劲，大约是自己跟这样高贵的环境实在不太搭调。一切是那样的美好，顶楼的高级会所，足下灯海似的蜿蜒的河，一直流到人心里去，现场乐队的四重奏不知道是巴赫还是莫扎特，向小葵心里的那根弦好像也被拨动了，微微的痒。

在跟一大份焗烤海鲜战斗完毕后，她觉得自己十分有必要在这种庄严的气氛中跟boss大人探讨一些正式的话题。

“邵先生，其实……”

“嗯？”邵年远不经意地扬起眉毛，眼中似有光忽地射进人心里去，向小葵心中咯噔一声。

“其实，其实我是个嘴很严的人！”

“然后？”

“然后，我的思想很open的，所以我对你们绝对不会有什么偏见！！”

“所以？”

“所以，您真的不用把我调到身边严加看管，我在公司真的什么也不会说出去的，会努力帮两位邵先生守护好这个秘密，请您放心！！！”

“保守秘密？”boss大人头也不抬地反问。

向小葵只差没捧出红心作保证了，“老板我是认真的！”

对面的boss大人漫不经心地抬起眼来，“我想你是误会了。”

“呃……”

“你没有听说过吗？一个秘密最妥善的收藏方式，就是吞进自己肚子里。”

向小葵流宽面条泪了，boss大人啊，您想怎么吞啊？是红烧、清炖、明炉还是做刺身啊？

我向小葵绝对不会反抗的，只求您让我死得不那么痛苦……~~~~(>_<)~~~~

SECRET 02

向小葵深深觉得，当上帝为你打开一扇门的时候，他肯定会在某个时候狠狠踹你一脚。

这样胆战心惊地一顿饭吃完，她只觉得虾、蟹、鱿鱼、扇贝在她的胃里进行着艰苦卓绝的斗争，迅速开始消化不良，仿佛有巨石堆积在胸口，让人喘不过气来。

艰难地转过脸来就看到boss大人侧脸那坚毅的弧线，其实他的开车风格跟他这个人一样，看上去认真无比，却让人毫无安全感。小葵坐在车里大气都不敢出一声，更不敢问boss大人我们要去哪儿，就这么昏昏沉沉地走走停停，暖风一吹，居然萌生了睡意。

只差一秒钟就要进入梦乡了，boss大人在她耳边忽然出声，“你不舒服吗？”

“没，没有。”她迅速强打起精神，“我很好。”

“是吗？”邵年远哼一声，“你刚才闭上眼睛的时候，一脸痛苦的表情。”

看到boss大人那皱着的眉头，向小葵只觉得自己的心肝脾肺肾都跟着一起拧巴了起来，只能嘿嘿傻笑，“我，我，我好像有点累了。”

“那就回去吧。”

在向小葵的指挥下，boss大人七拐八拐终于把她送到了目的地，看到那熟悉的招牌，她简直要热泪盈眶——终于暂时脱离boss的魔爪了！

松开安全带，咦，boss大人的眼神怎么这样奇怪，幽暗得简直像要冒绿光，她颤巍巍地出声，“邵，邵先生，我先走了。”

看他这个样子，小葵也不敢轻举妄动，开车门的手停在空中好半天，在思索着要不要偷偷溜掉算了的时候，boss大人终于出声了。

“你就住这里？”

为什么听起来boss大人在咬牙切齿呢？

“对，对啊。”

看着招牌上熟悉的“步步宠物会所”几个字，小葵无辜地看着boss大人，“我住二楼，顺便帮步医生也就是这里的老板照看一下寄养的猫猫狗狗们，就算是交房租。你也知道现在外面房租有多贵，这里治安良好离公司又近，暖气、水、电、网络齐全，真的是超值啊！而且小家伙们很乖哦，邵先生你要不要进去参观一下？”

“不必了。”

Boss大人的声音明显冷淡下来，带着从未见过的冷漠、疏离，“你上去吧，好好休息。”

小葵看着在夜色中绝尘而去的车子，只觉得boss大人脸变得真快，是因为她刚才差点睡着的缘故吗？还是因为在餐厅听说自己要被吃掉的时候没有表现出欢欣、愉悦的心情？

揣测上意什么的真是太痛苦了！

一楼的宠物会所灯还亮着，小葵一进门就受到了某大型犬只的热情招呼，被舔得快要喘不过气来。

“周先生！”她腾出手来摸摸大狗脑袋上的毛，“好了！周先生！停停停！”

连拖带拽把大狗从自己身上拖下来，向小葵哀怨地看着自己的前老板兼现任房东步浅，“为什么周先生永远不知道自己的体积有多大呢？”

被称作周先生的古代牧羊犬兴奋地吠了一声，好像是对别人叫它名字的回应。

囧RZ……

步浅走过来揉揉狗头，也跟着叹气，“简嘉出差，所以又送它来这里了，我本来想带它回家的，但是我觉得它还是比较喜欢你。”

“ 切。”小葵哼了一声，“其实是你家里那个现在还接受不了有毛的物体吧，不过话说回来，这个世界上好像还没有周先生不喜欢的人类。”

“可是我最信任的人是你啊，小葵。”

是啊，这个世界上对她最好的人除了简嘉就是步浅了，虽然说是让她看店抵房租，其实都是对她这样一个赤贫人士的无私帮助。想到这里她心中某处忽然松动了，再想到今天所经历的种种，顿时有些泄气，“步步，我继续给你打工好不好？”

“你没问题吧。”

步浅在她眼前晃晃手指，“邵氏集团随便一个人的年终奖都是这个数字，这样一个工作你居然不想做了，还要回来给我打工？”看她瘪着嘴一脸哀怨，步浅继续补充，“你的继任者已经来上班了，兽医专业的呢，乖巧听话，任劳任怨，你辞职我也不收留你哦。”

“可是……”小葵一想到邵年远那张脸就无比泄气，“可是那里有boss啊，很可怕。”

“boss算什么。”步浅揉了揉她的头发，“厚脸皮、装傻、勇往直前不是你的自带技能吗，综合一下钱的因素，我相信没有什么可以难倒你的。”

好吧……

看在钱的分儿上，她要坚持，坚持！

恭送房东回家，伺候周先生就寝，累得跟周先生没什么两样的向小葵直接爬上二楼在床上躺平。可是她翻来覆去却毫无睡意，一想到自己今后要每天跟在boss大人身边就觉得世界忽然不那么美好了，搞不好每天都要担惊受怕食不下咽，那样绝对是损失惨重到了极点！（这是神马逻辑……）

此时此刻，她仿佛看见了闪闪发光的金子在自己眼前乱飞，而她却无能为力的悲催景象，boss大人还在一边的角落里奸笑，阴森森地说，“不要跑，我要把你吞进肚子里。”

~~~~(>_<)~~~~

太可怕了！

早上的三十楼，沉浸在一如既往的紧张气氛里，邵年远一上班就单独召见各个核心部门的主管，一个个平日里意气风发的高管们进去的时候一脸严峻，出来的时候……更严峻。

其他的同事各自忙碌着，向小葵在四处哈拉聊天之后也对整个三十楼有了更加深入的了解、

首先，英俊、潇洒二位兄台作为总裁办的主任秘书，手下还有一票助理、秘书，但是秘书们统统都是男的，除了盆栽之外，没有一个女性生物，她简直要怀疑在她到来之前整个三十楼是不是连女洗手间都没有。

其次，她跟马伟森都是boss大人的助理，但是人家马童鞋可是公司决策层的主要幕僚。而她，其实就是为boss大人跑！腿！的！

最后，也是最令她泄气的一点，整个三十楼包括boss大人本人都是名校毕业，校徽亮出来都是闪闪发光，而她虽然也是重点大学的毕业生，但是连985都算不上，跟这样一群名校海龟共事，她忽然自卑得要命。

看到她唉声叹气，马伟森坐在椅子上滑过来，八卦兮兮地说：“小葵，你用什么牌子的香水？”

她有气无力，“我不用香水。”

“那你身上是什么味道，好香哦！洗发水吗？”

向小葵看了看自己的头发，“大概吧。”

“那是什么牌子呢？”马同学一副打破沙锅问到底的架势。

“波波超浓缩亮毛浴液。”

“那是什么？”

“宠物香波。”

然后，她成功地听到了马同学从椅子上跌下来的声音。

~~~~

看着从地上爬起来挫败离去的马伟森，再想到今天早上的悲催经历，向小葵把账统统算到了boss大人身上。谁让他在自己的梦里跑了一晚上，扰乱她心神，继而发生了早上洗澡用错洗发水的毁灭性事件。怪他，怪他，全怪他！

苦恼的情绪一直持续到午饭时分，好在今天餐厅的午饭极其治愈，鸡腿香脆，腊肠剔透，培根蔬菜卷闪烁着令人垂涎的光芒，向小葵毅然决定今天一定要多吃几盘弥补一下精神上的损失。

正举案大嚼，余光看到有人在她面前坐下，接着听到惊呼，“boss，原来你说的是真的。”

向小葵抬起眼来，boss大人正看着他，嘴角微微扬起，脸上挂着他的招牌笑容。

她顿时觉得自己颈后的汗毛都要竖起来了，皮笑肉不笑地道：“邵先生您亲自来吃饭啊？”

他居然点头，“我一向亲力亲为。”

小葵含恨低下头去猛吃，奋斗间隙看到boss大人正在对面慢条斯理地吃一份照烧鸡腿饭。这时候她不得不承认boss真的是一种很奇特的生物，他们怎么可以，怎么可以连吃饭的姿势都这样漂亮，斯文到令人发指的程度。

很奇怪，boss大人坐在对面居然没有影响了向小葵的食欲，一份洋葱牛柳又下了肚，这时候，马伟森终于发生了惊叹的声音，“boss，我不仅自卑了，她，她简直颠覆了我的世界观。”

向小葵朝马伟森斜了一眼，决定帮他重新塑造一下他那可怜的世界观，转身又解决掉一大盘水果。

这下连邵年远都不得不感叹了，“又精进了不少嘛！”

“那当然。”她站起来，微微欠了欠身，“在您身边工作，我得努力提高我的各个方面啊。”

事实证明，中午补充大量能量是十分有必要的，整个下午boss大人的行程满之又满，临近下班时分最大的分公司又出现了突发事件，然后便是紧急会议，连带着向小葵也跟着马不停蹄地忙碌。她只觉得这几个小时仿佛打仗一般，使出全力也只是疲于应付，而坐在会议室首席的那个人，却依然镇定自若，仿佛面对的不是纷繁复杂的场面，而是一场必胜的棋局。

会议终于结束，她欢快地收拾东西准备闪人，虽然周先生已经被亲妈接走，但是今天累成这个鸟样还是早早回去休息的好。

临走前去了一趟洗手间，回来的时候居然发现boss一个人站在黑暗的会议室里凝望着窗外，那背影看起来格外的，疲倦。

也许是真的累了吧，肩负着这样重大的责任，生活的内容就是出现在各式各样的会议室和在全世界飞来飞去，哪怕是站在这样的高度，底下的喧闹繁华都变得低微无比，他也会有那么一刻心生倦意吧。

那句话怎么说来着，是男人就想有一个人待着的时候，所以向小葵决定，还是先走比较安全。

不知道是不是听到了什么声响，邵年远忽然转过身来，向小葵只觉得瞬间那些落寞疲倦都被他抛在身后，他手中掌握的，又是一个绚烂的世界。

向小葵觉得自己的心像一汪平静的湖水，忽然被风吹起，荡起阵阵涟漪。这个世界上随便一个女生，大概都会被这个背影和这个笑容蛊惑吧，可是向小葵不会，因为她早已经彻底明白，boss这种异次元生物有多危险，何况这枚极品男人心中进驻的，是另外一个男人。

思及此，她心中刚刚泛起的小褶皱瞬间被抚平了，慌忙后退一步，想着是该说“boss我先走”还是“boss您继续忙”。不过，boss大人率先替她做了决定，“这么晚了，我送你回去。”

= =

声音很轻，很温柔，可是每一个字里面都饱含着不容拒绝的力量，身为人家下属只得样样照做，反正现在天气越来越冷，她已经不能骑翠花上下班了。

当向小葵正计算着搭这个便车回去可以省下多少钱的时候，boss大人忽然开口，“请我吃晚饭吧。”

表情轻松，语气随意，像是在开一个轻松随意的玩笑，

“为什么？”向小葵义愤填膺。这简直是敲诈，红果果的敲诈！

“请为公司操劳到深夜还没有回家的老板吃顿饭，难道不是你表现诚意的好机会吗？昨天某人叫我相信她来着……”

boss大人说得慢条斯理，理论合理，论据充足。

向小葵眼珠一转，满脸堆笑道："是的，邵先生，我真的是很有诚意的，你要相信我！好吧，我请您吃饭，不过地点我来挑。"

Boss大人这辈子大概是第一次在街边馆子里吃小脏串，向小葵坏心地想，虽然开着跑车穿着高级定制的正装坐在烤串店实在是太不相称了，但是boss大人现在给人的感觉就像是小王爷微服私访，行走江湖，丝毫不违和。

她奋力咬一口鱿鱼，两腮上瞬间留下两道酱料痕迹。可是为什么boss大人认真地吃一只鸡翅的样子还是那样斯文美好呢？吃相什么的一点没有受进食难度的影响，完全没有达到她想要的效果嘛！

恨恨地喝掉一大口扎啤，向小葵在心中不得不承认请boss大人来吃烤串有捉弄的成分在里面，可是boss大人举轻若重，吃烤串如啖大餐，她这小伎俩完全没有达到预期的效果。

正在郁闷，看起来吃得心满意足的boss大人进行了总结性发言，"味道不错，看来你不单单能吃，还很会吃。"

"那当然。"向小葵得意地又干掉大半扎啤，"现在是冬天，不能坐在外面河边上。夏天的时候，晚上吹着风，看着映在河里的灯光，喝着小酒吃着小串儿，看烟火袅袅在夜色中升起、落下，那感觉绝对称得上幸福。"

她想一想，补充道："当然了，这种幸福感不如数钱来得强烈。"

= =

结束了幸福的小脏串二人餐，在指挥boss大人把车开出小巷子之后，向小葵捧着充满幸福感的肚皮坐着boss大人的车走上了回家之路。

不知道是不是喝了点酒放松了的缘故，小葵的胆子忽然变得大了起来，笑嘻嘻地问："邵先生，我充分地表达了我的诚意了吧？"

Boss大人的心情看起来不错，点头表示，"还不错。"

"那您能不能考虑一下让我回到总务部，我真的很不适合在您身边这样一个重要位置上工作。"

"嗯哼。"boss大人态度敷衍。

"我，我，我还是个新人。"

沉默。

“我，我，学历低。”

“这不是理由。”

“我，我英文差，我考了五遍才过四级！”

“这也不是借口。”

她言辞恳切，只差没抓着boss大人的袖子飙泪。

boss大人意味深长地“哦”了一声，最后还朝她眨眨眼，“看来你还没充分体会到自己的重要性。”

= =

她向小葵哪里有神马重要性啊！

第二天一早，她还在奋力地送牛奶就接到了boss大人的电话，大概是刚刚起床，声音异常的沙哑低沉，报出一个地址之后对她说：“现在就过来！”

这样紧迫的语气，大概真的是有什么急事，向小葵送完最后一家，寄存好翠花之后就打车赶去boss大人交代的地点。

那是一处高级国际公寓，刚进大堂就有人迎上来，“请问是向小姐吗，邵先生请您直接上去。”说完还殷勤地帮她按了电梯。

不知道为什么，她总觉得有哪个方面好像不太对。

邵年远住顶楼，不知道这个人是不是对高处有什么特殊的癖好，大门虚掩着，向小葵象征性敲了几下便直接推门进去，“邵先生，邵先生，boss……”

她一边呼唤一边打量房间里的陈设，果然装修风格什么的都跟他这个人一样，明朗而利落。客厅整面墙都是落地窗，并没有开灯，晨光从窗纱中透射进来，显得静谧而冷清。

“你来得还真慢。”

所有的冷清瞬间被忽然出现的boss大人一扫而光，大约是刚洗过澡，头发都是湿漉漉的，穿一件浴袍，带子系得很松，大半个胸膛若隐若现。

boss大人站在那里对她微笑，她甚至觉得他下一秒就会邪肆狂狷地说出那句小言男主的经典台词——满意你所看到的么？正好有水珠顺着他的胸膛缓缓而下，很快就消失在充满遐想的地方……

呸呸呸，谁遐想了，向小葵惊讶于boss大人对居然对她毫不避讳，转念一想，人家的取向早就被她知道了，所以态度也很快变得异常大方磊落。可是美景在前，她实在是怕自己把持不住上去做出神马不礼貌的事情，于是好心建议，“邵先生您还是赶紧换衣服吧，万一着凉了可怎么好。”

邵远之闻言心情大好，“你这是关心我？”

“那当然。”向小葵利用一切机会表决心，“您的身体关系到集团的运营，关系到公司的股价，关系到我们每一位员工的切身利益。身为邵氏员工，自然应该加倍关心您才是！”

boss大人很满意这个答案，于是吩咐道：“既然这样，那先去做一份早餐给我，刚才忘记让你带早餐上来了。”

= =

身为boss大人的助理果真得十八般武艺样样精通才行啊，向小葵一边参观boss大人的样板间厨房，一边搜罗可以做早餐的材料。幸好她生活技能不错手脚还算麻利，当boss大人衣着整齐地坐在餐桌前的时候，面前已经摆好了鸡蛋煎饼、大片培根和果汁。

大清早跟boss大人同桌吃早餐，听起来怎么想怎么暧昧，boss大人满意地点了点头，“现在你感受到自己的重要作用了吗？”

= =

原来我的重要作用是保姆啊！向小葵在心中怒吼，不过boss大人好像是对她这个保姆的手艺有点异议，“为什么这个饼里会有胡萝卜？”

“萝卜是益气补血的小人参啊，boss！”向小葵瞬间觉得自己化身温柔妈咪，正在对挑食的小盆友循循善诱，“膳食种类多样才能营养均衡，像您这样的行业领袖商业精英，怎么能挑食呢！”

boss大人没有说话，皱着眉头吃掉了混着胡萝卜末的煎饼，一脸从容就义、大义凛然的样子，看得向小葵那叫一个暗爽，然后，更爽的来了。

“这是什么！”boss大人痛苦咽下一口果汁，“味道好奇怪。”

“我加了半个番茄进去。”

这下boss大人彻底满头黑线了，整个早餐过程中一直保持沉默，好像是默默承受着极大的痛苦。

向小葵觉得有些事情有必要现在说清楚，她拿出发票恭敬地双手呈给boss大人，“邵先生，今天的交通费还是要跟您报销，请问您是要先付还是月结？”

邵年远挑了下眉毛，那抹熟悉的笑意再次爬上唇角，“可以刷卡吗？”

boss你这算是报复吗？

boss大人不知道从哪里摸出一张卡交给她，难道是要刷卡？向小葵在心里嘀咕，“这是？”

“大门的磁卡。”boss大人头也不抬地说，“这是我对你的信任。”

π－π

你可以不要这么信任我的，boss！向小葵在心中狂喊。虽然boss大人后来还是给她报销了，但是向小葵上班的心情已经受了极其严重的影响，虽然跟boss大人一起上班又可以省下交通费，但为什么她心中一点省钱的快感都没有呢！

好讨厌的感觉。

跟老板一起上班，向小葵总觉得有点做贼心虚，在电梯里就开始努力思索着见到马伟森他们应该怎么解释。

我给boss大人做早餐……

我刚好搭boss大人的顺风车……

我在楼下刚好遇见……

还没想好用哪种解释更恰当，电梯门一开就见殷俊兄站在那里，仿佛恭候多时，只见他一脸严峻地对boss大人说，“邵董来了，现在在您的办公室。”

邵年远表情倒没什么变化，不发一语便进了办公室，殷俊跟在他身后，比往常显得越发谨慎，剩下的人也是时不时用余光打量办公室里的两个人，仿佛在预测着什么风暴。

都是些奇怪的人。

早上依旧是常规性的工作，查看内部群发邮件，去前台查收boss大人的私人信件，然后刷两条围脖，围观了一个豆瓣相册，端坐看表等待午饭的到来。

马伟森不甘寂寞滑着椅子凑到她身边，“今天我们要小心点，邵董这一来，整个三十楼都会低气压。”

“为虾米？”

“你难道没有听说过邵氏集团最旷日持久的那个八卦？”

= =

马伟森像是被她不解的神情蛊惑，压低声音对她说，“我们都在邵先生身边工作，所以知道多一点对你一点坏处都没有。”

他顿一顿，继续说道：“你知道，集团以前的CEO是我们的邵董，我们敬爱的boss大人的叔叔邵谨言，当时boss只负责销售，两个人斗得是天昏地暗。”

“后来呢？”

“后来boss不断挑战邵董，凡是邵董支持的，boss都反对；凡是邵董反对的，boss都支持。”

= =

真幼稚啊！向小葵在心中默默吐槽。

“再后来，boss设了一个局想叫邵董永不翻身，可惜啊……”

“肿么了？”

“可惜最后上演360度大反转，反而被邵董的局中局狠狠教训了一顿。”

“哦。”原来是这样。

“故事还没有结束，再再后来，boss居然在年会的时候，挽着邵董的未婚妻一起出席，公开横刀夺爱，撬了自己叔叔的墙角！于是邵董愤然离开了公司，回美国疗伤去了。”

马伟森开始总结陈词，“其实邵董一直都有自己的公司，现在也只是开董事会或者有重要会议的时候才会回来，boss后来也没有跟那个女人有什么发展，再后来的事情你都知道了，可是现在两个人见面还是会火花四溅，所以我们要步步小心，时时在意，才不会被boss们的火花烫到自己。”

向小葵现在其实很想拍着马伟森的肩膀狂吼，这叫神马恩怨情仇啊！简直弱爆了，让我来告诉你事情的真相是神马！

明争暗斗那是相爱相杀！

横刀夺爱那是虐恋情深！

其实我们的boss大人最爱的还是他亲爱的蜀黍啊！

较量，那是因为boss大人在努力成长为可以站在蜀黍身边的人！

夺爱，那是因为boss大人此生最爱其实是他蜀黍！

哎，不过好遗憾，这样狗血淋头的故事只能默默藏在她的心中，不能说，不可说。

两位boss“亲切友好”的交谈进行了很长时间，最后邵年远亲自送邵谨言出来，他们一干人等见此情景纷纷起身行注目礼，两人并肩而立，本来邵年远的气质已经属于冷静的类型，只是在邵谨言面前瞬间就活泼了起来，因为邵谨言那张脸简直是——僵尸、冰块、面瘫这样的词汇都不足以形容！她现在完全可以想象出，boss大人当年被这位冰块叔叔教训得多惨。

不过这样见他二人立在那里，倒真如双峰并立，两水分流，各得其妙，可惜啊可惜，这样的两枚极品，他们是一对。

邵谨言忽然停下脚步，目光朝着她的方向射来，好像一把飞刀，瞬间把她钉在原地，动弹不得。

看到邵谨言向自己走过来，小葵一阵心虚，双腿发软，哆嗦了半天才挤出一个笑容，“邵，邵，邵董您好。”

邵谨言忽然笑起来，她简直有点不敢相信自己的眼睛，啊啊啊啊，面瘫也会笑啊，而且，笑得那样好看！如果说boss大人的笑容很有欺骗性效果的话，那邵蜀黍这个笑容简直是毁灭性的，可以把任何一个雌性生物瞬间击倒。

“我们又见面了。”

原来蜀黍你也还没忘记我……向小葵在心里苦笑了一下，反正你们叔侄俩是都不打算放过我了。

“是啊，邵董，很高兴再见到您。”

邵谨言微微颔首，“我很期待你的表现，希望你不要让我失望。”说完便转身离去，留下一个瞬间石化的向小葵呆在当场。

为什么，为什么她闻到了浓重的阴谋味道呢？难道这两个人刚才在办公室一起商量如何一口一口把她这个秘密持有者吞下肚来着？

太，太可怕了！

送走邵谨言，boss大人的心情非但没有低气压，而且还相当不错。

他把向小葵叫进办公室，递一张卡给她，“晚上我有位朋友的儿子摆满月酒，下午帮我准备一份礼物，要与众不同一点。”

于是，阳光灿烂的下午，向小葵同学揣着boss同学的信用卡在城内最最最贵的shopping mall里一边暴走一边痛苦思索，与众不同这把尺简直是太难把握了，但是只选最贵这种尺度还是很好把握的，索性去最贵的那家转转好了。

傍晚时分，向小葵抱着半人高的大礼盒赶到了举办满月酒的酒店，boss大人已经在大堂等候，见到她满脸不悦，“我差点以为你去火星买礼物。”

0(╯□╰)0我是地球人，才不要去boss大人你的母星呢！向小葵在心里狂吼。不过她也懒得辩解，只想boss大人快点把礼物拿走她好下班。

可是boss大人居然说：“跟我一起上去，难道要我自己抱着它？”

果然是点儿背不能怨社会啊！早知道要自己抱上去，就挑一个轻一点的了！

哼哧哼哧把礼盒抱上楼，跟着boss大人找到了主人，于是免不了一番客套寒暄，时间之长令人发指，向小葵索性把盒子放到地板上，自己也好喘口气。

男女主人看起来十分登对，小宝宝也异常可爱，让她很有上去抱一抱的冲动。终于，话题转到了她——手中的盒子上。

Boss大人笑说，“除了给昕昕的红包之外，还特意挑了一份礼物，聊表心意。”

女主人很兴奋的样子，对着小宝宝说：“松狮，看，有礼物给你呢！”

小葵被这个称呼囧了一下，松狮，好特别的小名有木有！

兴奋的结果就是“松狮”的麻麻提议，“我们把它拆开好不好？”

于是拆礼物这个重要的任务又落到了她身上，扯开缎带，撕开包装纸，打开盒子，礼物的真面目终于出现在大家面前。

“这是……这是什么？”男主人看到毛茸茸的熊头时愣了一下，忍不住发问。

向小葵耐心地介绍：“这是一个木马。

女主人依旧很兴奋，“熊型木马，那就是木熊喽，我们松狮一定会喜欢的对不对？”

看到有人喜欢，向小葵心中有点小得意，“这是由德国木匠纯手工打造的，安全性能良好，结实耐用，最关键的一点是，绝对不会硌到小JJ！”

冷场三秒后，男主人开口道，“可是，我们家昕昕是女孩啊。”

= =

给她一个地洞吧！向小葵在心中呼唤。好在女主人帮她解围，“等到松狮的弟弟用的时候，我们就不会担心这个问题了。”

男女主人带着松狮小盆友继续接受祝福去了，向小葵郁闷地对邵年远说，“邵先生，现在我可以走了吧。”

“不行。”boss大人断然拒绝。

“为什么？现在是下班时间。”

“大家都是携伴来的，你想叫我失礼吗？”他想一想，“有加班费。”

好吧，看在钱和美食的分儿上她暂且留下来吧，不过这样的场合还真是让人鸭梨巨大，如果是自助的话她还可以在吃饱喝足之后偷溜，可是现在，跟着boss大人坐在主桌上，还得时不时跟人寒暄继而露出奇傻无比的笑容。

(>_<)

好在菜色看起来十分不错，可以安慰一下她疲惫的心灵，于是向小葵这时候的状态是：

冷盘上来了，埋头苦吃。

热菜上来了，继续苦吃。

哇，腌笃鲜，她喜欢，吃一碗。

啊，佛跳墙，她更喜欢，再来一碗。

这条石斑蒸得不错！可惜的是放得有点远，对于她这种小短胳膊来说，挑战太大了。向小葵还没有有勇气到在这种场合站起来夹菜，所以只好远远观望伺机而动。

正在埋头跟虾球作斗争，忽然有双筷子凌空而降，一大块肥美的鱼肉落在她的碟子里，抬起头来，看到boss大人满脸堆笑地望着她。向小葵当时差点热泪盈眶，如此贴心的好boss哪里找啊！

只听boss大人那低沉的声音在她耳边响起，“把刺挑掉，然后放进我碗里。”

π－π

挑食外加喜欢让人挑菜难道是boss们的自带技能吗？！向小葵含泪把鱼刺挑出来，然后狠狠扔进boss大人的碗里，哼，故意留了一根刺在里面，被卡住了才好！

只见boss大人心满意足地吃鱼，喝酒，然后，他卡住了！

成年人吃鱼被卡住然后去挂急诊这种事真的是太囧了，不过好在急诊科的医生护士们见多识广，特别是看到boss大人这种外表极具欺骗性的生物，那态度简直是在对待小孩子，哪怕他让人家折腾半天没取出半根刺。

“先生您再准确地感觉一下，鱼刺到底是在左边还是右边啊？”医生很有耐心。

Boss大人虽然被折腾得疲惫不堪，但是态度也还不错，“右侧上边，异物感还是很强。”

然后又是一番折腾，可是到最后依旧是徒劳无功，只得遵照医嘱回去多多观察了事。

当boss大人的目光朝她扫过来的时候，向小葵立刻心生愧疚，“我，我第一次做挑刺这种工作，技术生疏难免失手，邵先生您受苦了。”

Boss大人点了点头，淡淡地道：“这只是个意外，没关系，你先回去吧。”

π－π

原来让boss大人“有鲠在喉”的下场就是没有顺风车回家！向小葵在心中迅速计算了一下从医院打车回去的车费，那个数字简直让她肉疼得想踩自己两脚，呜呜呜，太不划算了！

为了减少损失，她决定先乘末班地铁再打车，只是才从地铁站出来，就接到了boss大人的电话，“去药店帮我买盒薄荷膏回来。”

幸好附近就有24小时药店这种地方，为了防止boss大人挑剔她还多买了几个牌子过去。

哼哧哼哧赶到boss大人的公寓，boss大人正一派闲适地躺在沙发上看书。居家的针织衫和长裤，看起来轻松而随和，完全没有了穿正装时的攻击性（boss大人平时是有多凶残啊！向小葵！）。

她的到来让boss大人相当满意，“这次速度不错。”

向小葵献宝似的把大一包薄荷膏抱在boss大人面前，“品种很齐全，希望邵先生您喜欢。”

只听boss大人很惆怅地说：“刚才头很疼，所以想用那个来试一试，但是现在，好像不疼了。”

向小葵真的很有把薄荷膏抹进眼前这个人眼睛里的冲动，果然是boss就是boss啊，都是没有人性的禽兽啊有木有！

只听邵年远继续说：“喉咙还是很不舒服，晚饭也没有吃好，所以你做个粥给我喝吧。”

= =

向小葵一边把米放进电炖盅一边想，自己这是不是流年不利啊，需不需要去庙里拜拜化解一下，上了boss大人这条贼船，她的日子好像越来越糟了。

大概是下午逛街消耗了太多体力，向小葵窝在餐厅的椅子上眼睛直打架，boss大人于是好心建议：“不想回去的话，我的沙发可以借给你。”

“不行！”向小葵断然决绝，“我明早还要去送牛奶，所以等下粥好了我就回家！”

“送牛奶？”boss大人微微皱起眉头，向小葵终于知道那些高级主管在开会的时候是哪副样子了，原来boss大人质疑什么的表情是这样，这样的，可怕，只差没让她跪倒在地请求恕罪了！

她哆哆嗦嗦地解释：“是我的兼职，已经做了两年了，配送宠物牛奶，就当是晨间运动了，还能挣钱。”

boss大人一副了然的表情，“什么牌子？”

“波波牌。”

他没有再追问，只是说：“等下粥好了我送你回去。”

“啊？”向小葵对boss大人忽然的仁慈受宠若惊。

而boss大人淡淡解释：“太晚了，你一个女生不安全。”

啊，好感动，向小葵胸中涌起一股叫做感动的情绪，boss大人还是体恤下属的好boss啊！

结果人家后面又接上一句：“看你花痴的那个样子，我怕对别人不安全。”

这也太欠扁了吧！向小葵在心中吐槽，boss你先前都是在逗我玩咩？

SECRET 03

每个月，总有那么几天会让向小葵心情大好，比如说发薪日。

但是今天她心情好的原因跟钱无关，完全是因为眼前少了某些可怕的生物才会这样。boss大人大清早就打电话给她说今天不进办公室，激动得她差点高唱“解放区的天是晴朗的天”。

没有boss大人的日子是快乐的，不用担惊受怕的时光是幸福的，所以她肆无忌惮地刷围脖、逛淘宝，甚至想利用公司飞速的网络下个蓝光大片看看，正在豆瓣闲逛，手机忽然在桌上震动起来，吓得她猛然一颤。

接起来居然是早上送牛奶的公司，那边礼貌地告诉她：“向小姐，总公司最新决定说我们宠物牛奶的客户体验期可以结束了，今后我们的牛奶将不再由专人派送，只在社区专营店销售，所以您这个月的工资我们已经打到您卡上了，请注意查收。”

虾米？！

这，这，这也太突然了，好好的一份兼职居然没有了！气得她恨不得立刻对那家公司的老板进行激烈而残忍的肢体对话。看她浑身散发着生人勿近的气息，马伟森又一次坐在椅子上滑过来，“请问，是餐厅打来电话说中午没饭吃吗？”

= =

难道她脸上写了吃货两个字吗？

不过向小葵满腹的郁闷还是化作了无比强大的食量，比平日里更加超常发挥，撑得她差点连腰都弯不下去了，于是只好绕着三十楼转几圈算是散步消食。

看着秘书们紧张忙碌，英俊、潇洒二人组也是严谨地干活，马伟森更是开了三个电脑在看盘……貌似只有她，明明是这样接近权利中心，却只是这个楼层的看客，这样的位置，会不会太尴尬了？

刚开始想要思考这个严肃深刻的问题，手机又响了起来，原来是步浅，她还没跟他倾诉自己今天的霉运，就听步浅抱歉的声音自听筒那边传来，“小葵，有个悲惨的消息，不知道你能不能承受得住。”

……让摧残来的更猛烈些吧！

“今天，房东忽然打电话来说，有人出高价要买二楼，所以她已经卖掉了……”

“所以……”

“搬去我家怎么样？”步浅建议。

“我才不要。”向小葵断然拒绝，“那只女魔头还盘踞在那里，去了还不是你死我活。”

“那怎么办？”

“我自己想办法吧，我会尽快的。”

放下电话，向小葵简直可以十分确定自己今天早上的起床方式出了巨大的问题，为什么倒霉事一件接着一件！

向小葵如丧考妣一般拖着身体回到座位，殷俊见她一副失魂落魄的样子，不由自主地问：“怎么了？boss提出什么匪夷所思的要求了？”

向小葵抓住殷俊的袖子，沉痛地问：“公司有员工宿舍吗？”

看殷俊愣了一下，她继续哀号：“或者，我就只有在茶水间搭帐篷了。”

真的是悲催的一天。

下班时间一到，因为boss不在，所以谁都无心恋战，只有向小葵死死盯着网页，一条条地研究租房信息。

离得近的不便宜，跟人合租还要求会做饭！请问那是在找合租还是找老婆、保姆啊！

便宜的离公司太远，一想到要小巴转快速公交转地铁她就想挠墙，大好的时光全部浪费在坐车上，遇到变态色狼的几率大增！

正在想要不要恬不知耻地搬去简嘉那里救个急算了，桌上的座机忽然响了起来。居然是boss大人的号码！向小葵想了想，她才不要接嘞，反正已经下班了。

╭(╯^╰)╮

座机停止战斗后，手机又再次唱了起来，居然还是boss大人，不会真的有什么急事吧？在听着铃声响了半首之后，向小葵战战兢兢地接起来，boss大人那中气十足的声音直冲耳膜：

“为什么不接电话？现在就下楼，立刻马上！”

好可怕，boss大人你失踪一天是去做了什么？怎么这么郁闷啊？

向小葵用最快的速度收拾好东西，从三十楼直接下到地下停车场，果然看到了boss大人。他二话不说就把她塞进车里，然后吩咐司机开车。

不过在晚高峰这种大杀器面前，再名贵的车子还一样得堵在路上。她偷偷地瞄了一下身边正在闭目养神的boss大人，灰色衬衫外面套一件黑色开司米开衫，难得的文艺小清新范儿，睫毛好长，皮肤真好，这个样子看起来真梦幻啊有木有！

然后，就听见boss闭着眼睛说，“不要对着我流口水。”

⊙_⊙

哼，臭美，她向小葵岂会对着一头恐龙一只怪兽产生食欲，这是完全不可能的事情嘛！然后她小心翼翼地开口，“邵先生您这是从哪里来？”

“寿宴。”某人依旧眼睛都不抬一下。

“那我们这是要去哪里？”

“吃饭。”

才吃完寿宴又去吃饭啊，boss大人您胃口还真好耶！

可是，为什么吃饭要先去逛超市呢？

这个时候的卖场，大概是工作日里最具人气的时分，boss大人背着手在前面挑挑拣拣，苦逼小助理推着购物车在后面左躲右闪，看着被抛进车里的一样样食材，心中疑窦丛生。

“邵先生您要下厨吗？”

“不。”

boss大人转过脸来看她，一脸怎么可能的样子，“当然是你做给我吃。”

–_–|||

邵先生您的BT指数又精进了呢！

采购完毕付账的时候，向小葵再次接到了步浅的电话，说二楼她的物品已经收拾完毕，等着小葵找到住处搬走后，就可以向房东交差了。

小葵郁闷地哇哇大叫，开始跟步浅吐槽下午看到的那些租房信息，最后得出结论——还是去睡公司茶水间比较科学！

挂了电话她才想起自己是跟boss大人在一起，转过身就看到拎着购物袋的boss大人看着自己奸笑。

“听说你要去睡公司茶水间？”

“没……没有，我想一想而已。”

“房间被房东忽然卖掉了？”

“是啊。要求三天内搬走。”

“动作很快，啊不对，是催得很急嘛。”boss大人想一想，“这样吧，搬去我家吧。”

噗——

向小葵觉得，每一个伺候极品boss的苦逼小助理，前生都是壮志未酬的豌豆射手。boss的洞穴，是凡人可以住进去的吗？

于是她婉言谢绝，“这样不好吧。”

“睡茶水间就好了吗？”

“可是，也不合适啊。”

“你在公司露营就合适了吗？”

boss大人的逻辑好严密，她找不到有力的反驳点，只能干瞪眼。

“这样吧。”邵年远微笑，“就当是公司福利好了，我还是会算加班费给你，这样可以了吧。”

看到她露出狐疑的神色，他继续补充道：“正好我的管家出了车祸回家休养去了，作为我的助理你还需要帮我做很多事，搬过来的话，很方便呢。”

“呃。”好像也有点道理哦。

“咦，你不会是害怕吧。”

“我才不会害怕。”

= =

反正boss大人是不可能对她做出什么的，去就去，谁怕谁啊。

于是向小葵欣然同意搬去boss家借住，还反复强调，“我是不会付房租的！”

boss之所以是boss就是因为他们的行动力异常惊人，邵年远出了卖场就拖着向小葵去宠物会所搬家。

面对着步浅探寻的目光，她觉得自己很像是去卖身什么的，反复强调自己真的是住员工宿舍。倒是boss大人十分坦荡，指挥着司机帮她打包然后转移到车上，然后对步浅说：“我公司员工宿舍环境还不错，合适的时候可以去参观。”

就这样，向小葵成功进驻boss大人的家，开门第一件事就是——给至高无上的boss大人做晚饭。

炸小排、清炒虾仁、番茄蛋汤，向小葵越来越觉得自己像是个保姆，似乎、仿佛、好像，还是有点重要性。

boss大人对她的手艺赞不绝口，斯文淡定、从容不迫地跟她抢菜，一边抢还一边说：“多吃点，别客气。”

o(╯□╰)o

饭后运动是收拾东西，boss大人带她来到一个房间，270°的飘窗，窗前一巨大盆栽，不过看起来已经了无生命迹象。

boss大人对着房间指点江山，“这是我家客房，有独立卫浴，有卫星电视，有网，如果不喜欢房间里面的摆设，可以随意扔出去放在门口，自然会有人来处理。”

“那个盆栽也可以吗？”

“of course。”

向小葵走到盆栽面前，“可是，它原先是什么呢？”

“桃花。我爷爷和我父亲说，在这个方向的房间里摆一盆桃花，桃花会旺。”

向小葵好奇，“有作用吗？”

“有，然后我差点结了婚。”boss大人面无表情地说。

“哇。”向小葵做星星眼状，忍不住惊叹，“那它真的还是很灵验的嘛！”

就是婚没有结成，boss大人你才能和帅蜀黍继续在一起啊，她向小葵肿么能不明白其中的道理？

boss大人满头黑线，轻咳了一声，“我一般会在楼上，通常情况并不会下来，所以你不用太有压力。”说完他翩然飘上楼。

谁，谁有压力了！

其实向小葵在答应他搬来这里的那一刻就后悔了，上班被奴役，下班还得继续被奴役，简直是旧社会包身工的悲惨生活嘛。难道boss大人还是对她不放心，于是干脆把她塞进自己家里？

不想了，不想了，她努力控制自己的思维往恐怖小说的桥段飘去，因为boss大人瞬间从暴龙幻化为蓝胡子什么的，正对着手无寸铁的她展示强壮到变态的肌肉，那画面，想想就觉得既恐怖又诡异。

不过，她向小葵是谁，除了怕没钱她还怕过谁？一切boss都是纸老虎！向小葵拎着自己的蛇皮口袋振臂高呼。

今天一整天被各种事件打击所以向小葵身心俱疲，收拾完行李洗个澡就睡了，明天连牛奶都不用去送了，多睡一会儿的感觉应该会很美好吧。

不知道是不是睡豪宅也会改善睡眠质量，她居然一夜无梦，睡得异常香甜，向小葵在蚕丝床单上舒服地翻滚，毫无征兆地，放在床头柜上的电话忽然响了起来！

“向小葵。”

充满着睡意的声音，慵懒而低沉，听起来好耳熟哦！

不对，居然是boss大人！吓得她差点把电话扔出去，看了一下窗外的天色又瞄了一眼手机，战战兢兢地问电话那边的人，“您……您有什么事情吗？”

“起来做早饭。”boss大人吩咐，“好了再叫我起来。”

—_—!

太BT了有木有！简直是灭绝人性！惨无人道！

无奈人在屋檐下，不得不低头，boss加房东，哪一个身份都让她不能反抗，向小葵只得摇着不太清醒的脑袋下床，闭着眼睛摸到了厨房，然后开始在半梦游的状态下劳动，成品出锅，她只清醒了大半。

站在楼下喊boss大人下来吃饭，打电话居然没反应，嚷嚷了半天也没动静，向小葵只得蹑手蹑脚爬上二楼。不知道是不是今天起床的方式也不太对，忽然间她有种正在做贼的错觉。

好囧。

“邵先生……boss……吃饭了哦……”

她一边爬一边呼唤，可惜仍然没有一点动静。太过分了，此刻向小葵的心中仿佛有一万头羊驼在练团体操，那么早把她挖起来做饭，自己继续睡也就罢了，现在还千呼万唤不起来！boss大人你的节操呢！

只是……boss大人所在的楼上，也太那啥了一点吧。

二楼跟一楼面积一样，可是整个空间完全打通彻底通透，连一堵墙都没有，书房、视听室、卧室，甚至连浴室都没有半点遮拦！

晨光透过整面墙的落地窗照进来，让半裸着趴在床上的boss大人的背影看起来异常柔和，仿佛是什么无害而温柔的动物，她缓步走近，越发觉得自己面前这只其实是一只蛰伏的猛兽，稍不留意就会被吃得渣也不剩……

痛苦抉择了半天，向小葵还是决定叫醒boss大人。

可是手还在半空，趴在床上boss大人忽然出声，“你在那边站了那么久，我还以为你准备扑上来。”

—_—|||

boss大人您多虑了！

看着半裸的某人径自起身，向小葵现在简直要扶住墙才能防止自己不跌倒，“你……你穿上衣服好不好？”

“难道我现在是裸奔？”boss大人低头审视了一下自己的睡裤。

好吧，boss大人您比较奔放。

餐桌上，对面的某人对今天的早餐表示质疑，“这是什么？”

“玉米啊。”向小葵无辜地眨眼，“玉米沙拉，粗纤维，很好的膳食搭配呢！”

“你居然给我吃罐头。”boss大人强烈不满。

“罐头也要放进微波炉里转哎，我还放了坚果进去，这里面就富含那个亚油酸什么的……我还煎了培根，热了昨天喝剩的蛋花汤，这么有诚意的一顿早餐您难道不应该感动一下吗？”

向小葵忽闪着大眼睛，连她自己都要被感动了。

于是boss大人低头无语吃光了自己面前那一份，喝完最后一口汤之后对向小葵吩咐道：“你晚点再去公司。”

咦，难道是避嫌？不想让人看到他们同时出现？她昨天还在高兴这下连车费都能彻底省了呢。

boss大人的原因却是，“我买了一些东西，你在家收货。”

于是她真的像一个保姆一样伺候boss大人更衣出门，顺便参观了一下他那巨大且储备丰富的衣帽间。那种存储量，整理起来一定可以累死一头大象。

送走boss大人，向小葵认命地开始收拾厨房，做饭还得洗碗这种悲惨事件在她身上已经屡次发生，正准备去刷平底锅，门铃响了。

举着满是泡沫的手去开门，一打开门就被外面霸气侧漏的景象吓得倒退一步。

“邵年远先生的家吗？我们是xx商城的，邵先生的订购的货品请您验货签收……”

烤箱……

紫砂煲……

煎烤机……

电压力锅……

菜刀、剔骨刀、小斧头……

……

boss大人这是要开餐厅吗？

在快递小哥们哼哧哼哧地收拾箱子间隙里，向小葵郁闷地联络boss大人，“我拆箱拆的手都快断了！~~~~(>_<)~~~~”

那边某人笑得云淡风轻，“验货签收，配送及时，很不错！”

“啊？”

“我们有这家网站7%的股份，所以只当是内部订单测试好了。”

“可是那也不用测试那么多东西吧。”

“我觉得还挺需要的。”boss大人愉悦极了，“这样你可以多开发点新菜色做给我吃……”

吃，吃，吃，就知道吃，真当我是厨师、保姆啊！

boss大人最后还善意地提醒：“抓紧时间来上班吧，早高峰已过，路应该很好走。”

= =

到了公司已经接近午饭时间，不知道会议室里今日又在进行什么议题，英俊、潇洒二人组与马伟森统统随驾boss，三十楼诸位各司其职按部就班，没人理会莫名迟到的她。

浇水、泡茶、开机，百无聊赖地看群发邮件。那个会开得很长，连午饭都是在会议室里吃餐厅送过来的便当，每个人的菜色各不相同，boss大人的那份由向小葵亲自奉上。整个公司最核心的部分在里面边吃边讨论，她十分怀疑这顿饭会让很多人胃疼。

摸鱼出来的马伟森向她透露，里面在商议的内容是集团正在操作的一个并购案，他一副神秘兮兮的样子，“董事会那帮家伙都在看着呢，特别是邵董，那天来估计就是为了这个。”

向小葵的八卦小神经又开始强大，她在心中高喊，你们都不知道哇，邵蜀黍哪里是来盯紧侄子工作的，明明是压抑不住相思之苦前来面见爱人，哦呵呵呵，这感觉真爽。

趁着进去收便当盒子的光景，boss大人递一张纸条给她，眼睁睁地看着她双手全是盒子空不出手来接，某人直接塞进她开衫的小口袋里。不过是个简单的动作，向小葵觉得自己感受到了他手指的热度，有力而温暖。

公司制式的便签纸上写着一个地址，力透纸背的字迹，用签字笔把字写得这样有风骨的怕是只有邵年远一个。他说，替我去取一件东西，我桌上有个信封，交给她。

她，居然是她！！！！！

有问题！！一定有问题！

向小葵带着她八卦的小心灵拿着地址和信出发了。那地方在幽静的旧使馆区，通街梧桐，黄叶满地。那家店门脸很小却并不难找，在左邻右舍的咖啡馆的包围下十分显眼，落地窗里面是各式各样老式的钟表，简单的招牌上写着，时光量贩。

原来是家钟表店。

推门进去，只有一个长发女孩子在静静地拆一只座钟，听见她进来，抬头微笑，向小葵差点没跳起来——这样的地方，居然藏着这样一位美人！电视剧里面那些真的可以洗洗睡了！素颜有木有！天仙有木有！什么叫惊为天人啊，大概是说她这个样子了吧。

按捺住对着美人流口水的冲动，向小葵简单地说明来意，恭敬地递上信件，“邵先生让我交给您。”

天仙点头，连笑也不笑，转身自里间取出一个盒子，打开是一只古董男式腕表。钻石闪烁着幽蓝光芒，冷硬而锐利，倒是很像另外一个人。

哦哦哦哦，原来是送蜀黍的礼物啊，向小葵八卦的小心思又开始活络了起来，天仙把表放进盒子里，轻声对她交代：“告诉远，这是最后一次。”

好深奥，向小葵捧着盒子的时候想，这个世界好像从遇见邵年远的那天起，就没有简单过。

给boss大人打电话汇报，那边似乎已经开完了会，他的声音听起来轻松而愉悦，“替我收好，晚上跟我去参加一个活动，穿得正式些，现在你可以回家准备。”

“啊？！”

“算加班，有加班费。”

“好吧，我这就回去准备。”

把自己塞进那件雪纺裸色小礼服的时候，向小葵最大的感受就是，在boss身边肥肉的增长速度都那么惊人啊，怎么胸那里忽然那么紧呢？！好在腰上的布料还算宽裕，不然她真的要面对不敢喘气的窘境了。

这条裙子是国外某知名大陆货成衣品牌的尾单，不过是缝歪了一条木耳边，就沦落到了批发市场，最后让她以六十块钱的低价淘了来。结果穿在她身上倒是多多少少有了点后面加两个零的效果，想到这里她就有点得意。

精心地梳好头发，仔细地化好妆，boss大人的电话适时响起，“我在楼下，给你五分钟。”

向小葵一边穿外套一边恨恨地想，也就是我了，换作其他女生哪有我这样迅速敏捷，不知道她这样有效率的员工加班费会不会高一点。

到底是穿的少了些，跑出大堂钻进车里的那几步路冻得向小葵龇牙咧嘴，于是轻易地忽视了邵年远落在她身上的惊艳目光。

把装着贵重钻表的盒子扔进boss大人怀里，她掏出小镜子开始检查自己的眼睛，“不知道这个胶水牢不牢靠，等下眨眼睛假睫毛会不会裂开啊……”

boss大人有点小小的崩溃，“喂，你有没有一点你身边坐着的是一个男人的自觉啊？”

自觉？那东西好吃么？

向小葵心想，我知道boss大人你是男人没错啊，我只是检查一下妆容嘛，又没有暴露，你干吗一副被人掀起尾巴看屁屁的样子。不过话说回来，因为向小葵知道boss大人的秘密，所以在他面前她一向随意，反正他又不会看上她，恐怕再熟一点会当着他的面换衣服也不一定。

不过boss大人显然也是换过衣服的，黑色的礼服，衣领上闪烁着幽蓝的光芒，昂贵的衣料、妥帖的裁剪、奢华的高贵气息一点点透出来，显得整个人都是那样的郑重。

车子开了很久向小葵才想起来问，“我们今天要去哪里？”

boss大人只是微笑，“去看戏。”

结果真的是去看戏，巴黎芭蕾舞剧院的访问演出，高贵美丽的华人女首席甘薇已经占据了城内各大娱乐报刊的大部分版面。剧院外面悬挂着大大的海报，只有足尖的画面却依然动人。

殷俊早已经在大厅等候他们，手中捧着大捧的白色鸢尾，圣洁的，但是却充满伤痕的花。向小葵看着方才被boss大人扔回自己手中的盒子以及殷俊兄手里的花，不知道等下会落进谁的手里。

他们毫不费力地就进了后台，演员们认真地梳妆准备，向小葵连气都不敢大声出一下。剧院总监亲自出来接待，留着长发的法国大叔跟邵年远愉快交谈，他们说法语，这时候的boss大人跟向小葵在其他场合看到的那个人完全不同——他自信、高贵、优雅，冷静却又让人感受不到跟他之间的距离，这样的温润妥帖，恰到好处。

女首席翩然而至，boss大人跟她轻轻拥抱预祝演出顺利并且递上鲜花，寒暄了几句之后才说："薇薇，有件东西我想物归原主。"

他从向小葵手里拿过那只盒子交给她，甘薇捧在手里却并不打开，仿佛已经知晓了里面是什么，垂眸凝视半晌，抬起眼来对邵年远微笑，"演出之后能不能借用你一点时间。"

邵年远颔首，说了声不多打扰，之后就带着她和殷俊离开了后台。

向小葵心中的八卦处理器又开始大马力地运作，那样贵重的男式钻表的原主人居然是高贵美丽的女首席，这里面又该是一个多么缠绵悱恻的故事啊！莫非是甘薇对boss大人一片痴心，无奈boss大人已经心有所属，所以才……

一想到这里她心中就狼血沸腾，一切都是为了邵蜀黍啊，这是多么深沉的爱啊，多么浓厚的情啊！

沉浸在boss大人与帅蜀黍之间恩怨情仇中不能自拔的向小葵忍不住嘿嘿傻笑，双目无神，殷俊使劲捅了捅她的胳膊，"喂，邵先生在看你。"

好吧，迅速变身回正常状态，注意力回到已经开演的舞剧上，他们的位置角度和观看效果都奇佳，不过她实在是提不起一丝兴趣。

经典的剧目《吉赛尔》，故事情节老套得令人心碎：天真无邪的少女，遇到了不该爱的人，为情所困，因爱痴狂，就算变成一抹游魂也逃不开情爱的牵绊，于是只有挣扎……

爱一个人，真的是这样的吗？她不明白，有时候也真的不想明白，因为那样多的故事都告诉她，明白这样一件事要付出多少代价。

今晚的演出很成功，在观众雷鸣般的掌声中，演员依次上场谢幕，向小葵的肚子却饿得咕咕叫。下午忙着打扮忘记了应该吃点东西，到了现在这个点儿，她真是头晕腿软，生不如死。

邵年远对着殷俊吩咐：“你先送她回去。”

可是退场的时候殷俊却怎么也找不到向小葵的踪迹，一遍一遍地拨打那个号码，依然是没有任何应答和回应。

在他想要不要打一通电话给boss大人，告诉他自己实在无法完成使命时，他不知道，自己要找的那个人已经被某个他意想不到的人用一顿大餐骗上车，正在傻呵呵地期待今晚的夜宵该多美味。被调成静音的手机默默待在手包里，无声地亮了一遍又一遍。

向小葵其实一点也不好奇邵谨言为什么会出现在这里，这样相爱相杀的两个人，拥有同样的爱好一点也不足为奇，或者邵谨言也是来看情敌的？不过她觉得他一点也不需要关心，高贵、典雅、美丽的女首席，其实也不过就是你们这轰轰烈烈虐恋的炮灰而已！

邵谨言自己开车，可是他的驾驶风格跟他给旁人的印象完全不同，那速度，简直快要让人头皮发麻。到达目的地之后邵谨言由衷地夸赞她，“裙子很漂亮。”

向小葵静静地打量了邵谨言一会儿，从眉毛到眼角，从鼻尖到发梢，她简直不敢相信刚才那句话是从他嘴里说出来的，最后花了很大的力气才稳定了情绪，“谢谢夸奖。”

邵谨言带她来的是一间日式小馆，开在深藏不露的小巷子里，俨然私房菜的样子，环境古朴幽静，屋檐上一排风铃，微风吹过，轻轻地响。

向小葵对这里的食物有了百分百的期待，但是吃到嘴里却是百分之二百的惊喜。乌冬面浸在浓汤里，浇头美味丰富，特别适合在这样一个冷飕飕的夜晚温暖她空荡荡的肠胃。她毫不客气地叫了两份烤鳗鱼当小菜，肥而香，就一口清酒，回味悠长。

酒足饭饱，她还不无遗憾地对邵谨言说，“你不能喝酒真可惜，这个鳗鱼真的是就着酒才香。”

“你好像对任何食物都充满了热情。”他抱着手臂静静地看着她。

向小葵想一想，“不对，其实能让我充满了热情的东西，只有钱。”

看到邵谨言那探究的眼神，向小葵很有耐心地解释：“对于美食，我都会自动把它们换算成钱，贵的呢，就会觉得自己赚到了，便宜的呢，就会觉得这么点钱就能有这样好的感受，其实也是赚到了。”她喝了一口酒，打量了一下周围的环境，“这里虽然看起来是个小馆子，装修和摆设不算奢华但都还精致，单门独院，一看就是所谓的私房菜，这个时间还候着您，啧啧啧，一定也不便宜。所以这么看来，我又赚到了！”

邵谨言忽然朗声笑起来，看得向小葵简直有些呆了，怎么能，怎么可以，这么好看……

怪不得boss大人会跟自己的蜀黍有禁忌之恋，原来蜀黍不板着冰块脸的时候，是这么一枚春风化雨的美男啊！简直是，让人没有一点办法可以抗拒嘛！

这叔侄二人，明明都是这样那般绝色的极品，只可惜……

唉，广大妇女群众只能挠墙流口水看这二位爱得要死要活缠缠绵绵。想到这里，向小葵替在公司茶水间洗手间里面觊觎二位的MM们伤感了一下下。

邵谨言收住了笑声，可是一双眼睛里的笑意还是藏也藏不住，由衷地称赞，“很独到的见地。”

打道回府的时候，向小葵才发现她貌似忽略了一个严重的问题，该怎么解释她要回的“家”就是boss大人的公寓呢？

摸出手机来看，未接来电差点闪瞎她的眼，除了前三个是殷俊兄之外，剩下的都属于boss大人……肿么办肿么办，要是boss大人知道是她跟蜀黍把酒夜谈会不会一气之下折磨她泄愤啊！

然后就听邵谨言低沉的声音在她耳边响起，“具体地址是哪里呢？这条街也很长……”

“就是那个，那个……”向小葵硬着头皮说，“就是……就是邵年远先生的公寓，刚才看到短信说有些急事要我赶过去！”

她没有在邵谨言脸上看到任何探究怀疑或者惊讶的表情，他的神情冷静如常，却让向小葵更加忐忑。等下蜀黍不会说那我刚好去看看侄子之类的然后就跟她一起上去吧，那样可真的是，太太太太太可怕了！

只是，邵年远大人没有给剧情朝着那个方向发展的任何可能，他们还没到公寓门口，就看到某个熟悉的身影立在那里，抱着手臂，一副气急败坏等着迟到员工的老板样子……

看到boss大人这样，向小葵的愧疚之情顿起，虽然怎么也想不明白自己到底有啥可愧疚的。可是邵谨言却是一副刻意要做点什么的样子，为她拉车门，还帮她整理大衣，搞得她顿时鸡皮疙瘩四起，结结巴巴地跟boss大人打招呼："晚，晚上好。"

邵年远哼一声，"我看二位的晚上过得倒是真好。"

向小葵刚想开口解释，却被邵谨言拦住，"那是当然，这是我永生难忘的夜晚。"

永生……还难忘？

向小葵心想我吃烤鳗鱼的样子是难看了点，但是也不至于让您这样记一辈子吧？！

boss大人像是受了极大的刺激，转身就往大厅走去，向小葵很想追上去跟boss大人解释，蜀黍他最爱的当然是你了，我们只是普通交流，一般来往啊boss！

只是不知道是不是穿太少站在外面的缘故，向小葵觉得自己的四肢忽然僵硬了起来，有那么一刻几乎是失去了控制，于是，悲剧就这样发生了——在她试图追上boss大人脚步的时候，她平展地摔在了地上，膝盖磕在冰冷的台阶上，疼得她当时眼泪就出来了。

邵谨言想上前拉向小葵起来，却被另外一只手掌拍了回去。邵年远一把拉起向小葵，横抱起来就走，看也不看邵谨言一眼。

向小葵又羞又疼，所以大脑在很长一段时间内都处于空白状态，等她回过神来的时候电梯已经升到了一半，她挣扎了一下，"邵先生，您放我下来吧，我可……"

那个"以"字还没说完，她就被重重地放在了地上。不过boss大人还算是好心，没直接把她扔地上，但是语气冷硬到不行，"谁想管你啊！"

一瘸一拐跟着boss大人进了门，她活动了一下，发现自己还真的是皮糙肉厚，膝盖只是有几道红痕，连破皮都没有，于是开始得意起来。

boss大人凉凉发问："晚上吃了什么？"

"面。"不知道是不怕死还是怎么的，向小葵继续补充，"汤很鲜美的海鲜乌冬面，我很喜欢鳗鱼小菜，吃了两大份……"

"哦。"邵年远了然地点点头，"那就给我下碗面吧。"

穿着小礼服赤着脚站在豪宅厨房里还真不是神马美好的事情，boss大人居然要求她半夜做一碗汤面给他，所以她一边打哈欠一边下面，熟练地打鸡蛋放青菜，最后还扔了点那天做馅饼剩下的葱末进去，恭敬地端到boss大人面前换来的却是："这样也太简单了吧。"

怒！大半夜的boss大人你还想复杂到哪里去啊，向小葵默默在心中吐槽，然后堆起满脸的笑，"这个是我精心为您准备的亲子面，很有营养的，您尝尝看。"

"亲子面？"

"是啊，鸡汤鸡蛋面，母子俩在您的碗里重逢，这是多么感人的一幕啊！"

不知道是不是被她彻底雷翻，boss大人什么也没有多问，默默开始吃面，向小葵满足地嘿嘿傻笑，忽然觉得这个场景怎么那么像妈和儿子什么的……

不行不行不行，向小葵奋力制止自己的胡思乱想，回到房间换了衣服卸了妆就爬上床，忽然想起来明天是周六啊！迷人的休息日补眠天啊！于是迅速爬起来反锁房门，拔掉座机线，关掉手机，准备一觉睡到自然醒！

SECRET 04

第二天果真是自然醒的，而boss大人居然很贴心地没有叫她起来做早饭，赖了会儿床爬起来，胡乱洗漱一下推开房门，居然没有一点声响，boss大人难道还木有自然醒？

蹑手蹑脚往客厅方向探究，忽然听见boss大人的声音在楼梯间响起，“在找什么？”

被他吓了一跳的向小葵一边拍着胸口一边吐槽，boss大人不带你这么吓唬人啊！不过还是很有礼貌地跟他问好，“邵先生，早。”

“十一点已经不能算早了吧，向小葵。”

“是，您说的是。”

她正在想接下来难道要问boss大人您吃了么？转过脸却看见厨房门口站着一位慈眉善目的中年妇女，目光坦荡至极，一点儿都没有对她这个一看就是刚从被窝里爬出来的人露出任何探究的目光。

邵年远介绍道：“这是枝姐，一直在我爷爷那边帮忙，偶尔过来为我处理一下家务。”

她于是欢快地打招呼：“枝姐好！”

邵年远看了她一眼，然后对枝姐吩咐道：“以后周末您就不用来了，通知家政公司那边的人也不用来了，以后这些事情都有人做了。”

向小葵当时就震惊了！boss大人你到底想让我干多少活儿啊！怎么一副地主家要把所有大牲口都卸了的架势啊！这也，太，太，太夸张了！

那位枝姐一看就知道训练有素，目不斜视只点头称是，向小葵哀怨地目送枝姐的背影消失在玄关尽头，她实在猜不出boss大人接下来到底会做些什么，心中忽然生出一股幽幽的悲凉之感，仿佛一万只乌鸦从天空中缓缓飞过……

“快点吃饭。”邵年远对还在痴呆中的向小葵说。

“吃……饭？”向小葵一时没有反应过来，只觉得boss大人您的思维也太跳跃了吧！

“难道你要直接出门，这样我也不反对。”

邵年远抱着手臂，一副随便你的样子。

真是的，向小葵在心中嘀咕，跟boss大人在一起时间长了好像连理解能力都变差了，这样不好，不好。

牛奶喝到一半，她忽然想起一件重要的事，于是抬起头来，“可是今天是周六啊，我为什么要出去？”

窝在沙发上用ipad看文件的boss大人头也不抬地说：“节假日加班，有双薪。”

哦嘀嘀嘀，要的就是这句话，向小葵立刻狗腿兮兮地跑到邵年远身边，拿出自制的加班核算单，“那就请老板您在这里签字吧。这个拿给殷俊兄应该可以吧？”

邵年远签下大名之后把单子递还给她，“你可以直接去找财务总监。”

“我才不要。”向小葵立刻否决这个提议，“那样太高调了，不好，不好。”(可是直接找大boss签字索要加班费也没有低调到哪里啊，亲！)

= =

所谓的出门原来是去超市囤货，这种事情她向小葵最擅长了，原来boss大人的周末生活也不比她这种小平民丰富多少嘛。只是今天来的这个shopping mall里面的超市样样东西贵的要死，平日里打死她也不会来这里待一分钟。

邵年远买起东西来也是超级果断，完全不用思索品牌和比较价格，只管往购物车里扔货。向小葵推着车子跟在他后面追赶得十分辛苦，在排队结账的时候才得以喘一口气，顺手翻翻购物车里面的东西，立刻肉痛地嘶嘶吸气。

气泡苏打水两打，这个牌子被称为水中爱马仕有木有！

全麦土司一包，这个价格让人怀疑原料不是土司而是金箔有木有！

菲力牛排N块，然后瞄一眼价签，啧啧啧，这头牛是喝82年Lafite长大的咩？

在最后看到账单的时候，向小葵唯一的感触就是——boss大人您真的是太奢侈！太堕落了！

虽然您含着金汤匙出生，叼着金奶嘴长大，但是难道没有听过一句话叫“忧劳兴国，逸豫亡身”吗！不要对自己那么好嘛！有这些钱给她当加班费该有多好！

╭(╯^╰)╮

拎着大包小包上路，车子从停车场开出去五分钟向小葵才觉得不太对劲，“请问，我们这是要去哪里？”

“咦，我没有告诉你吗？”boss大人一脸奸计得逞的表情，“周末到大自然中呼吸一下新鲜空气有益于身心健康。”

于是她就这样跟邵年远到了所谓的大自然中，其实只是郊区而已，但是向小葵从来不知道自己所在的这个城市原来有这么宜人的一块地方——独栋别墅和整齐的木屋，远远望去有池塘，有果园，有山坡，有草场。虽然草早已经变黄，但是当向小葵看到几只荷兰牛和大群绵羊在远处静静晒太阳的景象，还是觉得这里美得像一幅画一样。

而这一切，都是属于邵年远的！

向小葵在心中大声感叹，有钱真是好啊，有钱就可以自己搞一个农家乐随时过来嗅嗅青草香，拥抱大绵羊。

邵年远停好车看到向小葵拎着东西看着牛羊一副傻呆呆的样子，忍不住叹气，“你不是吧，看到活的就流口水了，不过真可惜，这些都不能吃。”

啊，虾米！原来自己在boss大人心中的吃货形象已经根深蒂固了啊！

于是向小葵立刻反驳：“我哪有流口水，我只觉得这里真的很好，晚上会看到星星对吧？”

“是啊。”邵年远指了指不远处的别墅，“躺在屋顶看星星的时候，你会觉得自己非常渺小，连带着烦恼也会微不足道了。”

向小葵用力点头，只是心里忍不住想，boss大人你还会有什么烦恼呢？最大的不如意，其实只是爱上了自己的叔叔吧……

这样一想，向小葵忽然同情起了邵年远，这般卓越优秀的一个人，不过是想跟自己爱的人在一起罢了。她脑海里立刻浮现出多部知名言情小说的经典片段，煽情的对白瞬间在耳边响起，而boss大人却无情地打断她，“现在这个天气上天台除了被速冻不会有第二种情况发生，所以不用遐想了。”

boss大人真是的，不毒舌会死么？害得她刚刚泛起的那点同情心顿时消失殆尽。这时候有两只大狗欢快地叫着朝他们奔来，跑近了才看见，原来是两只阿拉斯加雪橇犬，一只灰白体型略大，一只棕白，体型较小。

向小葵向来对毛茸茸的动物一点抵抗力也没有，看到这样两只有型的狗狗朝自己奔来简直要酥了骨头。只是，两个家伙直直地朝邵年远奔去，爪子搭在他身上不停地摇尾巴，亲热异常，简直跟见到亲爹没什么两样。

邵年远也很高兴的样子，摸摸这个，拍拍那个，“虎子、妮子，最近有没有好好听话？”

虎子、妮子？boss大人家的狗名字还真乡土，不过这一点儿也不影响两只大狗散发出的凛然气质。向小葵心水到不行，凑上去摸摸那只棕白色的，看到狗狗没有讨厌进而得寸进尺地去挠挠狗下巴，然后她受到了更加热烈的对待——被舔了手！

向小葵简直要晕过去了，多么多么幸福的感觉啊，不过幸福的感觉没持续多久就被boss大人生生打断了。

“妮子，我们走。”

boss大人只是简单的一句话，可爱的狗狗就头也不回地跟着他跑了，留下向小葵在原地流宽面条泪。还是主人的魅力大啊！

跟着boss大人的脚步向别墅的方向走，没走几步就有人来接应，是一位胡子拉碴的大叔，见到boss大人十分兴奋，握手、熊抱、拍打，好不亲热。

邵年远给向小葵介绍：“这是大熊，他跟太太小静一起帮我父亲打理这个小农庄。”

向小葵微笑着跟大熊打招呼，心想在这里工作真不错，山清水秀，压力不大，还提供食宿，她什么时候被批发来这里就好了，每天喂牛也比伺候boss大人要来得舒心。

午饭由大熊家的小静精心烹制，据说食材全是农庄自产的，鸡是在果园放养的，鱼是池塘里捞的；邵年远还不无得意地介绍说邵家过年用的各类年货基本上都出自这里，让向小葵觉得有钱人的生活简直是太不一般了。

吃饱喝足以后，boss大人提出带向小葵去运动一下，她没想到这个运动居然是去——摘草莓。

虽然是冬天，但是温室里却十分暖和，向小葵刚摘了几颗便已经满头大汗，简直想学麦兜他娘麦太高歌一曲“蹲下起来就头晕”，扭过头看看站在不远处不断指点她哪一株上面的草莓又大又红的boss大人，居然还纠正她蹲下的姿势太难看，惹得她十分想把手里的篮子摔到某些人脸上。不过看在加班费的分儿上，只能作罢。

好不容易摘到boss大人他老人家满意，向小葵觉得自己简直要虚脱了。她虚弱地跟着邵年远往大棚外面走去，刚呼吸两口新鲜空气，就看到不远处木栅栏里面有三个熟悉的身影在望天发呆。这、这不是神兽吗?

当时向小葵就震惊了，她深深望了boss大人一眼，心想今天一定是我起床方式不太对，不然怎么会看到这么震撼的景象！羊驼啊，神兽啊！难道不应该只出现在动物园里吗?

邵年远看到她凌乱的眼神，立刻给了她一个了然的表情，“想去看看圈圈、叉叉、点点？”

圈圈、叉叉、点点……boss您怎么老是给动物取如此非同凡响的名字啊!

那果然是boss大人饲养的大羊驼，颜色还都不一样，米黄、白色、咖啡，UGG的经典颜色会聚一堂。特别是白色的那只名字叫点点的，短短的绒毛，长长的睫毛，粉色的鼻头，立在那里有股天生的娇羞，她脑海里立刻冒出了八个字——白衣胜雪，罗袜生尘。

不过，似乎、好像，用来形容神兽有点不太恰当?

如果说向小葵对猫狗是毫无抵抗力的话，那么面对人见人爱的羊驼简直有种想要下跪的冲动。她是多么想伸出手狠狠揉一揉神兽们的头毛啊，如果可以的话，把脸埋进它们的毛里蹭一蹭就更美好了。

不过刚一伸出手去，邵年远就在一边闲闲地说："圈圈和叉叉脾气都不太好，上次借给一个剧组拍戏，吐了人家男主角一身口水……"

这样一番话，吓得向小葵立刻把手收回来，一脸惆怅地望着那两只被称为圈圈和叉叉的羊驼。真是遗憾啊，卿本萌物，奈何抓狂？也许美好事物都是只可远观而不能亵玩的吧。

"不过，你可以试着喂它们吃东西，混熟了之后你就比较好下手了。"邵年远鼓励她。

咦，这个方法看起来不错，向小葵从篮子里挑出最大的一只草莓放到点点的嘴边，"点点，来，尝一下这个，很好吃哦。"

好在点点同学十分给面子，嗅了一下她手中的草莓就一口吞了下去，向小葵顿时激动起来，推了推身边的boss大人，"看，它好像很喜欢吃的样子。"

"是吗？"邵年远不知道从哪里变出一根胡萝卜，圈圈、叉叉、点点立刻朝着他奔去，任由向小葵捧着草莓在一边怎么呼唤，这三只瞄都不瞄她一眼。

"为什么会这样？"向小葵狠狠吐槽，"胡萝卜吸引力难道比草莓还大？"

"对它们来说大概是这样吧。"boss大人被三只萌物舔了手掌，眼中散发着很温柔很幸福的光，"喜欢就可以了，对不对？"

好温柔的眼神啊，那一刻，向小葵觉得眼前这个人无比真诚，超过往日任何一个时候。

boss大人究竟是怎么样一个人啊？公司的他、居家的他、喂羊驼吃萝卜的他，究竟哪一个才是真实的邵年远呢？

向小葵觉得心中的某一块忽然空了，被塞进了某种软绵绵的物体，有些微微的痒。

她想，一定是因为羊驼的缘故吧。

晚餐由大熊亲自下厨，那几块菲力牛排被他煎得鲜嫩多汁。向小葵大口吃肉的时候忽然想起了一个重要问题，“这里不是农庄吗，为什么你还要买牛肉带过来呢？”

“哦。”邵年远慢条斯理地把牛排切成一块一块，“因为这里的牛不是用来吃的。”

好……好吧，好强大的理由。

肉足饭饱以后还有鲜美的草莓蘸酸奶做甜点，向小葵拍着圆滚滚的肚子问boss大人：“我们什么时候回去？”

“今天不回去了，我们今晚就住这里。”

什么？！

向小葵差点跳起来，心中对boss大人十分怨念，想着要过夜您早点说啊，她……她连瓶润肤露都没有带。还有最重要的一件事，她没有睡衣，这让她怎么过夜啊！

“这……这个……”向小葵吭哧了半天，“能回去吗？我，我没有准备啊。”

邵年远看了看表，“离睡觉还有三个小时，足够你做心理准备了。”

果然是大boss，只用一句话就让向小葵放弃反抗乖乖就范，真的是好讨厌的感觉！

“那我睡哪里？”她已经在思索今晚是不是要锁好门裸睡了。

邵年远微笑着给她指路，“二楼右手那间，对面是我的房间，老房子隔音不太好，晚上呼噜声不要太大。”

向小葵攥紧了拳头，她此时此刻真的很想把眼前这个人的所有女性亲属问候一遍。她哪有打呼噜！她只是偶尔睡姿不佳会发出点声响而已嘛！（姑娘，您说得真含蓄）

上二楼推开门，向小葵用了很大的自制力才控制住自己不要发出很傻很傻的惊叹声，这间屋子好梦幻啊！目光所及之处全是粉红色，而且遍布着蕾丝，跟外面的整体装修完全不搭调。在房间内随便转一转之后她才发现原来自己真的只要做心理准备就够了，浴室里各类洗护用品一应俱全，未拆封的睡衣睡袍整齐地挂在衣橱里，甚至还有同样带着标牌的换洗衣物……

无数种念头瞬间冲上向小葵的大脑，小心肝在短时间内经历了一场激烈的颤动，好像有什么东西瞬间崩坏了。这明明就是一个女孩子的房间，还是妙龄少女的那种！

无数个八卦和亿万种可能在向小葵心中啸叫着，她十分想抓个人问清楚这件事，不过等她冲到楼梯口就什么也问不出来了——邵年远躺在楼下客厅的躺椅上，安静地看一本书。身旁的壁炉里火焰熊熊，虎子和妮子卧在他脚下，两只大狗不时用脑袋蹭蹭他的腿，一副卖萌求关注的样子，而邵年远也在看书的间隙时不时摸摸狗头，表达安慰之情。

这是怎样一幅温馨到天崩地裂的画面啊，向小葵的心霎时化作滚烫的液体，在胸腔中奔流，于是她默默掏出手机，拍下了这历史性的画面。两狗一人构图温馨自然，躺在那里的某人虽然被书遮去了大半张脸，但仍然可以看到那温柔的轮廓……

向小葵迅速把这张图发了微博，配以酸得找不到东南西北的文字：遇到这样的男银你就嫁了吧！

发送成功，一种莫名的强烈成就感席卷了向小葵全身，让她恨不得双手叉腰发出邪恶的奸笑，好兴奋好值得期待！她觉得自己的亢奋劲儿可以持续整个晚上，可是一分钟不到就被楼下那个人打断了。

“有什么事情让你得意成那副样子，来，跟我们分享一下。”邵年远枕着手臂望着她，两只大狗也像是能听懂他的意思似的，激动得站起身来摇着尾巴奔向她。

囧！如果你知道我在兴奋什么肯定会亲手掐死我的啊！向小葵在心中默默地说。一面傻笑一边下楼，“没有没有没有，只是刚好想起以前一些有趣的事。”

看到boss大人脸上那似笑非笑的表情，她决定立刻岔开话题，“我刚才参观了一下房间，我那间，个人风格真的是很强烈。”

邵年远哼一声，“那是当然，那间是我母亲的卧室，每一个摆设都是她亲自挑选的。”

“你母亲的房间！”向小葵万万没有想到会是这个答案，在露出一个奇差无比的笑容之后，困难地表示，“原来是您母亲的房间，我睡不太好吧。”

“哦。”邵年远从善如流地点了点头，“你觉得不太好？”

“嗯。”向小葵点头。

“不合适？”

“是的！”

“那你是要跟我一个房间吗？”

邵年远从躺椅上站起身来，走到向小葵的面前，整张脸瞬间在她面前放大，惊得向小葵立刻后退一步。

“我，我想我们还是个人睡个人的比较好。”

向小葵落荒而逃，她这种段数，在大boss面前还没过招就已经丢盔弃甲，完全不是对手。那样近距离地看邵年远虽然不是第一次，但刚才他的眼神简直像是要把她吞进肚里去，浑身都充满了侵略性。不想了不想了，再想下去她觉得自己十分有可能半夜收拾东西逃走，还是乖乖在boss娘亲的梦幻房间里好好睡一觉吧。

一大早，向小葵是被“异物”吵醒的。

睁开眼只看见一个毛茸茸的庞然大物正努力地舔她露在外面的手臂，她努力地活动了一下身体，试着呼唤，“虎子？”

大狗热情地“汪”了一声表示她没认错狗，可是一大早就这么热情是要干什么啊！

向小葵伸手狠狠地揉了揉狗头，摸出枕头下的手机准备刷刷微博赖赖床，一开微博简直要被通知上面的数字震惊了，一晚上她居然被@了一万多遍啊一万多遍！全是因为偷拍boss大人的那张照片！

同学好友纷纷赶来花痴口水：

小花！你从哪里拍到这种极品的！告诉我这是你从网上down的对不对！

嗷嗷，狼血沸腾，我要冲上去！谁也表拦着我！

嗷嗷，狗狗好可爱！男淫就更不错啦~~口水ing求勾搭！求偶遇！

……

向小葵深深地叹了口气，姑娘们也太激动了吧，这样不好！不好！

乖乖卧在她身边的虎子这时候却像是不满意她还不起床什么的，一张狗脸凑过来蹭来蹭去，直叫她吃不消。她无奈地挪开毛茸茸的大家伙，“喂，咱们好像没这么熟好不好？”

梳洗完毕下楼，餐桌上各色早餐已经摆好，虎子跟妮子会合之后异常欢快，一起跑去邵年远身边撒娇，邵年远一边看ipad一边拍了拍虎子的头，“叫人起床用了这么长时间啊虎子，你退步很多嘛！”

= =

向小葵在心中呐喊，boss大人你这是有多无聊啊，叫人起床的方法那叫一个花样百出，因地制宜，这么喜欢morning call去酒店做前台小弟好了，保管你一天叫到爽。不要这么折磨人好不好。

大熊和小静热情地招呼她吃饭，能吃到别人做的热腾腾的早餐，这感觉实在是太幸福了！满足之余她没忘记问boss大人那个重要的问题，“我们什么时候回去？”

邵年远头也不抬地说：“今天我们要带虎子和妮子去散散步。”

于是早饭过后，两人两犬所组成的放风队伍就这样出发了，被室外冷冽而清爽的风一吹，向小葵顿时觉得神清气爽很多。其实周末在郊外走走这感觉也挺好了，如果不是要牵着两只精力旺盛，活动能力超强的大狗就更美好了。

为什么boss大人明明说的是“我们”带狗去散步，到头来就只有她一个人牵着绳子呢？虎子和妮子完美地继承了祖先们大力拉雪橇的优良传统，用力拖着她一路往前奔去。如果不是要时不时对着邵年远撒娇卖萌求抚摸，她觉得自己大概早就因为体力不支而被两只狗拖倒在地了。

向小葵气喘吁吁地说：“我觉得带着它们散步还是用三轮车比较合适。”

邵年远朝她挑了挑眉毛，“你体力也太差了吧，一看就知道平时缺乏锻炼，这样下去是不行的。”

看老boss大人那一副站着说话不腰疼的样子，向小葵简直想把他扑倒在地咬两口。这时候虎子和妮子不知道发现了什么感兴趣的东西，加快速度奋力朝前跑去，向小葵只得尖叫着跟着它们朝前跑，一边跑还一边求饶：“慢一点啊，虎子你要到哪里去？妮子，不要绕着我的脚，啊啊啊啊！”

向小葵终于不负众望地被两只大狗拖倒在地，她听到身后的某人，无良地笑了起来。

历经千辛万苦的散步终于结束，大熊和小静看到她一身狼狈的惨状居然一脸了然。小静帮她清理那一身杂草的时候还拍着她的肩膀安慰，“它们两个是这样的，年远每次来都要专门带它们去附近走一走。”

向小葵从头发上摘下一根大大的枯草，“他经常来吗？”

“是啊。”小静想了想，“老师跟师母在这边的时候每个星期都要回来吃饭的，现在他俩不在，所以年远每个月总是要来两三次的吧。过来看看圈圈、叉叉、点点，还要跟虎子、妮子玩一阵子，他很喜欢动物的。”

向小葵在心里哼一声，我看也是，最喜欢动物，最喜欢折腾我。

可是，好像有什么不对劲，“老师？”

小静微笑着回答：“我跟大熊都是年远的父亲邵教授的学生，这里其实是邵教授研究良种牛羊的培育场。老师主要是专攻奶牛方向，师母则是绵羊方向。”

呃，很好很强大，原来极品的boss大人有一对科学家的父母啊，怪不得行事是如此与众不同。

小静递毛巾给她，“你跟年远交往多久了？”

“交往？”向小葵的脸瞬间变成囧字形，“你误会了，我们不是……”

可是小静却是一副“我什么都知道了”的表情，拍拍她的肩膀，“你不要害羞，年远从来都是一个人来这里，连以前那个纪小姐也没来过。他带你一起来，所以我和大熊都觉得你们相处得不错哦，师母知道了一定很高兴。”

向小葵其实很想解释清楚，但是想到boss大人的取向跟常人有异这件事不能让其他人知道，只好在心中默默地叫喊——其实你们都不知道，你们的小远远同学跟包括我在内的任何女人都是不可能的，因为他跟我们喜欢的是一样的啊一样的啊一样的啊！

她好不容易把自己清理干净，走出去便看见邵年远倚着门对她说：“看虎子和妮子那么喜欢你，所以我觉得应该让你跟它们多玩一下。”

可是，谁能够跟向小葵解释一下所谓的多玩一下为什么会是给两只狗洗澡呢？

别看两只阿拉斯加看起来严肃冷峻，威武异常，可是看到浴缸依然会是一副瑟瑟发抖、烦躁不安的样子。向小葵费了好大的力气，才把看起来容易对付的妮子拖进浴缸。

邵年远还不停地在她身后指挥，“香波在架子上，你应该操作得很熟练对吧，最后不要忘记滴耳油。”

什么嘛！向小葵觉得这一早上比在宠物诊所上一天班累多了。好在妮子脾气还算好，哪怕再不情愿也很配合地让她洗完了，到了虎子这里简直困难到想让她抓狂。

想她向小葵在宠物诊所也算是阅狗无数，可是像虎子这么怕水的大狗她还是第一次见到，几下挣扎连她也被拖进了水里，上半身整个都湿透了。向小葵抓狂地大吼：“喂，真的不是要淹死你，乖一点嘛！”

这时候邵年远不知道又从哪里跑出来，贱兮兮地问，“要不要帮忙？”

最后，在boss大人跟向小葵的暴力镇压下，虎子乖乖洗完了澡，向小葵一边给它吹干一边说：“乖乖听话不就完了，看，现在洗白白了，多好。”

抬起头来刚好看见邵年远那似笑非笑的脸，正想吐槽几句却看见他的眼神忽然变了，下一秒居然来抢她手里的吹风机，“我来吧。”

咦，为什么？boss大人他忽然转性了？

见她没有动作，邵年远清咳了一声，“你是不是去换一件衣服比较好？”

“没什……”向小葵刚想说不就是湿了一点，也没什么，低头一看才觉得事情比较大条。她刚才怕热，所以只穿了件贴身的T恤，现在湿乎乎地黏在身上，这样走出去基本上会被看个清清楚楚明明白白真真切切。

所以，她还是去换衣服吧。

午饭过后两个人算是正式打道回府，离开的时候他们受到虎子和妮子最热情的欢送。向小葵被两个大家伙亲吻的热烈程度简直让她有飙泪的冲动，邵年远也是被两只舔了个够本才发动车子离开。她恋恋不舍地看着可爱的两只大狗，如果每个星期都能来跟它们玩一回，那么其实被拖着跑和洗澡也不算什么吧。

不知道是早上消耗太大还是午饭吃得太饱，回程那短短的时间她居然坐在车上睡着了，还做了一个温馨甜美的小梦，梦里她和人在棉花糖一样的云端散步，空气里全是甜腻的香气。他们牵着手，从这一堆棉花糖跳到另外一堆棉花糖。后来不知道为什么，一直牵着她的人忽然撒了手，她就这样跌下云端。下坠的感觉让她尖叫，可是那个人却在云端看着她邪恶地大笑。坏蛋，她一边掉一边骂，要是让我知道你是谁，你就死定了！

在就要落地的那一刹那，她忽然惊醒了，车子已经停在停车场，转过脸看到boss大人正抱着手臂看着她，“醒了？”

向小葵忙不迭点头，同时警觉地感觉自己有没有鼻头发干，刚才是不是又不小心在人家车上打呼噜什么的。

boss大人“嗯”了一声，“看你刚才拳打脚踢那个样子，我正在考虑要不要送你去医院看一下神经内科。”

神经内科……boss大人您当我是癫痫么……

邵年远径自拉开车门下车，向小葵只得快速收拾东西跟上，正好遇见邻居带着狗外出归来，邵年远受到了那只斗牛梗的热烈招呼，短尾巴都快摇断了。向小葵忽然想到了一个问题，“你那么喜欢它们，为什么不自己养呢？”

“我？”邵年远微微侧过脸，阳光下的轮廓柔和到不可思议，嘴角微微勾起，“我家不是已经有你了吗。”

= =

好吧，boss大人算你狠，原来她向小葵对你来说是宠物啊，怪不得每天不折腾她两三回不收手呢！哼！

向小葵愤愤地想摸出手机看时间，可是赫然发现，自己那三百八十八块买入的时尚超级无敌强大的山寨机中的战斗机它居然不见了！

大衣口袋，没有！

裤子口袋，没有！

于是借来boss大人的车钥匙拉开车门。

座位上面，没有！

座位夹缝，没有！

后备箱，没有！

最后在翻遍整个手袋之后，向小葵清楚地认识到一个严重的问题，她的手机，不见了！

会不会是洗澡的时候随手放在哪里于是忘记拿了？向小葵抱着最后一点希望对boss大人说："您的手机借我用一下吧。"

拿boss大人的手机拨自己的号码，居然关机！她那款宇宙超级无敌待机王一个星期都不用充电，现在居然关机了！

她这下终于认命了，超级无敌防摔耐用待机王这回是彻底离她远去了，这样也太太太哀伤了！

带着上坟的心情，向小葵跟着boss大人一起上了楼，一进门她就坐在沙发上万般悔恨，丢手机啊！多么惨痛的教训啊！更加严重的是，她还需要去买一个新手机，那将是多么严重的一个损失啊！

boss大人独自走上二楼，没一会儿又走了下来，把一个盒子递给她，"别人送的，你先用着。"

哇！莫非这就传说中的高端定制手机？不管那么多啦，有的用就成。向小葵开始狗腿兮兮地向邵年远表达自己的感激之情，"邵先生您真的是宇宙中最体恤下属的上司，美貌与智慧并重，英明与神武共存，我对您的敬仰简直是……"

"好了。"邵年远打断她，"遇到我这样的人就嫁了吧。"

咣当……向小葵听到了手机落地的声音。

原来，原来boss大人神马都知道啊，现在要怎么办？是该解释还是要否认？向小葵此时此刻很有落跑的冲动，"邵先生，我其实是……"

"要嫁给我吗？"邵年远非常诚恳地看着她的眼睛。

嫁给你？boss大人你要不要这么惊悚啊，向小葵这下彻底傻眼，"其实我、我……其实。"

"嫁给我难道不好吗？我看你那条微博还是很充满期待的嘛。"

boss大人你太坏了！你自己神马取向你自己不知道啊！

"我……我才没有说要嫁给你！"

就在这个时候，门忽然打开了，有个戴着玳瑁眼镜看起来慈祥异常的老爷爷站在门口，看到此情此景然后说，"对不起，打扰了。"

= =

您老人家打扰得还真是时候，可是，为什么会有老爷爷打开门呢？

十秒钟以后门再次被打开，老爷爷直接走进来，停在她的面前，拍着她的肩膀语重心长地说：“姑娘，你考虑一下嘛，嫁给他吧！”

SECRET 05

向小葵一头雾水，向邵年远投去求助眼神的时候却见到自己的boss大人也是满脸黑线，一副忍无可忍但必须再忍的表情。于是她立刻对这位天兵爷爷的身份产生了怀疑。

“这位是？”她使劲朝邵年远使眼色。

boss大人的关注点显然不在她身上，只见他对着大门说：“既然来了可以正大光明地进来看看。”

大门再次被推开，邵谨言走了进来，神态很是坦荡，却抱着双臂一副看好戏的样子。

今天是什么日子？而这又是哪一出？

“爷爷。”邵年远的声音很是无力，“我放在枝姐那里的备用钥匙不是让您这样使用的。”

爷爷，哦，原来是董事长大人啊，看起来只是个慈祥的老头而已嘛，跟传说中叱咤风云的商界大佬形象完全没有相似性嘛。向小葵立刻点头哈腰，“董事长好。”

“咦？”董事长大人用手推了推鼻梁上的眼镜，“原来是公司同事。”

“是啊。”向小葵脸上挂着谄媚的笑容，“我是邵先生的助理而已，我跟他根本不是那种关系。”

“真的不是？”

向小葵忙不迭点头，“真的不是！”

“你答应他就会是了，我们家欢迎你。”

老人家说得语重心长，并转过脸痛心地对那叔侄俩说：“你们两个，能不能对人生有个正确的态度呢？这么多年过去，一点长进都没有！”

他指了指邵年远，“你，赶紧给我结婚！”

接着指向了邵谨言，“你，快点让我抱孙子！”

于是向小葵看到叔侄二人极有默契地相视无奈一笑，然后邵谨言清了清嗓子，“您不是已经有孙子快三十年了，年远这么大一个人，您也该满足了。”

董事长大人立刻皱起眉头，一脸的痛心疾首，“不要给自己的失败找借口，我只看成果！成果！！成果！！！”

向小葵看到董事长大人那个激动的样子，十分担心他会忽然血压升高倒地不起，不过他老人家深吸一口气之后做了最后的指示，“今晚你们两个都跟我去吃饭。”接着还指了指向小葵，“你也一起。”

于是她和邵年远丝毫无反抗能力地跟着董事长大人去吃一餐注定不平静的晚饭。邵年远对这样的一个结果显然十分不满却无能为力，只差没唉声叹气了。

向小葵也是愁苦万分，皱着眉头思索了半天得出一个结论：“我觉得董事长还是比较偏心你叔叔。”

邵年远挑起眉看她一眼，“嗯？”

“你看，他对你的要求是结婚。对你叔叔的却是生个孩子，差别太大了嘛！”

“差别很大吗？”

“当然了，生孩子又不是必须要结婚，现在科学那么发达，可操作空间巨大，结婚就未必啊。不过，董事长绝对不知道你们的事吧？”

邵年远听完她的论断，忽然笑起来，“所以呢，你要跟我结婚吗？”

“这……这不太好吧。”向小葵只差没痛苦呻吟。boss大人原来你还没忘记这茬啊！记性可不可以不要这么好！

“不是你先向我表白的吗？你这样昭告天下，我再不做出一点表示岂不是太不绅士了？再说对我的名誉也不好啊。”

“名……名誉……”向小葵彻底败了，“邵先生，您这样说好像我们的关系很不清白似的。”

“咦，我们之间清白过吗？你不是什么都知道了……”

她深深觉得这样的对话再进行下去，自己会因为内伤而失血过多，最后暴毙街头。boss大人真的是神一般的逻辑啊，这样让人很无力啊有木有！

于是她很努力地表达自己的无奈，“虽然，我很支持您跟邵董你们……嗯，你懂的。可是我拍那张照片只是为了表达我对您的无限敬仰和爱戴啊。邵先生！您要相信我！”

“成为邵太太有什么不好吗？一年的收益绝对超过你工作到退休的薪金福利和加班费。”

听起来很诱人，可是，她向小葵是不会动摇的！

“虽然找个女人结婚可以成为您跟邵董的挡箭牌、防风林、抗洪堤，但是我觉得你们可以找一个比较有说服力的人来从事这一伟大的使命。我看起来太普通了，完全不够格啊。”

“挡箭牌、防风林、抗洪堤……”邵年远复述着这些名词，嘴角弯成一个格外好看的弧度，“没看出来，原来你这么有见地。”

“啊？”

“我觉得你是很合适的人选呢，向小葵小姐，请认真考虑一下我的提议吧。”邵年远诚恳地建议。

“为什么？”

“因为你知道得太多了。”他一字一顿，说得格外用力。

天已经渐渐黑了，从车子的后视镜里向小葵看到自己的脸，绿得好像五月那一望无际的草原。

到了地方，向小葵才知道所谓的“一起吃饭”是一同赴一个寿宴。宴会场面十分热闹，酒店偌大的宴会厅里客如云来，城中名流云集，好不热闹。向小葵心想，能让董事长大人带着儿孙前来的人物一定不寻常。

邵年远指了指端坐在主位上那个胖乎乎的老人家说：“那就是今天的寿星。”

哇，好可爱的胖伯伯啊，他戴着眼镜微笑的样子简直就像是漫画里的安西教练啊，让人很有冲动上前去拍拍他迷人的双下巴什么的。

邵年远接着补充道：“他就是程永光。”

向小葵的下巴立刻掉下来一半，当时差点跪下。程永光啊，那是城中黑白两道叱咤风云的传奇人物，传说中的教父啊有木有！所以你能想象本应冷酷邪肆的教父大人其实是个矮胖的伯伯吗，你能想到教父喜欢拍着人家肩膀然后发出可爱的呵呵笑声吗？

这，太、太让人觉得不可思议了。

向小葵扯了扯邵年远的袖子说：“董事长跟他的交情一定非常好吧？”

邵年远摇了摇头，“见面就吵，他们年纪虽然差得比较多，但当年是同在一个师傅门下的师兄弟，较量了大半辈子，到现在还在比，前几天还差点在高尔夫球场打起来，真让人头痛。”

“那董事长为什么还要你和邵董都一起来。”

“因为他听说程永光的小儿子会带女朋友一起来，所以要求我们必须出席。”

“居然是这个原因，你觉不觉得这样很……”向小葵痛苦地思索应该使用怎么样的形容词才算恰当。

邵年远很善解人意地补充道：“幼稚。”

好吧，这是boss大人你自己说的，她向小葵可没有这样想。乖乖跟着那祖叔孙三人去向寿星拜寿。

近距离观察之下，程永光那胖乎乎的脸显得更加没有杀伤力，镜片后面的眼睛眯成一条线，笑嘻嘻地对董事长大人说：“谨言和年远越发优秀了，不像我们家程祇和程祈，这么多年还这么不成才，对了，这个是程祈的女朋友北北。”

向小葵顺势望过去，先是看到了程祈，那是一个高大而冷峻的青年，穿黑色礼服，好像眉头总是不自觉地微微皱着，透着一抹凌厉和些许的不耐烦，

这副神情，活脱脱就是一只哈士奇。0(╯□╰)0

但是他转过脸看女朋友的神情忽然温柔起来，嘴角弯成一个旁人不易察觉的弧度，眼中凌厉的光瞬间化作缓缓流淌的水。真心爱着一个人，大概就是这个样子吧。

程祈的女朋友是一个高挑的美人，目测身高在一米七五左右，穿一袭及踝的长裙，沉静而温和。两个人站在一起顿时变成了一对温顺的长颈鹿，程祈脸上的不耐烦与凌厉瞬间消失无踪，怎么看怎么美好。

咦，这只长颈鹿为什么这么眼熟？

还没等她想出自己是在什么地方见过美人，对方已经率先大叫起来：“小花！”

向小葵使劲儿擦了擦眼睛，也跟着激动起来，“鹿鹿！”

原来美人居然是自己在微博上的好基友鹿鹿同学。人要衣装这句话说得一点错都没有，自己居然没有把一个桌上吃过饭，一个沙发上睡过觉的鹿鹿认出来，简直是太差劲了。

程祈向小葵轻轻点头，“原来你们认识。”

这下程永光对向小葵忽然来了兴趣，指着她愉快地向董事长大人询问：“伯扬兄啊，这位是？”

邵伯扬只是微笑，目光落在向小葵身边的邵年远身上，邵年远只好挺身而出，“她是我的助理。”

“哦。”程永光笑得格外有深意。

于是邵伯扬补充道：“也是他未婚妻。”

啊？！

这下包括两位当事人和邵谨言在内的所有人都傻了眼，邵年远只差没两眼一黑晕过去。

邵伯扬继续补充道：“过年的时候他们就准备订婚，然后年中大概就要办婚礼了，小程啊，欢迎你来喝喜酒。”

此刻的向小葵已经被董事长大人这爆炸性的消息炸得说不出话来，只能朝邵年远比画，“我们……”

邵年远却忽然握住她的手，他的掌心干燥而温暖，可是向小葵却像是忽然被什么东西烫到，想要挣脱却被抓得更紧，就那样无声地被他牢牢牵着手。

于是只得乖乖地跟着入席，山珍海味吃到嘴里都如同嚼蜡，向小葵深刻地觉得自己好像被拉进了一个复杂的棋局，有种自己即将被卖掉还看不到钱的感觉。事情的发展好像已经渐渐地脱离了她的掌控，或者说，从来就不在她的掌握中。

吃到一半，她终于捞到一个机会出来透透气，在洗手间磨蹭了一圈出来，居然遇见了同样躲在角落里唉声叹气的鹿鹿，两个人哀怨地对视了一下算是打过招呼，于是向小葵继续看着窗外的夜景唉声叹气。

“真没想到你会出现在这里。”鹿鹿的额头靠着落地窗的玻璃，一脸无力状。

向小葵点头，“是啊。”

鹿鹿继续道：“真不想回去。”

向小葵继续点头，“我也是。”

“那不如这样吧。”鹿鹿不知道从哪里搞来了一瓶酒和两个杯子，两人直接在角落里对饮起来。不一会儿一瓶红酒就见了底，鹿鹿又很快弄来了第二瓶。

喝到一半，向小葵忽然难过起来，于是跟鹿鹿坦白：“其实我不是邵年远的未婚妻。”

“我也是……”

“咦？”

“我也不是程祈的女朋友……”

然后两个人一起抱头痛哭，“事情为什么会变成这样？”

同病相怜的两个人继续碰杯豪饮，还跟着宴会的背景音乐在角落里跳舞，只想忘记那纷乱的现实和不想面对的一切。

后来的事情向小葵都不太记得了，只觉得天在旋转，地在起伏，空气是热的、甜的、暖的。她被人拥在怀里，像是什么珍贵的宝物被人妥善保管，细心安放，她放任自己的不清醒，只想留着那片刻温存的时光。

向小葵觉得自己的头疼得像是要炸开了，脑袋滚烫，四肢却冰凉，于是她本能地向有温暖的热源移动。这抱枕好舒服好暖和，软硬适中，好像……

等等，好像有什么不太对，为什么这个抱枕会自动冒热气！伸手摸一摸，咦，还有毛毛，莫非是……

她猛地睁开眼，眼前居然是邵年远！！！！！

不过不得不说boss大人睡着了也还是那么帅，虽然眼眶上有一圈青紫，不过变猪头了也还是那么好看，但关键的问题是，他为什么会在这里？！

还没等她开口，邵年远已经不耐烦地出声，“你醒了……”

“我……你……我们……”

向小葵语无伦次，看到自己身上穿着的崭新睡袍更是觉得生不如死。老天啊上帝啊，昨天晚上她究竟做了神马啊！为什么要这样对她！

“你知道你昨晚做了什么吗？”邵年远没好气地说。

她不会是借着酒劲儿对boss大人做了什么不可原谅的事情吧，如果真的是那样，她也太禽兽了，555555。

邵年远指了指自己青紫的眼眶，“这是被你打的。”

天哪，她忘记自己酒后会那么暴力了，支支吾吾地道歉：“对不起。”

邵年远无奈，“这倒也罢了。你跟那位苏小姐昨天把程老的寿宴弄得鸡飞狗跳，醉成那个样子还不要人扶，程家老大程祇差点被你推下楼梯……”

原来自己昨天做了那么劲爆的事啊！程家老小那可都是黑社会来着，今天出门不会被人打晕之后扔到海里喂鱼吧。555555，都是董事长大人，他为什么非要带她一起赴宴啊！

“那我们现在是在哪里？”向小葵看着周围陌生的陈设，心中忐忑更深。

“老狐狸的洞，我们家大宅。”看到向小葵两眼含泪不发一语的样子，邵年远叹一口气，“回来的路上你又唱又闹，老狐狸不知道又冒出什么念头，直接把我们俩打包来了这里，你进门之后就开始脱衣服，后来还吐了我一身，我洗了个澡出来，发现你已经在我床上打呼噜了，门又被老狐狸从外面反锁了，所以我勉为其难跟你分享了一下我的床。”

居然是这样！

向小葵流宽面条泪了，虽然自己知道boss大人取向那啥不会对自己做出神马事，可是这样一来她要怎么面对外面那群人啊。她的名誉啊、节操啊……神啊，让她死了算了！

“那，那我的衣服呢？”她裹着被子一脸哀怨。

看到向小葵一副如丧考妣的样子，邵年远的心情忽然变得十分舒畅，“枝姐还是谁帮你换的吧，难道你希望是我？”

“滚！”

两只枕头朝着邵年远那张坏笑的脸砸去。他倒是不以为然，站起身来下了床，对向小葵说，“既然醒了就起来吧。不过，鉴于你昨晚的优异表现，让我放你一天假也可以。”

优异，优异你妹啊，你们全家都优异。

向小葵愤愤地摸去洗手间刷牙洗脸，出来的时候邵年远已经不见踪迹，显然反锁的门已经被打开。床上放着一套全新的衣物，她昨天穿的则被清洗干净之后装在一只手提袋里，跟她昨晚拎的手袋一起放在一边。

她看了看那衣服上的价钱，顿时直吸气。啧啧啧，这个牌子，还是当季新款，换成现金给我该多好。

不过既然送给自己，那她也不会辜负人家的美意，穿漂亮名牌的新衣感觉真是太棒了！

向小葵换好衣服拎着包包走出房门，只觉得这老房子简直跟迷宫一样，自己顺着走廊应该可以出去吧，身后忽然有个声音响起，“向小姐，老爷他们都在楼下等你吃早饭，请跟我来。”

到了餐厅，祖叔孙三人已经坐在桌前，画面好和谐，气氛嘛，好诡异。邵谨言见到她居然是一副臭脸，这对常年冰块面无表情的他来说不知道算不算难能可贵；邵年远居然是一副等着看好戏的样子；邵伯扬看到她居然很开心，没有半点嫌弃，“小葵，来，快来吃早饭。”

这三个人的表现，除了邵年远尚属常态之外，剩下两个简直是太不正常了啊有木有！

早餐是很家常的粥和小菜，吃到口中才觉得异常香甜，原来是虾仁瑶柱粥，配上牛肝菌简直是太鲜美了！向小葵只顾低头喝粥，就差没把碗底舔干净。

邵伯扬在她头顶悠然开口："过年的时候请你的父母一起来见见面吧，这样婚事才能有进展。"

"什么？"

婚事？进展？这是哪儿跟哪儿啊？

咳咳咳咳，向小葵剧烈咳嗽起来，差点被粥呛死，咳了半天才喘过一口气来，"董事长，其实我不……"

"嗯？"邵伯扬扬起了眉毛，"难道你不愿意跟年远结婚？"

"是……是……啊。"

邵伯扬的表情瞬间变得十分可怕，"昨天他也跟你求过婚了，昨晚你们也睡在一起了，你现在居然说不愿意，那我孙子的名誉怎么办？"

向小葵瞬间石化，她终于知道boss大人那满脑子歪门邪道的逻辑源自何处了，原来是遗传啊遗传，只是现在居然就这样被逼婚，这该怎么办才好啊！

"爷爷，那只是个玩笑。"

"啊？"邵年远一开口，邵伯扬和向小葵一起愣住了。

邵年远笑一笑，"昨天是我跟向小姐在开玩笑，她是个可爱的下属，作为上司有时候会开一些离谱的玩笑来放松一下心情。我是不可能喜欢上她这种类型的，所以，爷爷，您这样会让我的员工很困扰，以后还是不要这样了吧。"

邵伯扬看看向小葵，又看了看邵年远，"这是个玩笑？"

"是。"

"你一点都不喜欢她？"

"喜欢，像喜欢虎子一样。"

噗，原来真是把她当宠物啊！

"好，我明白了。"邵伯扬了然地点点头，"那从今天晚上开始你就去相亲，我会找人跟殷俊协调你的行程，从今天到这个星期天，每天见一个。"

大家长发话，自然没有人忤逆他的意思，邵伯扬像是对这个结果很满意，最后问了一遍："没人有问题吧？"

"有！"

所有人的目光都落在了向小葵身上，她却神情坦荡地问："我可以再来一碗粥吗？”

＝＝

在邵家祖叔孙三人的注视下，向小葵在早餐这一项上发挥出色，一共消灭了两碗粥，四个荷包蛋，一碟牛肝菌，一整根广式肥香肠，甚至在餐后还吃了一大只橙。

这样出色的表现，大概又让那三位刮目相看了吧。不过向小葵可是吃得心花怒放，警报解除。boss大人真是深明大义，在关键时刻挺身而出拯救她于水火，她决定，自己以后一定全心全意伺候boss大人，一定鞠躬尽瘁，死而后已！

吃完饭之后当然是各自上班。出门的时候，邵谨言又深深地看了向小葵一眼，看得她心里直发毛，跟着邵年远上车之后终于忍不住问："邵董是不是对我有什么误会？"

"误会。怎么会？"邵年远正在看ipad，头也不抬地回答她。

"虽然我知道你不会跟我有什么，但是他也许会误会我跟你有什么啊，这样会影响你跟他的感情的！"

邵年远忽然笑起来，还是那种夸张的大笑，只差没在车里打滚，连一向内敛的司机大叔都忍不住从后视镜里瞟了两眼。

"你放心，他不会误会什么的，他这样看你是因为昨晚你对他做了太精彩的事。"

"不会吧？！"向小葵尖叫起来。原本她以为差点把黑社会老大推下楼梯已经很劲爆了，没想到自己还干了更加夸张的事。

"我做了什么？"不会是强吻什么的吧，如果是那样，今后她还有什么脸面来面对邵谨言啊。

邵年远努力斟酌了一会儿，"其实也不是很过分，你就是冲上去捏他的脸，然后让他给你这位'大爷'笑一个而已。你都不知道当时他脸上的表情有多么经典，这么多年我从来没见过他这个样子，太过瘾了，我要奖励你。"

囧！她居然做了这么耸人听闻的事，怪不得邵谨言看自己的眼神是那样的，简直像是要掐死她嘛，下次见面是不是要先道歉啊。

"我爷爷对你也很满意。"邵年远继续补充道，"你没有看到他刚才的眼神，多失望啊，纪怀恩逃婚的时候他也是这种眼神。”

“我不能理解。”

满意？她都弄出这种阵仗了，邵伯扬居然还对她满意，董事长大人的口味也太独特了。

“因为你破坏了程老的寿宴啊，我甚至怀疑他已经在谋划把你从我身边挖走，然后以后需要见程老的场合都带着你。”

……

董事长大人，您太幼稚了！%>_<%

到了办公室，向小葵悄无声息地躲到自己的座位上默默做事。邵年远依旧繁忙，一进办公室就召见了三位部门主管，然后又和研发部、销售部一起开了会，一直到午餐时间还没从会议室里出来。

开会开到这个时候，照例是要给boss大人准备便当，不知道是boss家的豪华早餐比较有分量，还是她一想到昨晚的事就没有胃口，过了饭点儿居然不觉得饿，去餐厅打包的向小葵自己居然一点食欲都没有，望着香嫩的猪排唉声叹气，弄得餐厅经理心惊胆战，连声问：“怎么了，向小姐，今天的菜色有什么问题？”

“没有，是我自己的问题。”

哀怨地带着便当回到三十楼，会议刚刚结束，boss大人跟殷俊以及马伟森还在会议室探讨问题，马伟森看到食物的眼神简直犀利到不行，于是建议：“我们一边吃一边看？”

boss大人点头应允，一边吃一边继续开小会。议题终于结束，殷俊于是跟邵年远确认：“今晚您的约会定在晶华一楼的曼谷雨季，吃泰国菜，董事长那边会负责跟谷小姐确认时间。”

“哦，跟他说，我会按时赴约，让他不要担心。”

这个他，显然是董事长大人吧。

向小葵这时候很自然地给邵年远端来了餐后水果，一整只剥好皮的橙子。boss大人的癖好她已经熟记于心，水果不喜欢用金属刀具切过，所以橙子用手剥，苹果不削皮，剩下的可以使用塑料器具……而且最让她觉得不可思议的是，吃一整个橙子的boss大人吃相仍然是那么淡定斯文，连一滴汁水也没有溅出来，真让人佩服。

饱餐后的boss大人居然伸了个懒腰，对着他们宣布："我要去睡个午觉，没有重要的事不要叫醒我。"

"可是博远置地的代表下午会来谈那个开发案。"殷俊看了看日程。

"哦，那在约定时间的半小时前让向小葵来叫醒我。"

"我？"

"怎么？"邵年远挑了挑眉毛，"有意见？你知道我昨晚被你踢下床多少回……"

向小葵顾不得什么上下之别了，飞身上前捂住邵年远的嘴，"没意见，要我当人肉闹钟我都没意见，邵先生您渴吗？我做冰咖啡给您好不好？"

在殷俊和马伟森二人了然的目光中，向小葵含泪恭送boss大人回休息室午睡，心中却在凶猛滴血——名誉啊，她的名誉啊！

惨淡而无聊的星期一下午，向小葵已经无数次思索自己弃职潜逃之后，被抓回来的可能性，但是一想到自己还背着把程家大少爷推下楼的"大案"在身，离开邵氏显然不安全也不科学，但是如果再在boss大人身边待下去，她一定会声名狼藉到嫁不出去的！虽然最近很长一个时期之内，她对男人没什么需求，但是长远来看，还是离这是非之地越远越好啊！

痛定思痛，她决定开展远离boss行动第一步，先从boss大人家里搬出来！

在同城资讯网站逛了一下午，向小葵一间满意的房子都没有看到，不知道是自己要求太高，还是这年头好房子太少。网上招租的房子，不是地段偏远就是条件苛刻。

一无所获本来已经足够打击现阶段向小葵那脆弱的小心灵了，但是boss大人居然在下班的时候对她说，要她跟他一起去相亲！而理由冠冕堂皇到连向小葵自己都没有办法反驳，他居然说反正都是要吃饭，跟他一起赴约可以省去向小葵一顿晚饭钱。

很好，很强大。于是向小葵踏上了跟boss大人一起相亲的苦难之路。

顶级酒店的主题餐厅，向小葵哀怨地坐在boss大人旁边，看着今晚的女主角款款朝他们走来。

相亲对象NO.1

律政俏佳人：谷蔚扬

根据线报，这位谷小姐可是Harvard法学和MBA双硕士，钢琴十级，围棋三段，举办过个人画展，喜欢跳伞，有潜水牌照，是上天入地无所不能的超级无敌万能女猪脚的典范。

在这样一个完美女性面前，向小葵觉得自己简直要低到尘埃里，不对，那是要低到下水道里才能显示出自己与人家的差距。而且这位谷小姐绝对一等一的好涵养，见到相亲约会多了一个人都没有多问一句，还是邵年远主动介绍："这位是我助理，老爷子专门派来盯着我的人，看我有没有慢待佳人，希望谷小姐不要介意。"

切，自己想要个观众就直说，还拉扯到自己爷爷身上，boss大人你实在是太无耻了！

好吧，既然是人家助理，就要有个助理的样子，更何况这位谷小姐简直像女神一样闪闪发光。向小葵险些被这强大的光芒闪瞎了眼，所以一晚上只干活不说话，为二位主角端茶倒水、布菜盛汤，剩下的时间一边跟冬阴功汤战斗，一边想想自己那些憋屈的小心事。可是今晚的两位主角显然不打算放过她，在不知道讨论了多少轮国际国内经济形势、低碳环保达沃斯论坛G20峰会之后，谷小姐忽然抛出一个问题给她："这位小姐怎么看呢？"

"啊？"向小葵无助地看着邵年远，希望可以从自家boss身上得到帮助。

邵年远于是跟她解释："我们刚刚在讨论科学家最近在加勒比海发现了一种虾，它能够生存在450摄氏度的条件下……"

还没等邵年远说完，向小葵立刻做了然状，"哇，做醉虾或者是刺身不就行了，这有什么难的。"

于是，向小葵成功地看到女神一般的谷小姐在听到她的回答后也忍不住呆了一下，抿一口果汁点头道："你思考问题的角度倒是很独到。"

咦，女神的意思是她只知道吃咩？

好吧，在这种场合下她还是少发表意见的好，还是吃最安全，于是太继续跟咖喱蟹作斗争。大概是怕吃起螃蟹来样子比较狰狞，所以男女主角都没有动筷子，所以向小葵放心大胆地大啃起来，消灭完螃蟹消灭鱼，消灭完鱼消灭汤，最后在她的不懈努力下，连甜点都没有剩下。

最后向小葵摸着肚子看boss大人跟女神互留电话、互致问候，然后……然后就再见了。

好吧，虽然明知道这样的相亲不会有任何结果，但是向小葵还是有点为boss大人可惜，“谷小姐多么完美啊！”

邵年远居然也表示同意，“是很出色，这城里大概也找不出第二个。”

“可惜啊。”

“有什么可惜，也许她真的会成为邵太太也不一定。”

“你！”向小葵忽然觉得很气愤，好像是被什么人辜负了，“你这样怎么对得起邵董啊！”

邵年远眯起眼睛，微扬起下巴看着她，“你不觉得找个女人结婚，对于我们来说才是最安全的方式吗？”

噗！向小葵差点当场吐血。亲爱的boss大人啊，今天我才发现您的节操已经低到要爆表了，您这样结婚对得起人家女孩子吗？

为了表示对将来那位倒霉的邵太太的同情，向小葵拒不参加第二天的相亲约会，结果被boss大人直接以年终奖相威胁，被迫继续围观boss大人是怎么祸害广大优秀女性的。

相亲对象NO.2

大家闺秀：陈秀媛

这位陈小姐真是一流的气质美女，容貌端庄、姿态优雅，落座的时候连领位的服务生都看呆在那里，只差没有当场流口水。

再次根据可靠线报说，这位陈小姐在高中时就送去法国念寄宿中学，大学在牛津学习美术史，精通法语、英语、德语、西班牙语，不去做外交官简直可惜。现在她在慈善基金会做理事，时常出现在各类慈善活动的现场，是一位城中名媛。

今天这位陈小姐显然跟昨天的谷小姐不是一种风格，既沉稳又温和，像是一汪碧水，通透而沉静。

boss大人跟这位陈小姐的话题居然也很多，他们聊英国的天气、法国美食，讲在非洲丛林里看一只豹子喝水，或者是无名湖畔的日落……

大家闺秀不愧是大家闺秀，可以从那么多听起来很无聊的事情中获得那么多喜悦和感动，连带着让向小葵觉得今天这餐法国菜好像也没有很无趣，只是一般无趣而已。

= =

甜点上来的时候，气氛已经相当融洽，陈小姐开始讲她在英国时的趣事。

"有一次参加一个party，结果其他人都食物中毒了，只有我没事。他们都觉得我好强大，虽然我现在也没弄清楚为什么会这样……"

"呃……"向小葵忍不住插嘴，"其实很简单啦，老外不像我们中国人，他们没经受过地沟油的考验，他们不行的……"

于是向小葵非常成功地让陈秀媛小姐被一只水果塔呛住，最后不得不抛弃淑女形象，咳嗽了三分钟之久才恢复正常。

对此，向小葵觉得非常愧疚，主动递上果汁表示慰问，然后独自默默地对付自己的那只水果塔，只是刚咬下第一口，里面的酱汁居然喷了出来！

陈小姐那妆容精致的脸蛋顿时被果酱汁弄得惨不忍睹，闺秀同学终于克制不住地尖叫起来。

向小葵默默对手指，她真的不是故意的！

在制造了这起意外之后，向小葵觉得自己有充分的理由可以拒绝再次陪同boss大人去赴相亲约会，但还是遭到了他的断然拒绝，而且这次的理由十分强大，"今天要见的可是余舒晨，在她的私房菜馆。"

余舒晨！私房菜！

向小葵觉得自己顿时像巴甫洛夫的狗一样旺盛地分泌起了唾液，毅然决定跟随boss大人一起去。反正他相亲，她吃饭，各得其乐，什么也不耽误。

余舒晨的私房菜馆在一栋旧式别墅里，老唱机里放着黑胶唱片，淅淅沙沙的声响别有一番风味。她穿一件短袖旗袍，衬得腰身不盈一握，跟室内的风格相得益彰，让人觉得自己瞬间堕入了时光隧道。

她的各项情况向小葵不用线报也能倒背如流，余舒晨在本市吃货心目当中那是当之无愧的女神。她在电视台主持一个美食节目，在晚报写一档美食专栏。她的博客向小葵每日都要去参观浏览一下，今日终于见到活的了，激动得差点没扑上去要签名。

余舒晨并不多话，互相介绍之后便送上几个小吃让他们品尝，介绍吃食时也轻声细语，脸上两个浅浅的梨涡格外娇俏可人。秀外慧中大概就是形容她这样的人吧，向小葵恨不得立刻替boss大人娶了人家。

接下来不断有突破向小葵想象的美食送上来，都是鲜香可口，想来boss大人的胃也跟她的一样被征服了吧。

在他们交谈过程中她还得知，余舒晨居然是日本武藏野大学毕业的，向小葵一边吃菜一边想，原来只有名校毕业才有跟boss大人相亲的资格啊，可是不知道最后谁才可以入boss大人的法眼呢？这真是个忧伤的问题。

不过向小葵“忧伤”的心灵很快被余舒晨端上来的一盅汤治愈。汤汁是奶白色，像一大块美玉端放在那里，醇厚而香甜。骨瓷汤勺浸在汤盆里，盛汤的时候盆底红黑两只金鱼若隐若现。

那汤自厨房端出便有一股异样的香气，到了桌上更是奇香扑鼻，向小葵觉得自己闻闻味道简直就会醉了，这世界怎么会有这样的美味！

余舒晨亲自为邵年远盛汤，一双丹凤眼妩媚异常，“这盅汤从昨晚开始熬制，请邵先生品尝。”

这就是一碗热汤的关怀啊有木有！更何况这汤美如仙汁。向小葵细细品尝自己那份，只觉得舌头都要在这汤汁里化掉，心中对余舒晨的崇拜又上升了两百个百分点，陪boss大人相亲这几日来，只有今天最圆满最美好。

饭后甜点是向小葵最喜欢的杏仁豆腐，不过吃到一半的时候她忽然觉得肚子有点不对劲，好像有要奔去洗手间的冲动……

于是下一秒钟，相亲的二位主角就看见向小葵以迅雷不及掩耳盗铃之势冲向洗手间，半晌才出来。

从卫生间归来的向小葵脸色十分苍白，活像被人抽走了浑身力气，只觉得boss大人的脑袋为什么在自己面前晃来晃去，最后连视线都模糊了。

等她再次醒来已经是在医院的急诊室，boss大人正在跟医生交谈，身旁的余舒晨脸色十分不好看。

boss大人看到她醒来对她说：“大概是杏仁过敏，下次注意不要碰这类的食物吧。”

“可是……”向小葵使出全身的力气解释道，“我，我吃杏仁从来不过敏啊。”

“过敏这件事是很复杂的，今天不过敏未必明天就不过敏，今天过敏的，也许明天就能吃啦。今天算你倒霉，反应比较大，下次要小心喽。”

%>_<%

见到她醒来，余舒晨像是松了一口气，终于放心离去。看着她离开的背影，向小葵虚弱地说：“余小姐最后看我那一眼，怎么像是有点怕？”

“那当然。”邵年远给她扯了扯被子，眼神出奇的温柔，“没有一个厨师会不害怕吃了自己做的东西之后晕倒送医院的人吧。”

呃。

邵年远摸摸她的脑袋，“饿不饿啊，要不要叫个面给你吃？”

完了，向小葵觉得这次绝对是她人生中一个抹不掉的污点。

SECRET 06

过敏事件的好处是，向小葵再也不用陪同邵年远去相亲。在听到这个消息之后，她立刻觉得天空重新晴朗了，空气更加清新了，马伟森忽然变得有趣可爱，甚至连今天这种开起来像打仗一样的会也没有那么痛苦了。

站在茶水间门口，看端坐在首席的那两个男人，一个强势冷静，一个笃定卓然，向小葵忽然觉得这种感觉很陌生，忍不住去想，自己究竟是离他们的真面目太近，还是太远？

因为有邵谨言的参加，所以本来严肃紧张的会议居然冒出了火药味，一票秘书在分发材料时面色凝重，复印机不停运作更新资料，连向小葵送茶点的时候都觉得自己快要被室内热辣的空气灼伤，投送完毕，迅速闪人。

因为开会的缘故，整个三十楼空无一人，泡一杯海南土产咖啡站在落地窗前，摸出一包曲奇配着吃，向小葵简直想要发围脖让别人羡慕嫉妒恨一下自己拥有的美好时光。

“我能来一杯吗？”

有人在她身后开口，向小葵循声转过身去，居然是邵谨言！

此刻的他脱去了西装外套，逆光站在那里，让人看不清他脸上的表情。

“呃，咖啡，我去准备，还是黑咖啡？”

“跟你一样就好。”

邵谨言看她从座位抽屉中拿出一包，撕开包装后落入杯底的颗粒粗糙，仿佛只是咖啡豆的半成品。她小心翼翼地过滤，最后捧到他面前的液体浓香四溢。

向小葵现在面对邵谨言的时候只剩下尴尬，这几天她不止一次想象自己捏着人家脸让他给自己笑一个的场景，丢人啊，真是太丢人了！

＝＝

向小葵觉得还是装傻比较安全，默默看着邵谨言喝掉半杯咖啡，然后跟自己一起站在落地窗前向楼下望去，下面是闹市的人海和车阵，人世繁华全在脚下，高处就是有这样的美景。

邵谨言松了松领带，长出一口气，“还是出来感觉好多了，里面的气氛实在不怎么好。”

那还不都是因为你啊，亲爱的邵董。向小葵在心中默默吐槽，脸上却露出甜美无害的微笑，“开会期间的放风非常重要，对吧邵先生。”

邵谨言眯起眼睛看她，最后得出一个结论，“你很有趣。”

呃，其实向小葵很想跟邵谨言深入探讨一下自己到底有趣在哪里这个话题，但是忽然有一群人运了一堆造型各异的盆栽进来，统统堆在走廊上，然后对她说，“三十楼的花都在这里了。”说完直接转身就走。

“喂，你们是哪个部门的，这花不能放这里。”

向小葵赶忙上前询问，等下一群高管开会出来，看到通道里堆满了花花草草，那像神马样子啊。

“哦。我们是园艺公司的，你们公关部从我们这里订了这些花，说是年终活动要用，就说让我送上三十楼，要怎么摆放那是你们的问题，我们还得去其他楼层送货呢，这个你们自己解决吧。”

“喂，你们怎么能这样，好歹放一个空旷点的地方吧，摆在走廊里……”不管向小葵如何提出建议，园艺公司那群人仍然丢下一堆花盆扬长而去，留下她站在花丛中郁闷无比。

金桔、富贵竹，居然还有桃花，公关部是觉得boss大人桃花不旺所以弄来这些帮着改风水吗？可是，这些花盆堆在这里要怎么办？

她只好亲自动手去挪花盆，可是花盆那么重，地上又铺着地毯，推来推去根本挪不开，最后还是邵谨言卷起袖子伸出援手，“先把中间的这几个放到墙边，来，我们一起。”

好吧，领导者就是领导者，连处理这些小事都比她有条理。她跟邵谨言一起把中间的几个花盘搬到墙边，搬到最后一个的时候忽然有人在背后叫她：“向小葵！”

她下意识地回头张望，在看到走廊那端的邵年远时忽然慌张起来，手一滑，花盆直直往邵谨言脚面上砸去……

“啊！！！！！”

向小葵凄厉的哀号声在三十楼回荡，邵谨言眉头紧皱，“喂，该惨叫的好像是我吧。”

大概是听到尖叫声，会议室大队人马直接冲了出来，在间接责任人邵年远的带领下上前查看情况。向小葵简直要哭出来，连声音都是抖的，泫然欲泣外加手足无措道，“邵先生，您，您没事吧？”

邵谨言苍白着一张脸，语气冷到极点，“你觉得我像是没事吗？”

＝＝

一群人七手八脚地把邵谨言送到医院，不幸中的万幸是没有骨折。邵年远在诊室外面神色严峻地看着向小葵，弄得她很有万死也不足以谢罪的感觉。

向小葵嗫嚅道：“那个，我真的，不是，故意的。”

“嗯，我相信。”邵年远拍了拍她的肩膀，“道歉的话跟他说就够了，我就不必了。”邵年远想了想继续补充，“越来越觉得把你放在身边是个英明的决定，最近你不断给我惊喜，你放心，这些会在年终奖体现出来的。”

向小葵的下巴差点没掉在地上，boss大人他、他这是在夸奖我吗？

邵年远带着向小葵一起进了诊室，正好碰见邵谨言跟自己的秘书确认一些工作的进展情况。秘书看了看邵谨言被包成粽子的脚，小心翼翼地问：“那么，邵先生明天的行程要取消吗？”

“不。一切照旧，明早出发。”

秘书为难地看了看自家老板现在这个样子，“那需要我跟您一起吗？您现在的状态实在不适合旅行。”

“刚才医生不是说过，我只要静养就可以了，药我会随身带着，你继续盯着UMC那边的动向。”说完他看了向小葵一眼，伸手一指，“帮她订一张机票，她跟我一起去。”

“什么？”

向小葵被他这句话吓得趴在地上。她看看邵谨言又看看邵年远，病床上那个气定神闲，而站在她身边那个脸色却着实有些不好看。

“我不认为我的助理有跟你去任何地方的必要。”邵年远抱着双臂一副“我的人只有我能用”的姿态。

“哦，是吗？”邵谨言笑起来，“她不是要表达歉意吗，我觉得这个方式就很好，你觉得呢，向小姐？”

看了看自家老板，又看了看被自己折腾得无比狼狈的邵谨言，向小葵一咬牙一闭眼，毅然做出决定，“好，我跟你一起去。”

邵年远十分不满意向小葵的这个决定，回去的路上没有跟她说一句话。跟boss大人这种BT中的战斗机冷战的滋味十分不好受，向小葵踌躇了半天还是决定自己先开口，“您不满意我跟邵董一起去吗？”

看到向小葵可怜兮兮的样子，邵年远的表情终于不那么紧绷，“不是不满意，而是认为没有必要。”

“可是，事情会变成这个样子都是因为我的缘故，所以我觉得自己十分有必要承担这个责任。”

“向小葵，听着。”邵年远用十分正式的口气对她说，“今天的事情只是一个意外，你不了解邵谨言那个人，他跟你看到的不一样，我不希望你跟他有太多接触，明白吗？”

呃，向小葵有点八卦地想，boss大人您不想让我多接触邵董是在吃醋吗？你们小两口还真别扭，啧啧啧……

不过她还是很坚持自己应该承担起责任来，“我要去。”

劝说无果的邵年远开始无赖起来，“我不准。”

“那我请年假。”

“入职未满一年没有年假，向小姐。”

“那我请病假。”

“哦，你哪里不舒服？”

“我大姨妈来了行不行啊？！”

于是当天下午，向小葵那张“大姨妈太汹涌特请假一周”的假单就放到了邵年远的办公桌上，他气愤地看着落款那鬼画符一样的签名，恨恨骂道：“算你们狠。”

向小葵在上飞机之后才开始认真思考邵谨言要求她同行的目的，因为从check in到登机，邵谨言这个航空公司VIP外加暂时性残障人士受到了无微不至的照顾和帮助。可是他连轮椅也不要坐，坚持拄着拐杖上飞机，这让负责打点行李的向小葵很是不解。

不过第一次坐飞机就能赶上头等舱让向小葵十分兴奋，她一边翻杂志一边想，等下是不是该问空姐要两份饭，伺候邵谨言好像要更加耗费体力。

一旁的邵谨言似乎对她现在的状态很是不解，“你很兴奋？”

“哇，你看出来了。”向小葵兴奋地朝他眨眨眼，“这是我第一次坐飞机，当然要兴奋了。”

“哦。”邵谨言一脸了然，“希望起飞后你仍然保持这样的状态。”

下一秒钟，一脸轻松的邵谨言忽然变了脸色，向小葵顺着他目光的方向望过去，哇，居然是甘薇！

只见那甘薇一双眼紧紧盯着邵谨言，开始是热切，后来慢慢冷却下来，眼中全是落寞的无望和挣扎，最后只是礼貌地朝他们点头微笑。

有问题，这里面一定有问题！一想到甘薇身上可能藏着有关boss大人跟邵谨言两个人的大八卦，向小葵八卦的血液又开始沸腾了起来，转过脸来面对邵谨言的时候眼中多了一抹探究。

径自看报纸的邵谨言头也不太抬地对她说：“甘薇就是那个传说的女主角。”

“神……神马？”

邵谨言移开报纸，嘴角扯出一抹浅笑，“邵氏集团最有生命力的八卦，关于邵年远抢了我的未婚妻之类的，那个人就是甘薇。我回答了你的问题，所以不要再用那种眼神望着我。”

向小葵顿时傻眼，心想我冤枉啊我，敬爱的邵董我看您的眼神简直纯洁简单到不行，真的没有打听八卦的意思啊，就算您钟爱不打自招，也不要赖在我身上嘛！

看起来这位甘小姐就是两位邵先生之间虐恋情深的炮灰一号了。唉，真是红颜薄命啊，不管爱上的是哪一个，带给她的都只能是心灵上不可磨灭的伤痕了呢，真是可怜！

看到向小葵成功地傻眼，邵谨言似乎非常满意，“好了，我还是劝你留着点体力应付起飞以后带给你的惊喜。”

后来果然被邵谨言说中，向小葵在飞机起飞后身体反应巨大，心慌胸闷，活像是喝了一大桶黑咖啡。吃两份飞机餐的宏愿化为泡影，她哀怨地望着身边正在闭目养神的男人，料事如神什么的简直是太讨厌了。

大概是身体适应能力比较强吧，在飞机起飞一个小时后她终于恢复了正常，拉开遮光板向窗外望去，云端上的景色果然不同凡响，不过不能脚踏实地的感觉着实让人不太舒服，真不知道他们这些空中飞人是怎样度过在天上的这些寂寞时光。

看够了，想累了，向小葵决定睡一觉，刚闭上眼睛就被邵谨言弄醒。

“陪我去一趟洗手间。”

“哦，好，我马上去拿手杖。”

从空姐那里取来手杖，向小葵小心翼翼地搀扶着邵谨言去上洗手间，把人送到了门口还不放心，“这个，您一个人真的可以吗？”

邵谨言斜睨了她一眼，“难道你要进来帮忙？”

“算了，还您自己来吧。”

向小葵开始了在洗手间外的等待，期间不断有空乘从她面前走过。为了方便人家工作，向小葵免不了要收腹、挺胸、抬头给通道腾出空间。

就在对面洗手间门打开的一瞬间，刚好有人从她面前走过。向小葵习惯性避让，手臂却不小心撑到了对面洗手间的门！向小葵顿时跌了进去，整个机舱都是她凄厉的尖叫声，附近的空乘顿时傻了眼，连忙进去把她拉了出来。大概是因为她的叫声太过响亮，甚至连机长都从驾驶舱走出来查看情况。

惊魂未定的向小葵被和蔼可亲的空乘哥哥从洗手间那狭小的空间里拖了出来，见到邵谨言之后说的第一句话居然是，“太可怕了，我还以为摔到飞机外面去了！”

于是她成功看到了邵谨言难以抑制的笑意，那位机长同学甚至笑出了声，一脸歉意地对她说：“不好意思，洗手间线路有问题，让您受惊了。”

= =

扶着邵谨言回到座位，向小葵坐下之后长长地舒了一口气，“刚才真的是吓死我了。”

邵谨言失笑，“你一直都这样给别人带来惊喜吗？”

“啊？”

他一副了然的样子，“怪不得邵年远不愿意放人，原来你一个人可以制造这么多的乐趣。”

向小葵深深地囧了，顿时不知道是不是该多谢他夸奖，戴上耳机随便找一个电影看，度过飞机上余下的时光。

下飞机之后他们又坐了三个小时的车才到达目的地——西南某个不知名的小镇。

千里之外正是寒冬，这里却似暮春时节，湿热的风吹在脸上，有点痒。

向小葵这个时候才知道原来邵谨言这趟行程并没有什么要紧的公事，而是纯粹出来度个假。可是出来玩也找这么个偏僻的地方，有钱人真是多怪癖。

其实这个小镇跟那些出名的旅游景点截然不同，没有那些浮华的酒吧和小店。人们的生活闲适而散漫，店铺也经营得非常随意，六点钟不到居然连吃饭的地方都找不到，于是司机征询邵谨言的意见，“邵先生，我们直接回去？”

邵谨言无声地点了点头，神情疲倦。

天色已经一点点暗下来，这个时候被称为狼狗时间，辨不清是黄昏还是黎明，暧昧而缠绵。

黄昏细碎的光线因为车子的前行在邵谨言脸上印上一个又一个破碎的影子，衬得他眉目模糊。向小葵离他这么近也没有办法分辨清楚他脸上的表情，只觉得这时候的他沉默而脆弱，不再是都市里那高高在上的邵谨言。

到了住处，向小葵立刻尖叫起来，那是湖边一栋小别墅，宽阔的露台下面就是蓝色的湖面，旁边还停着一只黄色的小艇，看起来像是印象派的油画里才有的风景。

她指着不远处几栋灯火通明的建筑问司机，“那边是什么？”

“那都是些客栈，现在是淡季，不过离我们最近的那间叫做‘波心’的生意还不错。”

这间湖边别墅一层是客厅和书房，二楼是两间硕大的卧室，三面都是玻璃墙，拉开窗帘躺在床上，只觉得自己浮在湖心，好不惬意。邵谨言指了指右边那一间卧室，“那是你的房间。”

向小葵兴奋之余没有忘记自己此行的使命，屁颠屁颠地帮邵谨言放好行李和各类用品。

晚饭是司机从旁边客栈打包来的当地小吃，鸡蛋羹滑嫩咸香，炸卤翅别有风味，而邵谨言随便吃了一口青菜之后便开始在书房里一个接一个地接电话，像是在听秘书汇报。

不是出来度假的吗，为什么现在还不得安生。向小葵百无聊赖，窝在沙发里摸出邵年远赠送的新手机开始刷微博，刷到一半忽然想起些什么，于是发一个短信给千里之外的boss大人，只有短短了四个字——我们到了！

不知道是长途旅行太累，还是晚饭吃得太多，向小葵不知不觉就在沙发上睡着了，再次醒来时，室内的灯已经全部熄灭，只有波光映在露台。

她伸个懒腰，忽然觉得饿了，于是决定去寻觅点剩饭当夜宵，顺便到露台上吹吹风，倒也不辜负这样的良辰美景。

今晚的天气真好，一轮明月挂在空中，湖面上是一层金黄色的光影，对岸的灯火仿佛是另外一个世界。向小葵一边啃着鸡爪子一边想，这样美的风景，真舍不得睡过去，时时刻刻盯着看才好。

吃完夜宵，向小葵擦擦手准备上楼去继续睡觉，转过身却发现邵谨言居然躺在露台角落的躺椅上！

她在一旁站了半天也不见邵谨言有什么动静，于是胆子又大了一些，直接走到躺椅前面，一边看他的脸一边想，这么晚躺在这里不怕着凉吗？

“你睡醒了？”

邵谨言忽然开口，吓了向小葵一跳，可是，你睡醒了这句话难道不应该是我问候你吗？

向小葵忽然有些不好意思，她怀疑自己方才在沙发上是不是打了呼噜，邵谨言却说：“你看，这里几乎可以看到整个夜空，这是在城市里看不到的风景。”

好吧，星星们很美。

她也学他的样子搬一张躺椅躺下来，眼前繁星璀璨如钻石，向小葵兴奋地推了推邵谨言，“看，小熊星座！”

他却不留情面地纠正她，“那是天蝎座。”

好吧，天蝎就天蝎。

真好，这样美的风景，可惜boss大人他看不到。

第二天，向小葵真的是睡到太阳晒屁股才睁开眼睛，外面大概是有点微风，吹得房檐上的风铃阵阵地响。她从枕头下摸出手机就看见有一条来自boss大人的未查看短信，打开一看，也只有三个字：你等着！

哈哈哈，跟boss大人耀武扬威的感觉真好，所以向小葵得意扬扬地回复：好啊，我等你。

她走下楼的时候邵谨言已经坐在露台上开始看书，受伤的那只脚搭在矮凳上，他今天穿一件灰色的V领针织衫，锁骨若隐若现，看起来十分美好。向小葵一边吞口水一边想，原来男人的锁骨也可以这么性感。

大约是听见她下来的动静，邵谨言抬起脸来看了她一眼，“厨房有咖啡，午饭你来负责。”

好吧，她知道在哪里她都是当牛做马的命，所以向小葵认命地去翻冰箱，看看有什么材料可以发挥。

她正要跟邵谨言商量中午要不要吃排骨炖藕，忽然铃声大作，而且是N只风铃一起摇动的声音，邵谨言朝门外望了一下，“我们有客人到了，去开门。”

客人是一个满脸写着“我是精英”四个字的男人，目光尖锐而犀利，见到她之后露出非常职业化的微笑，“我是UMC的吴迪。”

向小葵在心中吹了一声口哨，张扬是张扬了一点，可是还真的是帅得掉渣，难为他在这种荒郊野岭还穿着一丝不苟的正装，她决定主动给他端杯咖啡。

她其实十分不能理解，邵谨言为什么要把人家约到这里来，而且他很明显心不在焉，不是看着湖面，就是翻翻手中的书页。可那位吴迪却还是在不遗余力地向他陈述着什么，足足说了有半个小时之久，最后邵谨言还是说：“我会考虑。”

默默送走犀利帅哥，她忍不住问：“你会跟他合作吗？为什么我觉得你一点都没有诚意。”

邵谨言想一想，“如果他不是那么像邵年远的话，我觉得我可以考虑。”

噗！邵董你，你，你，你实在是太傲娇太死相了有木有！

蓝天，白云，碧水。

在美景下，向小葵做饭的心情都变得很好，带着愉悦的心情做了一大锅排骨莲藕汤，正要端上桌的时候，手机忽然响了，摸出来一看，居然是boss大人！

虽然boss大人现在身在千里之外，但是身为人家下属她还是用最快的速度把电话接了起来，“喂，邵先生您好。”

“开门！”

“什……什么门？”

那边显然有点不耐烦，“快点出来开门，我就在门外。”

向小葵迟疑地奔去开门，果然是boss大人啊！只见邵年远斜倚在门框上，一脸坏笑，“我来了，是不是很惊喜？”

“呃。”向小葵努力思考自己该怎么说才能表达此刻的心情，“是很惊喜，不过……”惊吓更多就是了。

邵谨言对boss大人这位不速之客相当不满，特别是这个人一进门就要分享他的午饭。

“我从来不知道你无聊到了这种程度。”

邵年远一边盛汤一边故作诧异，“你来度假我自然也可以。”

“的确，那吃了这顿饭之后请自便，慢走不送。”

“咦，叔叔的度假别墅侄子来住一下很合情合理吧，怎么有赶人走的道理呢？”

……

向小葵实在觉得这样的对话很像是小夫妻拌嘴，脑海中又浮现出了许多粉红色的幻想。明明就是思念彼此所以千里迢迢赶来相聚，想想都觉得很带感，boss大人你真的是太浪漫了！

为了给两位邵先生营造出完美的二人世界，向小葵决定善解人意地溜出去逛逛。可是还没走出大门就被邵谨言发现，所以她只好继续陪读——在露台上陪邵氏叔侄俩看书。

看着面前躺椅上的两个背影，向小葵默默摸出了手机，这样和谐有爱的画面该记录下来才是啊。可是还没按下拍摄，邵年远就凉凉地警告，“如果你敢发去围脖，那我不介意现在就让你知道后果将会有多惨。”

向小葵只得悻悻地收回了手机，窝在客厅的沙发上，看外面的天色一点一点暗下来。她一边打哈欠一边想，每天的时光都这样度过，其实也不错。

晚饭过后，一个很现实且很严峻的问题摆在了三个人面前，这栋别墅只有两间卧房！

向小葵非常善解人意，“当然是两位邵先生一间了，我去储藏室找被褥！”

结果两个人居然异口同声地说：“谁要跟他一个房间！”

= =

向小葵实在不懂两个人究竟是在害羞神马，最后，邵年远被安排去睡了客厅。

半夜她睡得正香，接到了boss大人气急败坏的电话，“他就不能给这破屋子安一个纱窗吗？我都快被蚊子吃掉了！”

向小葵只得睡眼惺忪地找出蚊香给邵年远点上，结果boss大人居然又以被咬得失眠为理由强拉着她聊天。她只好忍住喷薄的睡意陪他有一搭没一搭地闲聊，最后不知不觉地就在沙发上睡着了。

梦里她听见有个人对她说："真是不知道，你这个笨蛋哪里好。"

第二天向小葵终于得到机会可以出去逛一逛，不过还得带上boss大人这个拖油瓶。

这个镇小得出奇，简直跟一个村差不多，零零散散的几个小店，不到一个小时就能走完。

湖边的客栈倒是很多，许多人只是安静地坐在湖边的椅子上读书。时光在这里好像变得很漫长。

逛着逛着忽然下起了小雨，他们索性躲进一家小咖啡馆里。向小葵叫了一份芝士蛋糕配热巧克力，把它们统统消灭之后还觉得不是很满足，觉得这点热量跟自己这些天以来消耗的完全不成正比。

邵年远看她那副满足的样子直摇头，很认真地说："我觉得吃货这种词汇已经远远不足以形容你了。"

囧。

雨停之后，boss大人提出了一个非常有建设性的提议——两个人去骑双人脚踏车。

向小葵很热烈地响应了这个提议，虽然以前经常骑着翠花四处乱跑，但是这种双人的她可是从来没有玩过。不过绕着湖边骑了小半圈之后她忽然觉得有些不对劲，放在自己腰上的那双爪子是怎么回事？

她先是恶狠狠地警告，"喂！"

结果邵年远这个人一点也没有意识到自己的过分行为，那双爪子甚至握得更紧了些，"我第一次骑脚踏车，觉得这样比较好掌握我们的平衡。"

靠！第一次了不起啊，第一次就可以对天真无邪的小助理伸出咸猪手了吗？虽然明知道boss大人是那啥啥也是不能原谅的！

随后向小葵奋力扭动身体想甩开邵年远的手，没承想咸猪手没有摆脱成功，整辆车却因此失去了平衡。在几经挣扎未果后，两个人直接摔在了一边的草地上。

“哈哈哈哈哈……”邵年远不但没有一丝愧疚悔改之心，居然坐在草地上大笑起来。

向小葵气鼓鼓地从地上爬起来，“我敬爱的邵先生，请您正常一点好不好？！”

“好好好，没问题。”邵年远迅速从地上爬起来，望着向小葵的眼睛正色道，“怎么办？我发现自己爱上你了。”

虽然知道邵年远只是开玩笑，但是这时候的向小葵忽然有种被冒犯了的感觉，甚至觉得委屈，仿佛自己是一个可以随意逗弄的玩物。

于是倒霉的自行车再次倒地，向小葵扭头就走，可是没走出几步就被一股巨大的力量拉了回来。她转过身来正想抗议，却发现自家boss大人的脸在自己眼前被无限放大，整个世界忽然都暗了下来。

在开始的几秒钟里，向小葵完全没有反应过来究竟发生了什么，大脑一片空白。当理智这种东西重新回到她身上后为时已晚，邵年远的唇舌已经开始肆意地攻城略地，霸道而强硬地得逞了！

这其实不是真的对吧？

这其实是在做梦是吧？

一定是她今天起床的方式不对！

不然为什么会出现如此韩剧的诡异情节！她居然……居然……居然被boss大人啃了！

向小葵觉得一切忽然变得那么不真实，整个人像是浮在水中，想要挣脱却无法用力。所以当她睁开眼的时候，整个人还是处于因为太过震惊而引起的呆滞状态。

直到boss大人的脸在她的眼前恢复了正常距离，她还是一句话也说不出来。

“你……”剩下的字又被boss大人堵在口中。

光天化日之下，又是公共场所，她听见身后有人吹起响亮的口哨，甚至还有热烈的掌声！

向小葵开始慌张起来，她不知道自己是怎么了，那种委屈的感觉又浮上心头，甚至越发严重，眼泪就这么落了下来。

仿佛过了很久，久到她恨不得立刻跳进湖里死了算了，邵年远终于放开她。两个人的气息缠绕在一起，向小葵的鼻端全是他的味道。

她默默流泪，一双泪眼狠狠地瞪着他。

“怎么了？”

怎么了，这个无耻变态的色狼居然有脸问她怎么了，这是她的初吻啊！就这么被他玩掉了！

向小葵一把推开脸上还带着笑意的邵年远，用尽全身的力气朝他大吼：“你太过分了！”

向小葵落荒而逃，在路边随便跳上了一辆长途车直接落跑，坐在车上才觉得自己双颊滚烫，手和脚都在发抖。摸出手机当镜子照，自己连眼睛都红得像一只兔子，满脸泪痕，十分狼狈。

手机很快唱起歌来，是邵年远，向小葵觉得自己在这个时候实在没有办法面对这个人，哪怕只是听到他的声音。

铃声停止后没多久又重新响起来，过五分钟就已经有七八个未接来电，大约真的是很着急吧。想到自己在这种时刻还在心里为邵年远说话，只想骂自己猪头，索性关了手机。

下了长途车向小葵直奔机场，买了最早一班的机票。不过付款的时候她恨恨地刷了公务卡，到了这种地步，断不肯再让自己吃一点亏。

上飞机之前她忽然觉得自己也许应该对邵谨言有所交代，却发现自己并没有他的联系方式，最后只得硬着头皮发给马伟森打了一个电话。

马伟森对她的来电显然觉得很意外，“小葵，有什么事？”

“哦，是这样，麻烦你告诉boss，啊不对，告诉邵董，我已经回来了。不好意思，就这样，再见……”她不等马伟森有什么回应就挂了电话。心虚得要命，好像自己做了什么亏心事似的，完全不能面对其他人。

浑浑噩噩坐了将近四个小时的飞机，向小葵出了机场已经将近午夜，这时候她才发现一个巨大的问题——她，似乎，好像，无家可归了。

她能想到的第一个人就是步浅，结果电话接通之后还没等她开口，步浅就开心地宣告：“我在济州岛，有什么想要的送给你！”

好吧，不在国内，没指望。

于是向小葵开始翻通信录，看看谁可以收留她一下，可是时间这么晚，她实在不好意思去打扰人家。正在万念俱灰的时候，忽然有人从背后拍了她一下，转过身来居然是简嘉。

“小葵，这么晚了你怎么会在这里？”

所有积聚的委屈和恐惧在这一刻像是全部爆发开来，向小葵“哇”的一声哭了出来，扑倒在简嘉肩膀上一把鼻涕一把泪地哭诉：“小嘉嘉，你收留我吧！”

简嘉听到她的遭遇之后，先是把曾经的未来表姐夫邵年远的祖宗十八代都亲切地问候了一遍，之后完全不管自己身边还有个刚刚从国际航班上下来的周先生，带着向小葵去邵年远的公寓收拾东西。

她一刻都不想在邵年远的公寓多待，打包完行李就跟着简嘉回了家。

简嘉家的狗狗周先生对向小葵十分热情，一进门就把她扑倒在沙发上，舔得她满脸都是口水。她一边努力挣脱周先生的“魔爪”一边表达歉意，“对不起啊小嘉，这么晚还麻烦你。”

“不麻烦，不麻烦！”简嘉端一碗鸡汤面给向小葵，“正好，后天下午我跟小城城要去大溪地玩喽，你在这里安心住下，美丽跟周先生就交给你了，我都不用送它们去寄养，多美好！”

听起来是不错。不过当天晚上向小葵还是失眠了。大概是一路上太紧张的缘故，放松下来的她终于开始胡思乱想，脑海中不断浮现的是邵年远那张似笑非笑的脸，郁闷、忐忑、无助、不知所措，在这时候全数爆发。

boss大人为什么要吻她？是对她有兴趣还是在开无聊的玩笑？

鉴于他的取向，肯定不是第一种，不然她简直想去找头驴踢自己几下。

那么一定是第二种，boss大人这次简直是太过分了，叔可忍婶不可忍，她向小葵这次绝对不能容忍邵年远的这种流氓行径！可是，她到底要不要离职呢？眼看着已经到了年底，现在离职简直是损失惨重。可是她实在没有勇气跟邵年远朝夕相处，所以星期一上班之后她一定要去申请调职，一定！

SECRET 07

“什么？真的不可以？”

向小葵可怜兮兮地望着人力资源总监，大眼睛忽闪忽闪，只差没有当场掉泪，“我真的觉得以我的能力完全不能胜任三十楼的工作，还是回去总务部比较好。”

HR总监只是温柔地对她笑笑说：“小葵，是这样的，你的职位是由邵先生亲自决定的，所以你的去留只能由邵先生一个人决定。”

好吧，为了年终奖，她决定坚持到明年再做打算。

向小葵悻悻地回到了三十楼，邵年远并没有回来，整个楼层于是变得异常安静。殷俊他们有条不紊地处理各项事务，马伟森也是按部就班地进行手头上的各项工作，boss是否存在并没有改变一丝一毫。

只有她，一整天都心神不宁，不是被打印纸割伤了手，就是被复印机的油墨弄脏了衣服，连殷俊都看出她的状况有问题。

“小葵，你是不是太累了？”

“呃，还好。”

“不舒服就早点回去休息，等邵先生回来我们还有的忙。”

“啊？”

看到她被吓成这个样子，殷俊笑着解释说："后面几天我们估计要加班加到天昏地暗了，每天都有会议，再加上还有年底的各种活动和年会，我想我们大概连周末都不会有了。"

好吧，其实向小葵想说，比起惨无人道的加班，她更害怕面对的其实是boss大人。明明做坏事的那个人是他，可是为什么会是她在这里纠结哀怨呢？真是太不公平了。

殷俊最后还安慰她，"没关系，在三十楼工作就是这样了，不过年终奖也会比较有惊喜。对了，那个项目邵先生跟邵董协调得怎么样？"

"嗯？"

"邵先生说你跟他一起去跟邵董做一些协调工作。看你一个人来上班我还在奇怪，刚才才知道是董事长那边有事才让你提前回来的。"

"董事长？"

"咦，你忘记了吗？董事长的秘书刚才打电话来跟我确认时间和地点，让我提醒你不要忘了过去。"

倒塌，董事长大人这又是唱的哪出戏啊？在向小葵看来，这位邵老先生的BT程度一点都不比那两位少，跟他相处不知道又要浪费多少脑细胞。向小葵真的很想临阵脱逃。

可是还没有混到下班时间就接到电话，原来是董事长的秘书，那边礼貌而客气，"向小姐是吗，董事长让我来接你，我们的车就在楼下。"

她居然被带到了音乐厅，一个民乐队正在台上排练，她疑惑地问董事长秘书："董事长在这里？"

"对，看，就在那里。"

经过指点，向小葵终于在台上那一群人里找到了邵伯扬的身影，他，他，他，他居然在拉二胡！

虽然她不太懂音乐，但是向小葵很轻易地就可以辨认出，董事长大人的水平实在是令人发指！断断续续不说，而且居然还走音！

天哪，不知道乐队里其他人怎么受得了，这样的乐队要是演出的话，怕是要赔偿观众精神损失费也不一定。

一曲终于结束，她看见董事长大人十分得意地从台上走下来，拉着她坐在观众席上聊天。

“你觉得这曲子怎么样？”

向小葵斟酌了半天才说：“好像，挺气势恢弘的……”

邵伯扬满意地点了点头，“这首协奏曲是我最喜欢的一个，这么多年练习得最多的就是这个。我准备在这次慈善音乐会上亲自上场演奏，你觉得效果如何？”

向小葵一本正经地拍马屁，“我觉得您的演奏特别能表达这首曲子的灵魂，技艺啊什么的都是次要的。”

邵伯扬对这个答案显然相当满意，立刻表示向小葵绝对是他的知音，于是邀请她一起去吃晚饭。

= =

邵伯扬带着她去城中有名的馆子吃素斋，看着那些做得足以以假乱真的鸡鸭鱼肉，向小葵只觉得无从下口，外加跟这种大人物一起吃饭习惯性地鸭梨巨大，所以她吃了几口就再也吃不下去了。

邵伯扬倒是兴味十足地给她不停介绍，见她心不在焉的样子，于是问：“怎么，不合你胃口？”

“不，不是，我减肥。”

“你们这些年轻人啊。”邵伯扬无奈地一笑，“好端端的减什么肥，还有那些老外，有些居然不吃肉。我曾经有个欧洲朋友是素食主义者，于是我带他来这里吃饭，他当时对我说，豆腐做的香肠真好吃啊。我立刻就告诉他，肉做的香肠才好吃。没过几天他去四川玩，某天打电话对我说，你说得对，肉做的香肠才好吃。有些人，这也不吃，那也不做，真不知道他们的人生有什么乐趣。”

这点向小葵表示十分认同，“对啊，肉多好吃啊。”

邵伯扬脸上笑意更深，“看，我们英雄所见略同，所以我一直都很欣赏你。”

“啊？”向小葵的下巴差点掉在桌子上，“董事长，我，我很普通。”

“你不普通，你很勇敢。”

“怎么会？”

“你那天居然敢拍程永光的下巴，还拍了好几下！”

啊，倒塌，她不要活了！那天她居然做了这么令人崩溃的事情，看来她还没有被塞进麻袋扔进海里喂鱼，一定是看在董事长大人的面子上，她才能福大命大。

“你还很真诚。”

这点倒是真的，于是向小葵不好意思起来，“我也没有您说得那么好。”

“能够那么直接拒绝我们家年远的女孩子，肯定是世界上最直接最真诚的。”

= =

向小葵决定谦虚一下，“我这样的普通人实在是配不上邵先生。”

邵伯扬却摇了摇头，“其实这个世界上，人和人都是靠缘分。这个孙子我最了解了，从来只想到自己，完全不顾及旁人的感受。”

此时此刻，向小葵其实最想做的就是狠狠附和一下董事长大人，您孙子他完全就是那样的人啊！

可是接下来董事长大人却说：“要不考虑一下我家谨言？虽然性格也差了那么一点点，冷冰冰的让人讨厌，不过还是很有责任感的，是个不错的选择啊。”

囧。

董事长大人您今天叫我出来，其实是要推荐您家那两只极品的吗？其实他们才是一对啊是一对！不过这么惊世骇俗的事情他们肯定是不会告诉您的，不然您家又是一场腥风血雨啊。

推销不成，董事长大人热情地邀请她去观看自己不久之后就要进行的演出。向小葵沉痛地点头应允，可是邵伯扬最后还是不死心地建议：“其实我们家有几个侄子也不错，要不你考虑一下？”

(>_<)

董事长大人，您这样热情真的让人受宠若惊啊！

第二天上班还是老样子，邵年远依然没有回来，向小葵十分肯定这两个人一定是迷恋二人世界的美好感觉，留在青山碧水之中不亦乐乎。不过她的心为什么空落落的，好像在期待着什么？

呸呸呸！她才没有期待邵年远这个大流氓回来呢，没有他更清静，三十楼的空气更清新！为了证明自己并没有对boss大人产生任何类似想念的东西，向小葵决定享受最后的美好时光。

刷微博、看小说、逛淘宝，向小葵把平日在办公室里不方便做的事情统统做了个遍。QQ群里的好基友们都纷纷表示——向小葵你今天好像很空虚。

正在她努力争辩自己不是空虚只是很闲的时候，邵年远悄无声息地走进了办公室！看着那高大的身影一步步走来，向小葵吓得一把推开键盘“噌”的一下站了起来。邵年远只是程式化地对她点了点头，连微笑都没有一个，这样的boss大人，让她心里一惊。

看着邵年远进了办公室，向小葵长出一口气——情况还不错，暂时安全。

不过下一秒，她桌上的内线电话就响了起来，邵年远的声音从里面传出来，语气很是公事公办，“你进来一下。”

向小葵几乎是用挪的形式以十足的蜗牛速度进了办公室，心里怕得要命，生怕boss大人再对她作出什么惊世骇俗的事情。所以她进门之后，直接选择了靠着墙站立的姿势，然后小声说：“邵先生您好。”

“公司午饭今天停止供应了吗？”

“啊？”

“午饭没有停止供应的话，为什么你一副有气无力的样子，邵先生是蚊子吗？你要用那种音量和频率跟他沟通。”

“呃……”向小葵无言以对，只觉得boss大人的毒舌功力在这两天更加强大了有木有！

“你要一直站在那里吗？”

向小葵使劲地点了点头，依然不敢抬头看他。

她听见邵年远叹了一口气，“你要不要这么怕我啊？好像我是个惊天大色魔似的。”

= =

想不到邵先生您对自己的认知是如此深刻，以前她怎么没有发现嘞？

“不说话？你知道你这样扭头就走，害得我有多惨吗？”

“呃……”

“因为你不见了，所以我必须要给邵谨言那种人端茶倒水直到他秘书赶到，你知道我这两天过的是什么日子吗？”

向小葵心生愧疚，“我很抱歉。”

“知道错了吗？”

“知道了。”

咦，好像有哪里不太对，犯错的难道不该是boss大人吗？为什么她要道歉！

于是她立刻纠正这个失误，“可是邵先生，这都是因为你太过分了，居然……居然……”思索了半天还是觉得这件事难以启齿，“谁让你对我做出这种事情的！”

boss大人居然装无辜，“这个不能怪我，谁叫你这么可爱。”

向小葵简直要哭出来了，boss大人他到底知不知道三观这种东西是什么啊！

“邵先生，我可以告你性骚扰的。”

“可是我是真的喜欢你啊。”

“邵先生你不要开玩笑了，你明明喜欢的是那位邵先生，还，还，还这样子对我，你不觉得很过分吗？”

邵年远忽然失笑，“向小葵，你是真傻呢？还是真傻呢？”

= =

向小葵简直要飙泪了，自己为什么还要面对这种不知廉耻的老板啊！

“邵先生，我申请调职。”

“不可以。”

“为什么？”

“因为……”

她听见邵年远走到她的面前，然后，她的下巴被人抬了起来，眼前又是那张讨厌的笑脸，鼻端又充满了他的气息。

他在她耳边轻轻地说："因为我不高兴。"

其实向小葵一点也没看出邵年远哪里不高兴，反而她觉得boss大人看到她这样就把她放在手心里捏来揉去实在是太高兴了，不然怎么会想要带着她跟他那群狐朋狗友一起聚会，完全是折磨人啊有木有！

她向小葵为什么要屈服在他脚下呢？好吧，那是因为人为财死，她舍不得这个月的薪水和传说中很有惊喜的年终奖，所以不得不含泪陪着没良知的boss大人出来应酬。一想到这里，向小葵的心都快渗出血来了。

可是本着离boss大人越远越好的原则，向小葵决定拼了小命，不能再跟邵年远这种大变态有工作外的接触，所以在他提出这个要求的时候她立刻就断然拒绝，结果邵年远这只只会无耻装傻的大尾巴狼居然问她为什么。

她于是没好气，"下班之后是我的私人时间。"

"这是工作的一部分。"

"我要请假。"

"双倍加班费。"

这种时刻她向小葵还是很能抵挡住金钱的诱惑的，"那也不行。"

于是邵年远没有再说什么，只是静静地看着低着头握着鼠标在电脑上胡乱点击的某人，"你要不要这么害怕啊？"

~~~~(>_<)~~~~

boss大人您难道觉得自己不够可怕？向小葵哀怨地抬起头来看了他一眼，沉痛地说："邵先生，我的心理承受能力实在有限。"

谁知道他会不会忽然变身，然后再做出什么可怕的事情，向小葵觉得自己可不是每一次都能有逃掉的运气，或者说，勇气。

她幽幽怨怨地跟邵年远一起下楼，司机已经在大堂外面等候，看着boos大人利落地拉开门上车，向小葵想也没想就直接钻进前座。可是还没坐定，就听见邵年远在后面很是疑惑地"嗯"了一声。

在他身边待了这些时日，只这一声向小葵就听出了boss大人的强烈不满，于是只好颠儿颠儿地跑去后面跟他同坐，真是别扭。

说是公务应酬，实际就是boss大人跟他那些狐朋狗友的聚会，餐厅的名字
~~~~

倒是文艺到不行，叫人间四月天，装潢什么的倒也雅致，大厅里居然还有几丛桃花，十分应景的样子。

其实菜也很好吃，特别是那道招牌菜桃花流水鳜鱼，真的就拿新鲜桃花来做配菜，吃起来很是鲜甜。

吃到一半的时候向小葵终于发现好像有什么不太对，整个桌子上似乎……仿佛……就只有她一个女的？

这太诡异了一点吧！

好像也有人发现了这一点，笑着问邵年远，“从来都没见你带女朋友来咱们兄弟的局，今天这位是？”

邵年远看了她一眼，淡淡介绍道：“这是向小葵。”

邵年远的朋友都跟他一个类型，看起来都是翩翩佳公子，斯文到不行，毒舌起来连向小葵这样见多识广的都要傻眼，真是物以类聚，人以群分。

邵年远跟他们天南海北地闲聊。向小葵对谈话的内容一点兴趣也没有，但是看了看桌上形势也实在没用勇气摸出手机来解闷，所以只是沉默着，一个一个消灭她感兴趣的菜。

忽然有人大声说：“小邵，你这女朋友就是前几天给程老寿宴送了一份大礼的那个？”

噗！向小葵险些当场喷出来，还没下口的榴莲酥噎在喉咙半天才咽下去。谁是他女朋友啊！董事长大人还我名誉来啊！这种事情传得也太快了吧，什么叫大礼啊，那只是酒后的意外！意外！！意外！！！

邵年远居然还饶有兴味地跟人家讨论：“我估计这是程老最难忘的一个生日吧。我家老爷子别提多高兴了，后来还亲自上门，说是道歉，不过我估计他是去看热闹了。”

向小葵黑线了，这种事情到底哪里值得你们这么兴奋啊，真是搞不懂，有钱人的笑点还真奇怪。

居然还有人给她敬酒，笑得一脸诡异，“前几天在机场看见小邵，那脸上还挂着彩呢，虽然他是比较混蛋，但是你下手也忒狠了点吧。不过也可以理解，那是爱的熊猫眼嘛！来，这杯我敬你。”

那人端着酒杯等着跟她碰杯，向小葵苦逼兮兮地问：“橙汁可以吗？”

“当然不行了。”众人都在起哄，“怎么也得喝一口才行啊。”

= =

这酒，看起来还真的是很好喝的样子呢，她是该一口闷呢，还是抿一抿就好啊？

正在向小葵痛苦抉择的当口，邵年远忽然把她面前的酒杯端了过去，对众人一笑，“我替她喝好了。”

那么一大杯酒，邵年远一饮而尽，其他人都大声叫好。向小葵想的却是，boss大人他千万不要喝高了啊，不然等下变身了可怎么办？

坐在回去的车上，向小葵很清晰地感受到了boss大人身上淡淡的酒气。其实她从来没有想到邵年远会为自己挡酒，所以想了想还是低声说：“谢谢您帮我喝了那杯酒。”

邵年远转过脸来深深地看她一眼，那目光直直看到她心里去。她忽然胆怯，仿佛自己无意中发现了什么不可告人的秘密。

“其实是这样的。”邵年远的声音自黑暗中传来，“我只是害怕万一你喝多了，会做出一些我也不能控制的事来。”

向小葵的满心感激立刻烟消云散。哼！boss大人，你可以再无耻一点没关系！

她不再理会邵年远，他却忽然指着车窗外说：“看，月亮。”

看月亮？！这种小言男主的路数在邵年远身上其实很自然，但是她向小葵现在偏偏不喜欢。

她意兴阑珊地看了他一眼，“比那个湖边的月色差远了。”

他没有再说话，向小葵的直觉告诉她，boss大人生气了！

向小葵也在想，其实有时候惹boss大人生气也不是坏事，这样的话，那些不自在的感觉就会少一点了。

回家之后，向小葵收到了周先生的热情对待，这家伙每次见她都跟久别重逢一样，真让人受不了。简嘉的猫美丽君还是老样子，只有在寂寞难耐的时候才会对人热情那么一点点，不过一只折耳猫跟一头大型犬能相处融洽，还真的是不可思议。

给它们弄好饭，服侍它们吃饱喝足，周先生忽然躁动起来，不停地挠她的膝盖，转眼又不见狗影，不一会儿，不知道从哪里找出了牵引绳，然后蹲在门边，朝她愉快地吠了一声。

原来是想出门。

向小葵看了看时间，也不算太晚，反正是在校园里，算了，带它出去走一走吧。

周先生一下楼就彻底变成另外一副样子，傻high到无以附加，拖着她一路狂奔。向小葵差点喘不上气来，痛苦地想，古代牧羊犬活泼起来的杀伤力比萨摩耶之类的狗大多了，boss大人家的虎子和妮子加起来也没有周先生一条狗的能量大。

不知道狂奔了多久，周先生终于心满意足地在一个花坛附近停了下来，向小葵索性把它拴在一旁的树上，自己转身去一边的报亭里买瓶水。不过是一眨眼的工夫，回来的时候周先生居然不见了！

向小葵四处喊了一声，忽然看到一个男人鬼鬼祟祟地抱着一大坨毛茸茸的东西在跑！

光天化日下，哦，不对，现在没有太阳。

明月当空下，居然敢在她向小葵眼皮子底下偷狗？！向小葵二话不说立刻追上前去。没想到那偷狗贼力气还不小，抱着那么大一只的周先生还能跑得那么快！

眼看向小葵就要体力不支，而那个偷狗贼居然抱着狗跳上了一辆小奥拓！

靠，现在打110还来得及吗？

就在这个时候，忽然有人骑着自行车从后面追上她，“小花，你在干什么？”

居然是苏北北！

向小葵二话不说跳上自行车后座，指着前面那辆小奥拓说：“追上他，他偷了我的狗！”

苏北北的长腿蹬起自行车来果然效率高，再加上学校里的路减速带众多，那人也不敢加快速度，没过多长时间就拉近了距离。正在向小葵想要怎么

样才能逼得那人停下的时候，只见那小奥拓哐当一声撞在了马路牙子上，彻底停了下来。

向小葵跳下苏北北的自行车，气势汹汹地拉开小奥拓的车门，大吼一声，“你，下来！”

车上下来两个样貌猥琐的年轻人，看她们两个都是女孩子，态度居然蛮横起来，“大半夜的追我们哥俩，是想要电话还是想干什么啊？”

向小葵差点没喷出一口血来，怎么有这么无耻的人啊，她叉着腰大吼：“居然偷狗！把我们家的狗交出来。”

那人还在耍无赖，“什么偷啊，是它自己跳到我怀里来的！”

“呸！”向小葵拉开车门，对着周先生大吼：“你，给我下来！”

周先生以为这是什么有趣的游戏，从车上跳下来的时候还兴味十足地摇着大尾巴。

“你们好好看看，它这么肥，在家连沙发都跳不上去，还能跳进你怀里？”

那两人还继续狡辩：“你说是你家的就是你家的啊，你叫它，它答应吗？”

= =

太无耻了吧！

向小葵去牵周先生的牵引绳，可是那两个人居然无耻地不放手，“给我们哥俩一人一百再走。”

这分明是抢劫有木有！

向小葵一边大骂一边伸手去抢绳子，结果被另外一个人扯住头发，痛得她大叫。她扯过那只胳膊就狠狠咬了一口。

“靠，你这小贱人属狗的啊！”说完一掌就要掴到向小葵脸上来。

这时苏北北飞身一脚踢在那男人身上，直接把他踹出两三米远。

向小葵正想拍手叫好，结果联防队的不知道从什么地方冒了出来，“喂，那边几个人，你们在干什么，不许动！”

那两个无赖却在这个时候哀号起来：“她们两个打人！”

向小葵一想到自己这辈子第一回进派出所就是因为这两个偷狗的流氓无赖，就想再把他们按在地上狠狠痛扁一顿。

本来被人从眼皮子底下偷狗并且还敲诈向小葵已经万分不爽了，结果这两个人居然反咬一口，在联防队面前说她们两个打人，然后又是一场混战。也不知道是她还是苏北北或者那俩混蛋在混战中一不小心把联防队小哥的下巴K了两拳，于是四人现在统统被送来派出所。

后来更令人郁闷的是，她向小葵居然因为拿不出周先生的狗证在派出所有口说不清！于是半夜的派出所里，向小葵跟苏北北两个人哀怨地对望。这年头啊，当个女侠也不是那么容易的事情，还得等着被人领出去，苏北北无奈之下只好打电话给程祈，向小葵在一边哀怨地想，小橙子同学应该会不计前嫌把她一起领回去吧。

正在郁闷，电话忽然响起来，居然是邵年远，半夜的派出所里他那欠扁的声音从手机那边传来，十分的清晰，“睡了没有？要不要换个姿势继续睡？”

真是有够无聊，不过向小葵懒得跟这种人多说话，只是烦躁地说：“睡什么睡，我在派出所。”

于是二十分钟之后，向小葵成功地看到了半夜从床上爬起来穿越整个城市赶来的邵年远，和同样看起来是刚被人从床上挖起来的律师同学。

正好程祈也在这个时候赶来，两个人相视一笑的时候居然有种难兄难弟的感觉。向小葵郁闷地想，这种表情一定在那天的寿宴之后出现过一次。

后来就是一人领一个回家，本来周先生作为这次盗窃案的证物需要在她提供了相关证明之后才能领走，但是派出所的警察小哥们发现那家伙实在是太能吃了，一条狗就能吃掉他们三人份的夜宵，于是让她直接牵回家。

在签字办手续的时候警察小哥还感叹：“那俩被你们打得现在还直哼哼，身手不错啊。”

= =这其实可以算是夸奖吧。

走出派出所，终于呼吸到了自由的空气，向小葵无精打采地跟苏北北告别：“过几天咱们再出来聚聚啊。”

苏北北忙不迭答应，站在一边的程祈居然说：“哦，那我到时候多派两个人跟着。”

= =其实这也是可以当做夸奖是吧！

而一直没有出声的周先生居然在这个时候愉快地叫了一声，咦，敢问你这是在附和吗？

事情结束，苏北北被程祈带回去，律师同学也回去补眠，只剩下了向小葵和邵年远，不对，还有一只忽然来了精神的周先生。

不知道为什么，周先生一见到邵年远就兴奋异常，跟见了亲爹差不多，坐在车上还不安分。向小葵在前座不停地打瞌睡，周先生一条狗就在后座不住地叫，弄得她简直要抓狂了，“周先生，安静点好不好！被人抱走的时候也没见你那么激动，要是那两个贼知道你的饭量，会偷你才怪！”

邵年远扑哧一声笑出来，“几个月没见，周先生现在这么能吃啊。”

“咦？”向小葵疑惑地转过脸来看着他，“你怎么知道它叫周先生？”

“因为这名字是我起的。”邵年远说得云淡风轻，“周先生是我送给怀恩的，听说在她逃走之后就送去小嘉那里寄养。”

噗，原来boss大人真是这吃货大狗的亲爹啊！怪不得人家说物似主人型，周先生的BT劲儿跟boss大人还真像。性格如此二的一条狗，还要叫人家周先生，邵先生你真的是太坏了！

到了简嘉家楼下，向小葵觉得自己多少还是应该表达一下感激之情，于是吭哧了半天才蹦出几个字，“那个，今天，不好意思，麻烦你了。”

邵年远居然伸手揉揉她的头发，好像对待一只刚刚闯了祸的小狗，“不请我上去坐坐？”

“呃，这不太方便吧。”

他指了指在后座睡死并且打呼噜的周先生，“那你要一个人抱它上去吗？”

看了看周先生巨大的体积，向小葵痛苦地说：“那就麻烦你了。”

周先生真是个吃货加睡神，从来没见过它那么能睡的狗，被抱上楼放进篮子里居然都没有醒，哼一声继续睡过去，真不知道是像了谁。

面对光荣完成使命的邵年远，向小葵礼貌地说：“邵先生，很晚了，您也该回家休息了。”

“难道不该给我泡杯茶什么的吗？”

好吧，谁让人家大半夜跑来领人又抱狗呢。

她吭哧吭哧地用简嘉的咖啡机弄了一杯咖啡给他，盼望着邵年远喝完快走。

结果人家喝完之后居然对她说：“这么晚你应该睡不着了吧，我陪你聊聊天吧。”

噗！向小葵差点一口血喷出来，boss大人您到底想干吗？

正在她思索该如何把邵年远赶走又不太失礼的同时，门外忽然响起了用钥匙开门的声音。向小葵一下子就慌了，简嘉他们要到明天晚上才会回来，现在门外那个是谁啊！

她紧紧抓住邵年远的胳膊，紧张兮兮地问：“你，你听门外……”

还没等邵年远听个仔细，大门忽然就被打开了，简嘉先把行李扔进来，然后压低了声音说：“小声点，不要把小葵吵醒了……”

“啊！！！！！！”发现情况后的简嘉指着客厅沙发上的两个人尖叫，“你们……”

向小葵也吓了一跳，而且有种被人抓X的感觉，慌忙询问道：“你们不是要到明天晚上才会回来？”

“别提了。”简嘉看了身边那个人一眼，然后抱怨，“其实我本来想顺便去澳大利亚拍考拉装的，结果人家忽然有重要的事情说要回来，只好连夜飞回来，看我的脸，都肿成猪头了。”

“对了。”简嘉指着邵年远又开始大叫，“未过门的表姐夫，我们没有打扰你的好事吧！”

向小葵忽然有种误交损友的感觉，心中默默喊道，boss大人这种BT，他能做出什么好事啊！

简嘉坐了好几个小时飞机回来居然一点也不困，激动地给她展示他们在大溪地的各种收获，然后还畅想他们环球婚纱照拍摄之旅的后续行程。

简嘉是鸡血上脑，向小葵则是昏昏欲睡，另外两个男人也聊得热火朝天，搞得她屡次想站起来使劲儿摇晃他们，然后大吼：“表TMD聊了，老娘要睡觉！”

“时间不早了，我想大家也都累了。”

哇，救命一般的声音，直接把向小葵从昏睡的深渊直接拉回清醒，不过，说话的居然是boss大人！

他拍了拍双眼迷蒙的向小葵，“时间不早了，咱们也该回去了。”

什么？回去？

向小葵一下子就清醒了，“咱们是谁啊，谁要跟你一起回去啊！”

结果boss大人一脸无辜状，“刚才不是还说等他们回来就跟我搬回去吗？”

是要搬走没错，可是打死她也不能跟boss大人回家去，那简直是蓝胡子的城堡啊有木有！所以向小葵抵死不从。

“今天太晚了。”

“所以东西就不用收拾了，我明天派人来打包。”

“我不要跟你走！”

“咦，那你难道要在这里妨碍人家二人世界？”

好像是不太好……

向小葵这一迟疑不要紧，直接被boss大人拎起来拖出了门，还不忘替她拿手袋。她连挣扎都来不及就已经失去了自由。

简嘉居然还拍着手感叹，“哇，真浪漫。”

半夜的城市，完全像个空城，车子飞快地行驶，车窗外的光影飞速掠过，衬得向小葵这张哀怨的小脸十分可怜。

“邵先生，我可不可以不要去你家。”

“不然呢，你想去哪里，没有房租，水、电、暖、网络全包，还可以给你提供做家务的机会，锻炼身心，这地方你哪里去找啊？现在是年底，找房子恐怕很困难吧。”

是这样没错，可是boss大人你这样是不是太无耻了一点？

向小葵硬着头皮坦白：“我是觉得，跟你住在同一个屋檐下，对你和我的各个方面都……不太好。”

其实是boss大人的家对于她来说太不安全了有木有!

“不会啊，我不觉得。”boss大人回答得云淡风轻。

可是我会觉得啊，向小葵在心中呐喊。她特别诚恳地对boss大人说：“我住在您家里这件事如果让公司同事知道的话，我觉得对您的名誉会有很大影响！”

邵年远听完忽然把车停在路边，却没有立刻表示什么，仿佛是在斟酌或者思索什么恰当的答案。仿佛过了很久，久到向小葵觉得他们也许会在这路上过夜，他终于开口：“向小葵，你有没有想过，我这样是为什么？”

“什么？”

她不解地看着他，心跳却陡然加速，像是面试的时候忽然被问到完全没有听懂的问题，心慌意乱外加胆战心惊，胡编乱造都不知道从何下手，只能傻傻地睁着眼睛，注视着邵年远脸上每一个变化。

“你在我身边工作，我让你看到我全部的工作内容，让你知道我的生活轨迹，在你无家可归的时候收留你，在你需要我出现的时候赶到你身边。这一切，你有没有想过是为什么？”

这么深奥的问题，向小葵其实还真的深入思考过，她的认知、逻辑、判断，都指向了一个方向，所以她脱口而出：“因为我知道得太多了？”

邵年远没有再说话，直接发动车子上路。向小葵疑惑地望着他，心想，自己这次应该是说对了吧。

SECRET 08

因为向小葵的所有衣服都还在简嘉家，今天她没有衣服可以换，所以她异常的心虚，生怕被人看出什么端倪，进而引发不好的联想。

昨晚她回答了那个问题之后，邵年远便再也没有跟她说过一句话，连她打着哈欠准备的早餐他都是默默地吃完的，只在出门的时候对她说，晚上会有人把她的东西送回来。

难道boss大人在生气？

或者理解为年底比较忙，正常性疲劳比较恰当吧。这几天果然像殷俊说的那样，各种大会小会，她已经连续好几天连去餐厅打包的机会都没有了，只能在各种忙碌的间歇吃点小点心充饥。等到可以吃饭的时候她却毫无胃口，面对着还算丰富的餐盒唉声叹气。

马伟森悄悄滑着椅子过来，神秘兮兮地问她，“你居然吃不下饭！心情不好吗？那我下午在boss面前要小心一点了。”

请问这三者之间有什么必然联系吗？

看到向小葵一脸呆滞地望着他，马伟森用征询的口气问：“boss最近心情不好吧？”

咦，为什么要问她，大家一样在boss大人身边做事，为什么认定她一定会知道嘞？

“不，不知道。”

“你作为人家女朋友，怎么会什么都不知道！”

向小葵顿时激动起来，拍着桌子站起身来，“谁……”

马伟森立刻拉着她坐下来，一副八卦兮兮的样子，“你和boss的事情呢，整个三十楼都知道了。你放心，我们都是很专业的，不传八卦也不制造谣言，以后有什么风吹草动，要第一时间提醒兄弟们注意啊。我当时就说三十楼一枝花绝对不那么简单。”

“三十楼，还一枝花？”向小葵直接被雷傻了眼，机械地反问。

“对啊，虽然花是未必，独一枝肯定是当然的，从boss来到三十楼到现在，他身边有且仅有的女性员工就是你了。而且今天你和boss都一副精神恍惚的样子，明眼人一看就看出来了嘛！”

“所以？”向小葵听见自己的声音都是颤抖着的。

“所以你就跟我们一起携手，为维护三十楼的鸟语花香与和谐稳定作出自己应有的贡献吧！”

“Wilson。”向小葵有气无力地说。

“什么？”

“你这种口才不去做外交官简直是太可惜了。”

虽然知道马伟森这一大堆纯属瞎扯，但是这些话还是成功地影响到了向小葵那本来就不太稳定的情绪。

原来旁人对她跟boss大人关系的解读是这样的！太惊悚了，严重影响了她的名誉跟行情！

虽然一直以来她都忙着挣钱攒钱，从来没有考虑过谈恋爱这个问题。但是终身大事也是很重要的啊，如果人人都像他们这样误会自己跟boss大人有点什么的话，那她去哪里找男朋友啊！

不行，她向小葵一定不能让事情这样发展下去！

虽然跟boss大人划清界限的决心下得比较大，但她还是得把工作先应付过去。

下午还有一场大型活动，是公司每个季度都要进行的培训，这一回的主题是年终的收获分享，boss大人还要做特别讲话。所以今天活动的气氛跟往日很不一样，所有的人既紧张又期待。

boss大人是第一个上台讲话的，他的分享既风趣幽默，又客观严谨，举手投足间都是与生俱来的自信与笃定。向小葵在下面仰望着每天朝夕相处有时候却倍感陌生的这个人，忍不住想，现在的boss大人跟对她BT无赖到极点的boss大人，哪一个才是最真实的邵年远呢？为什么她觉得自己离他这样近又那么远呢？

在全场如雷一般的掌声中，boss大人的分享结束了，向小葵一个字也没有听进去，完全进入到了对自己与boss大人关系这个困局的深刻思索当中，纠结而焦急。

偌大的报告厅里坐满了人，大约是人太多或者是空调温度太高，哪怕向小葵此刻就坐在邵年远身边，也已经昏昏欲睡了。

大概是因为昨晚实在睡得太少吧，在这种时候她决定放纵自己一下，闭上眼睛休息五分钟。可是再次睁开眼睛的时候，她发现自己靠在boss大人的肩膀上，而整个大厅已经空无一人！

不对，应该是只剩下了她和邵年远两个人！

向小葵像被雷劈中一样立刻跳了起来，“我，我，我睡了多久？”

邵年远一边收拾手中的文件，一边认真地想了想，“大概一个半小时。”

“你就让我这样睡过去？散会了也不叫醒我？”

向小葵觉得自己都快哭了，这样一来，岂不是全公司的人都看到自己居然在开会时靠在boss大人的肩膀上睡过去了？完了完了，她觉得自己马上就要成为洗手间通讯社的话题人物，成为整个集团茶余饭后的崭新八卦。

邵年远对她这样的反应很是不解，“我看你昨晚没有休息好，所以想让你多睡一会儿，怎么？有问题？”

“太有问题了！”向小葵哭丧着脸，“全公司的人都看到了，我以后要怎么见人啊？”

她太专注于自己的哀怨，丝毫没有留意到邵年远神色和语气上的变化。

“被人看到了又有什么关系？”

“被看到了就会觉得我跟你有什么关系啊，就会觉得我，我……唉，会认为我跟你有什么不正常关系，会被传得很离谱很难听，还会直接影响我的行情！”

“行情？”

邵年远简直是有点咬牙切齿了，可惜某个沉浸在个人小情绪里的人丝毫没有发觉，兀自抱怨着：“我找不到男朋友怎么办啊？”

“向小葵！”他的声音陡然严厉起来，让向小葵始料未及。于是她立刻识相地停止了抱怨，用一种似懂非懂的眼神看着邵年远。

邵年远却在这时候笑起来，那笑容让向小葵顿时汗毛倒竖。只听他用一种紧绷却又缓慢的语调说：“你觉得跟我扯上关系会影响你在公司的行情？”

“是……”向小葵在说出口的那一刻就已经后悔了。自己是不是太坦白了？

“你就这么想跟我撇清关系？”

“……”

“好，很好。”

邵年远说完起身便走，空留向小葵一个人满脸错愕。刚才boss大人的眼神简直是太可怕了有木有！

boss大人生气了！

得到这个认知是在向小葵回到办公室以后，整个三十楼阴云密布，气氛压抑得连殷俊这样淡定的人都对她投去了询问的眼神，搞得她十分想大喊“其实我是无辜的”！

而且，boss大人居然当她是空气，看到她之后仿佛她是透明的，走进办公室关门的力度都比平日里重了几分。向小葵看着那个消失在门后的背影，某种无措的情绪忽然涌上心头，久久挥之不去。

下班的时候，boss大人看也不看她一眼就径自离去，向小葵心里还暗暗窃喜，或者她可以试着不回boss大人那里，可是她的行李……

电话忽然响起来，是一个年轻男人的声音，“向小姐吗，您的东西我已经送到邵先生这里了，您回去的时候可以清点一下，有什么问题可以直接跟我联系。”

囧，看来这次不回去都不行了。

一个人回到邵年远的公寓，看到自己的行李果然已经放在客厅里，她也懒得清点，反正也不会少掉些什么东西，直接拿进房间放进柜子里。

接下来干点什么？

向小葵看着满满的冰箱琢磨晚餐的内容，有蘑菇，那做个蘑菇奶油浓汤好了。这边还有西兰花，炒虾仁应该不错，牛柳貌似很不错……但是，boss大人要回家吃饭吗？

下午离开办公室的时候也不知道他的去向，但是如果等下他回来的话……还是准备他那一份比较好吧，这样他的心情会不会好一点？

等向小葵慢吞吞地做好两菜一汤时，邵年远正好推门进来，看到在餐桌前的她忽然愣了一下，随后却并没有什么表示，脸上连一点表情都没有。

她连忙询问：“晚饭吃了没有？要不要一起，我刚做好的……”

还没等她说完，邵年远就冷冷地打断她，“不必了。”说完直接上了二楼。

看样子boss大人还在生气，是因为她吗？

因为她太过直接地表达了自己的心情？

向小葵在心里默默提醒自己，下次跟boss大人说话还是注意一点吧。

第二天早上，向小葵发现boss大人似乎依然还在生气，因为他居然还没吃早饭就不见了踪影，枉费她打着哈欠起来熬粥做小菜。郁闷地吃完早饭，她忍不住在心中默默吐槽，boss大人还真是小气啊。

没有boss大人的便车可以蹭，向小葵到办公室的时间比往常要晚了那么一点点。一到三十楼她居然嗅到了非比寻常的味道，殷俊和萧飒二位见了她神色异常，马伟森直接摇头叹气，弄得向小葵心里七上八下，这些人都是怎么了？

接下来她终于知道了三十楼气氛诡异的原因，因为居然来了新鲜血液，boss大人有了新的助理！

在看到那位蒋忱的第一眼，向小葵便发自内心地觉得只有这样的女人才配站在邵年远的身边吧。

外形甜美，气质优雅，名校毕业又有真才实干，举手投足间都是那样落落大方，居然还煮得一手好咖啡，这样完美的人其实才是boss大人助理的最好人选。

果然，这下向小葵连会议室都不用进了，因为蒋忱一个人就能做好所有的工作。向小葵开心地想，有了她在，自己大概很快就能回去总务部了，到那个时候，她的世界又会重新变得温暖又明亮喽！

向小葵兴奋极了，就差没有叉腰狂笑，她立刻跑去微博得瑟：看到温暖的曙光！向小葵的春天要重新到来啦！

不用去开会，她又重新获得了去餐厅大吃特吃的机会，大概是因为心情好的缘故，向小葵觉得今天公司餐厅的食物水准又上了一个新台阶，格外美味，连平日里她觉得有点酸的橙汁今天都香甜了起来。于是她胃口大好，在吃了两块油炸猪排之后又吃了两只照烧鸡腿。（姑娘你的饭量还可以更好一点！）

正在她端着盘子准备进行第三场战斗时，忽然听见有人正在小声讨论：“boss大人有了新助理哦，早上亲自带去HR那里报到的呢！”

“哇，我也看到了，是大美女。”

“我听人说，那是董事长满意的孙媳妇人选，放在三十楼培养感情的。”

“你怎么知道的？”

“fay说的，她跟人家是大学校友，听说那位在大学的时候挺风云的，男生女生都把她当心目中的女神！”

“那，邵先生应该会喜欢吧。”

“你觉得呢，boss的眼睛又没有问题。”

“那以前那个呢？”

“那个啊，大概是觉得好玩吧……”

向小葵的好心情瞬间消失殆尽，心中泛起某种莫名的酸楚。那真是一种奇怪的感觉，心中仿佛扎进一根小刺，有时疼痛，有时候微痒，好像是被人生生夺走了什么重要的东西，而她居然毫不自知。

她忽然开始郁闷起来，只觉得天都灰了，难道是因为自己要被替代了吗？可是她明明知道自己根本就不应该也不适合在这个位置上，一直以来的无奈和困扰都是因为这个。可是为什么她知道自己终于可以解脱的时候，会难过呢？

一定是因为那橙汁太酸的缘故！

三十楼终究是一个根本不属于她的世界，站的那样高，终归有一天会狠狠地跌下去。

向小葵很认真地写了一封调职申请，字斟句酌得比当年做自己的简历还认真，她小心地打印出来，放在信封里，准备亲自交到boss大人手上。

这一次，他应该没有理由不批准了吧。

可是boss大人看到那封申请的时候依然很讶异，眼神犀利到连向小葵这种迟钝的人都不寒而栗。

“这是什么？”

“呃……”boss大人这都是汉字啊，你难道不认识了吗？她很认真地回答，“调职申请。”

看到boss大人那个样子，向小葵又补充道：“我想调回总务部。”

“为什么？”

邵年远脸上再次浮现出那种笑容。向小葵喜欢看的言情小说里经常出现一个词叫怒极反笑，她想，那大概就是boss大人现在的样子吧。

虽然面对的是boss大人风雨欲来阴晴不定的表情，但是向小葵依然很坦白地说出了自己的原因，“因为您现在有蒋小姐了，而我又实在没有什么能力帮到您，所以还是回去比较好，请您放心，我什么都不会说的！”

邵年远正想说话，向小葵的手机却忽然响起来，原来是苏北北，她正想挂掉等下再给人家打过去，boss大人却说：“先接电话！”

哦，好吧。

“鹿鹿，是我，有什么事……什么？相亲？”

听到苏北北要介绍男朋友给自己认识的时候，向小葵下意识地看了boss大人一眼，那一刻他的眼神却让她做出了一个决定。

"好吧，我去。"

电话那边的苏北北十分兴奋，表示确定好时间地点之后再给她联系。

通话很快结束，向小葵看着邵年远，想从他口中得到一个肯定的答复。可是邵年远盯着她看了半晌，却什么也没有说。

他那个样子看得向小葵心里发毛，忍不住开口问："邵先生？"

邵年远忽然把手中的那封信揉成一团，随手一抛，纸团划出一个美丽的弧线，最后落进垃圾桶里。

他一字一顿地说："向小葵，我不同意。"

在boss大人断然拒绝她的调职申请后，向小葵就灰溜溜地回到了自己的座位上。

为什么boss大人不同意啊？难道boss大人依然要她待在自己身边保守秘密？

刚才他的眼神真的好可怕，害得她一句话也不敢多说就从他办公室里逃了出来，现在想起来都有点害怕。

向小葵在座位上捧着脸，看到不远处殷俊正在跟蒋忱轻声交谈些什么。蒋美女的声音很轻，不时微笑，露出一个如花一般的笑靥。

哪怕boss大人的取向是那啥啥的，站在他身边的女人也应该是这个样子的吧，完美地让人五体投地。

boss大人应该也是接受这样的安排的吧，不然他也不会同意让蒋忱留在身边，这样一来，向小葵觉得自己应该不太适合再住在boss大人的公寓里了，可是找房子这项工作在这几天都没有什么进展。唉，向小葵唉声叹气，这些天是怎么了，没有一件事情能让她如愿。

快下班的时候向小葵接到了苏北北的电话，没想到她行动这么快，已经确定好了见面的时间地点，她得意扬扬地对向小葵介绍："这个人呢，是我远房的一个外甥。"

噗。

向小葵刚喝进口中的蜂蜜柚子茶瞬间交代给了桌面。外甥，敢问这位小哥高中有没有毕业啊，就来相亲？

听到她这边动静这样大，苏北北马上耐心地解释："虽然是我的外甥，但是年龄还要比我大那么几个月，现在是民航飞行员，整天满世界的飞，所以还没有女朋友。"

哦，原来是这样，向小葵擦一擦被苏北北吓出的一头冷汗，认真地记住了见面的时间和地点。挂上电话之后，她抬起眼来就看到boss大人正居高临下地看着她，眼神里喷薄出来的那个不是怒气还是神马？！

"要去相亲？"

"是？"

"上班的时候请不要处理私人事务，向小姐。"

= =

向小葵沉痛地点了点头，boss大人好像对她要去相亲这件事很不爽的样子啊！以后她会注意不在办公室接这样的电话啦。可是话说回来，boss真是一种奇怪的生物呢，从前叫她向小葵，刚才忽然这么客气地叫她向小姐，这是为什么嘞？而且他生气的原因从来都不说出来，还要别人去猜，猜对了还不高兴，真是没办法。

她以为boss大人只是碰巧路过她的座位，没想到他接下来居然告诉她："今晚有个晚宴，你和蒋忱陪我去。"

向小葵顿时傻眼，自己和蒋小姐一起？完全没有必要嘛，人家已经是一个顶十个了，boss大人你说你去个晚宴需要带上十一个人吗？不过，如果有美食的话，她一定不会吝惜贡献她的战斗力。

跟着boss大人到了晚宴的现场才知道这个宴会的出席阵容超级豪华，城中名流几乎全数出席，看着那些个经常出现在财经版头条的脸，随便哪一个都可以让股市震荡个好几天。

boss大人穿一件低调考究的深色英式礼服，极其修身的款式，越发显得他高大挺拔，气质非凡，绝对可以让色女们狼嚎一整晚。他身边的蒋忱则是简单的黑色小礼服，并不惹眼，却像一颗珍珠，散发着她独有的光华……

反观向小葵自己，虽然也穿着得体的小洋装，可是站在这样的两个人身边，分明就是奢侈品和山寨货的良好对比，这让从来都没有自卑过的向小葵突然不自在起来。boss大人他该不会是故意要营造出这种对比的吧。

好在晚宴的酒水和食物一流，向小葵跟着他们一起转了一会儿就溜去觅食，她准备拿出十分的战斗力，让自己度过一个美好而愉快的夜晚。

按照科学的进食顺序，向小葵首先奔向了第一站——水果。

火龙果看起来不错，咦，这个是莲雾吗，好像也不错，尝一尝。可惜啊，在这种场合是不会出现她最喜欢的榴莲的，真是遗憾。

“火龙果味道好吗？”

向小葵抬起头来看见蒋忱正微笑地看着她，“你拿了莲雾啊，可是我每次吃那个的时候都会觉得很奇怪。”

“我觉得吃菠萝蜜才奇怪呢。”向小葵自然而然地跟她聊起来，“邵先生也不太喜欢莲雾，不过他很喜欢吃橙，但是不喜欢切开的橙，所以以后你一定要帮他剥好。”

“……”

“他一般在会议室里喝加了柠檬和冰块的苏打水，偶尔喝茶，心情烦躁时才需要咖啡，有时候还会要求加茶点。他最喜欢重乳酪蛋糕，附近有家他喜欢的店，预订电话我以后给你。”

向小葵一提到boss大人的喜好简直控制不住自己，“吃饭方面呢，他好像还不是很挑食，口味什么的完全取决于心情，其实也还算是比较好搞定……”

说完之后看到蒋忱正笑着望着她，向小葵忽然不好意思起来，“我这个人比较话痨，你不要介意这些事情，反正以后你都会知道。”

蒋忱居然拍了她肩膀一下，脸上的笑意更深，“你真的是很有趣。”

消灭了水果，向小葵继续向冷盘进发，今天这个龙虾沙拉看起来还真的是不错，还有鹅肝，等下一定要多吃几片。正在她开心地一边喝果汁一边吃龙虾沙拉的时候，有人忽然在她耳边说：“太没有斗争经验了你，饮料要最后才能喝嘛！”

这次是一个穿着红色小礼服的美人，她一边大嚼龙虾一边给向小葵建议：“果汁配着鹅肝一起吃味道很怪啊，可以试一试配白葡萄酒，刚才我喝了一杯，还不错。”

听起来不错，向小葵正想去拿一杯酒喝，美人忽然“啊”的一声叫出

来，“我见过你！”

啊？

向小葵正在迟疑，美人指着她异常惊喜地说：“我是纪怀恩，我认得你，你是我婚礼上的化妆助理！”

呃，美人居然是boss大人那逃婚的前未婚妻——纪怀恩。

纪怀恩见到她居然十分激动的样子，“你那天背了一个向日葵背包，好可爱，跟你的名字真配。听说我婚礼那天的餐点也很好吃啊，可惜我后来逃婚了，不然还真想尝尝呢……”

向小葵成功黑线了，心想，不愧是boss大人的前未婚妻，思维方式果然是跟常人不太一样啊有木有！

“来来来，我知道一个很隐蔽的地方，我们多拿点东西过去吃。”纪怀恩建议她，一脸期待的样子。

这样听起来也很不错，向小葵端着一大盘食物跟着纪怀恩走到一个安静的角落，正要大展身手时，居然看到了邵年远挽着蒋忱正往她们的方向走来。那一刻，向小葵心中唯一的想法是，天生一对什么的，大概说的就是这两个人吧。

“原来你们在这里。”邵年远的声音在宴会悠扬的弦乐里听起来异常柔和，仿佛春风吹在脸上，微微的痒。

可是，眼前的几个人这样见面难道不会有点尴尬吗，可惜大概只有她一个人是这样想。

“哎呀，小远远，你看起来还是那么帅！”纪怀恩一脸遗憾地看着邵年远，“我要是后悔了怎么办？”

= =

向小葵和蒋忱立刻傻眼，不过当事人却十分镇定，“你千万不要后悔，不然我怕我在某人面前会很麻烦。”

某人，邵谨言吗？

纪怀恩立刻一脸崩溃，“你叔叔也来了？不行，我要撤退，千万不要告诉他我出现过！”说完居然直接溜之大吉。

向小葵心内的八卦之火重新燃烧起来，纪怀恩和邵谨言在某种意义上来说算是情敌吧，所以这是情敌见面分外眼红吗，真是好混乱哦。

看着那个红色的身影消失在会场，邵年远的目光终于落在向小葵身上，盯着她手里的酒杯看了又看，最后叮嘱道：“少喝一点。”

~~~~(>_<)~~~~

向小葵顿时觉得十分委屈，boss大人那个眼神是什么意思嘛，好像是害怕她再次喝多了撒酒疯一样，真的是太太太太郁闷啦。

接下来她决定化郁闷为战斗力，一定要把今天晚宴的所有食物都品尝一遍，可是才吃了两口就又被人打断了。

“你躲在角落吃东西这种习惯还真是万年不变。”

邵谨言端着酒杯走到她面前，唇边带着浅浅的笑意，眼神却是落寞。

向小葵看了看不远处挽着蒋忱的邵年远，再看看眼前的邵谨言，她觉得自己大概明白了邵谨言眼神里的内容。看到所爱的人近在咫尺，没有办法与他牵手并肩，这种感觉该有多么摧人心肝啊！

向小葵把餐盘放到一边，很认真地对邵谨言说：“我只是觉得这样比较安全。”

邵谨言摇摇头，“是这样啊，我们第一次看见你，你就在角落里狼吞虎咽。”

向小葵再次郁闷起来，那一天就是所有麻烦开始的一天啊，如果她不躲在角落吃东西，就不会听见他们说话，就不会知道他们之间的那个大秘密，也许，就不会再有后来的一切吧。

可是，这个世界什么果子都有，就是没有如果这种东西。

她忽然想起了什么，很正经地跟邵谨言道歉：“邵先生，请原谅我那天的不告而别。”

邵谨言举起酒杯轻轻与她碰杯，“我知道，你遇到了一些麻烦。”

麻烦，还真是，邵年远现在就是她向小葵生活中最大的麻烦，不知道什么时候才能摆脱，希望不用花太长的时间。

“其实我觉得……”邵谨言斟酌着开口，“如果你实在觉得抱歉的话，那就在年会上做我的舞伴吧。”

年会？舞伴？
~~~~

她不知道自己现在是该受宠若惊还是要诚惶诚恐，心中有个声音在不安地疑问：这样做的话，boss大人会不会不开心？

不过在看到邵谨言那诚恳的眼神后，向小葵还是毅然决然答应下来："好，我做你的舞伴。"

"谢谢你，我现在就开始有点期待了呢。"邵谨言把杯中酒一饮而尽。如果向小葵不那么迟钝的话，她一定能够看到他眼中闪烁着的异样光芒。

在晚宴即将结束的时候，邵年远带着蒋忱来到了他们两个身边。叔侄俩见面照例不过是点头示意，不过他们眼神交汇的时候向小葵分明看见了较量的光芒。

果然，邵谨言对邵年远说："等一下我送小葵回去，你负责把小忱送回去。"

小忱，叫得这么亲切，只有向小葵听得出这里面浓重的醋意（姑娘你嗅觉有问题），面对情敌还这么云淡风轻，内心该有多么纠结啊，实在是太虐啦。

不过邵年远显然不认同叔叔的安排，一把扯过向小葵，微笑着对邵谨言说："这倒不必，我的人，自然都由我送回去。"

这样好像也有道理，反正她跟boss大人住一起。

邵谨言也没有坚持，只是拍了拍她的肩膀，微笑着说："不要忘了我们的约定。"

上车的时候，向小葵非常自觉地爬上了前座，把后座留给boss大人跟蒋忱，而boss大人像是很不满她这个举动似的，盯着她看了半晌，弄得她心里直发毛。

不过有蒋忱在，车上的气氛还算轻松，两个人在后面轻声讨论今晚的所见所闻，向小葵则在前面打起了小瞌睡，直到邵年远把她叫醒，"喂，清醒一下。"

咦，蒋忱已经下车了，可是，司机怎么也不见了！

看着自己身边的邵年远，向小葵的神志一下子清醒起来，"邵先生，对不起，我睡着了。"

他没有说话，在看了她一眼之后发动了车子，行进的方向却有点诡异。

“请问，我们这是要去哪里？”

“看月亮，别忘了，你还欠我一次。”

= =

向小葵的下巴差点掉到手上，自己什么时候欠过这样诡异的债啊，而且这夜深人静的时候到荒郊野外看月亮，怎么想怎么觉得诡异。

相比于向小葵的意兴阑珊，邵年远显然对今晚的月亮充满了兴趣。好吧好吧，跟着boss大人看月亮也是身为下属的职责之一，她一定圆满完成任务。

可是在他们达到目的地之后，向小葵再一次崩溃了，“请问，这是哪里？”

“气象台的观测站。”邵年远拉着向小葵一起下车。

于是在冬夜的寒风中，向小葵陪着邵年远站在山顶，看着天空中那枚金黄色的月亮。光影温柔流淌，有彩云缓缓飘过，这样的冬夜，整个世界仿佛都在沉默。他们肩并肩站在一起，感觉时光在指缝间流过。

好吧，以上是浪漫版。

而现实是：向小葵哀怨地跟boss大人一起看着天空中那个像咸蛋黄一样的月亮，冬天的夜里连只鸟都不叫，boss大人在她身边沉默着，而她只觉得寒风迎面吹来。

“阿嚏！”

她终于控制不住，打了一个响亮的喷嚏，接着吸了吸鼻涕，然后低下头就看见boss大人递来的手帕。咦，难道这个时候不该为她披上外套什么的吗？

好吧，谁叫她身上穿着的是比boss大人身上的大衣厚一倍的羽绒服呢，可是大半夜的站在荒郊野岭，什么话也不说地看月亮是不是奇怪了点？虽然呼吸着林间冷风的感觉是有那么一点点的心旷神怡。

“向小葵。”boss大人叫她的名字，声音很轻，仿佛只是一次清浅的呼吸。

她忽然不知道自己在这种时候是该继续沉默还是回应，想了想还是决定不开口。

“你知道吗，我一直以来都高估了你的悟性。”邵年远转过脸来看了她一眼，认真而肯定。

呃，这是在说她笨吗？

没有给她任何申辩的机会，邵年远继续总结：“你总有一天会明白这一切，我给你时间去思考，等你想明白了，要告诉我答案。我希望这一天不要太远。”

他说完便拉着向小葵上车，虽然只有那么几秒，但是向小葵还是清楚地感受到了邵年远掌心传来的热度，她的手在他的手中，那感觉仿佛被人妥善收藏。

可是，boss大人前面那些话，那都是些神马和神马啊！

向小葵此刻只想仰天长啸，boss大人您整天阴阳怪气的，居然还要埋怨别人理解能力太差，这简直是欲加之罪啊！

回去的路上，向小葵小心翼翼地观察着boss大人的神情，好像没有生气的迹象，于是她鼓足了勇气，“那个，明天晚上，不需要加班吧？”

“嗯？”

“也没有什么我必须要参加的活动吧？”

“……”

“应该也不会临时开会什么的吧？”

“向小葵，你到底要说什么？”

她深深呼出一口气，满脸堆笑地看着邵年远。

“那太好了，我明天晚上要去相亲。”

SECRET 09

虽然向小葵已经23岁“高龄”，但是谈恋爱这件事对于她来说仍然十分陌生。大学之前的时间用来努力学习，而大学四年却被用来努力挣钱，爱情对于向小葵来说简直就是外星人——你听过它的名字，却从来没有看到过它的踪迹。

所以面对晚上的相亲活动，她的心中是忐忑的，因为未知和不确定，但是又有那么一点点小兴奋，特别是在昨天半夜，boss大人在听闻她要去相亲之后对她给予了殷切的鼓励，让她觉得相亲好像是挺值得期待的一件事。

虽然没有经验，但是向小葵一向是个好学的人，所以她从各大网站论坛搜罗了一大堆相亲宝典。仔细研读之后她傻了眼，原来相亲还是个复杂的工程啊有木有！

首先，在衣着上，既要亮眼却不能有攻击性，要恰到好处地展示你个人的品味和特性。

向小葵低头看了看自己身上的针织裙衣，好像不太亮眼，但是也绝对没有攻击性，不过肯定不会失礼，暂且过关。

其次，要用最短的时间让对方了解你，一个内容翔实丰富却简洁的自我介绍十分重要……

向小葵努力思索了一下，要怎么介绍自己呢？

你好，我叫向小葵，我的爱好是挣钱、攒钱、数钱；工作是在邵氏集团做boss大人的助理，然后还住在boss大人家里……

呸呸呸，如果这样介绍，她就只能滚得跟思想一样远了，她可不能一开口就败坏自己的名誉。

再次，吃饭的时候吃相一定不能太狰狞，以免把对方吓倒。

吃相的问题嘛，向小葵觉得自己应该还算是可以，不说多么优雅斯文，起码的餐桌礼仪她还是有的。至于饭量嘛，她觉得自己十分有必要控制一下，初次见面，吃个七分饱就可以！

有了这样的心理建设，向小葵觉得自己已经做好了一切心理准备，外加boss大人中午带着蒋忱一起出去后就再也没有回办公室，所以整个下午她都有充分的时间去预估各种可能发生的情况，一点一点给自己增加自信。

当当当，下班时间一过向小葵便欢快地打卡，下班喽！相亲去！

赶到约定好的见面地点，时间不早不晚刚刚好，苏北北早已经等在那里，看到她就欢快地招手，而在她对面坐着的那个人，拥有一个宽阔而挺拔的背影。

苏北北开心地为他们介绍："这个是我的外甥陈聪聪。"然后拉过向小葵的肩膀，"这个就是向小葵，怎么样？很可爱吧。"

那人朝她伸出手，"你好，我是陈聪聪。"

一直不敢抬头的向小葵伸出手，然后抬起脸，"你……"

那个好字还在口中，就听到那陈聪聪惊喜地叫了一声："咦？怎么是你？"

向小葵在此刻也瞪大眼睛，"不会吧，居然是你！"

这个时候，向小葵深刻地体会到了什么叫"世界实在是太小了"，原来苏北北亲爱的外甥陈聪聪同学居然就是上次亲眼目睹她在飞机上何如摔进卫生间的机长！

在听到了事情的整个过程之后，苏北北笑了足足有五分钟，仰在椅子上根本直不起腰来，"哈哈哈哈哈哈哈，太搞笑了，小花你怎么能干出这种事情啊，这个段子我起码可以笑半年，实在是太经典了！”

= =

看吧，这就是误交损友的下场，这么悲惨的一件事她居然要当笑话乐半年，太对不起她那摔得很惨的屁股了有木有！

事已至此，向小葵觉得今天这场相亲已经失败了一半，于是决定不再装矜持，大口喝水，大口吃菜，才不管妆容有没有花掉，吃相是不是狰狞。她一面跟苏北北讲自己那次的悲催遭遇，一面听陈聪聪讲一些飞机上的趣事。

三个人吃得正开心，苏北北忽然神秘兮兮地指着某个角落说：“看，你家boss耶！”

向小葵顺着她指示的方向看过去，果然看了邵年远和坐在对面的蒋忱，他们神态自若，轻声细语。

一下午都不见踪迹，原来跑出来约会？

苏北北却由衷感叹道：“好帅哦，上次就想跟你说，你家boss跟他叔叔两个人帅到惨绝人寰有木有！简直是如双峰并立，两水分流，各得其妙啊！”

至于这样嘛，向小葵夹一块点心放进自己嘴里，心中不无遗憾地想，如果苏北北知道了那个不能说的秘密，也许会更加激动也说不定！

可是反过来想一想，知道太多好像真的没有什么好处，至少会少掉很多YY的乐趣。

点心还没吃完，苏北北再次激动起来，“喂，你家boss好像发现我们了。”

= =

不是吧，向小葵转过头去，果然看见boss大人正在朝着这边微笑，而且，而且他站起身走过来了！

这一过来不要紧，向小葵直接被点心的面皮呛到了，咳嗽了半天才顺过气来，所以邵年远走过来看到的，便是她面红耳赤、眼中含泪的可怜景象。

“真是巧啊，没想到在这里遇到你们。”邵年远在旁人面前永远是一副温文尔雅的样子，只有向小葵才知道，boss大人那美好的外表下面埋藏着的是一颗多么BT的心！

她虚弱地摇了摇手，勉强扯起嘴角对boss大人身边的蒋忱笑笑，算是打招

呼。

苏北北还是那么兴奋，“是啊，我刚才也跟小花，啊不对，是小葵说真是太巧了，居然能在这遇到你。”

“下午在这附近开会，于是就跟同事一起吃饭。”邵年远的脸上一直保持着微笑，目光落在陈聪聪身上，“那么，这位是？”

“这是我家亲戚，今天介绍给小葵认识的。”苏北北笑嘻嘻地打趣道，“其实你们公司也有很多青年才俊啊，为什么一个都对我们小葵没意思呢，所以我只有亲自出马啦。”

“哦，是吗？”邵年远看了向小葵一眼，唇边带着一抹轻笑，“大概是因为他们眼光不太好。”

这时候一直在boss大人身边没有出声的蒋忱忽然开口：“这里的酸梅芒果鸡不错，我每次来都点。”

向小葵于是来了精神，忙不迭点头道：“听起来不错，下次一定试试。”

一直没有说话的陈聪聪这个时候也发表了自己的意见，“那这位小姐今天有没有点这道菜，还是换了什么别的口味？”

“我这个人比较念旧。”

“是吗，那最好了。”

……

“你们……认识？”苏北北率先发现了亲爱的外甥方才看起来有点不太对劲。

“不认识。”

“怎么会。”

两个人居然一起开口，要不要这么有默契啊！

邵年远带着蒋忱一起离开之后，向小葵只觉得今天这顿饭吃得各种诡异，最后草草结束了战斗。

饭后苏北北提出一起去逛逛附近的卖场消食，向小葵也表示同意，趁着陈聪聪去买饮料的当口，向小葵拉着苏北北悄悄问：“喂，你亲爱的外甥真的没有女朋友吗？”

“当然了。”苏北北拍着胸脯保证，“他姐亲自拜托我的，如果他那边有什么动静，他那个八卦委员会理事长的姐姐肯定是第一个知道，所以，你就放心吧。怎么样，我家聪聪不错吧。”

“呃……”向小葵决定表达一下自己的疑问，“可是像他这么优秀的一个人，为什么还是单身呢？”

“他啊，不是飞国际好几天不回来，就是全国各地各种往返，哪有时间认识女孩子啊，以前还一直不愿意出来相亲，这次终于被我说动决定出来试一试，你要好好把握哦。”

“……”

还有神马好把握的啊，见过她在飞机上那么丢脸的人，怎么还会对她有任何兴趣。向小葵觉得这一次，基本上，没戏。

当向小葵回到boss公寓时，他居然还没有回来！面对满室的黑暗，她忽然有种泄气的感觉，可是下一秒钟又在心中大声质问自己，难道你还期待着什么？

不知道是今晚被苏北北拉着吃了许多甜食，还是因为这几天郁闷焦虑于是上了火，本来已经睡着的向小葵被突如其来的牙疼给疼醒了！

向小葵捂着脸想去厨房找点冰块冷敷一下，结果居然没有了！只好提溜出一袋元宵代替。她从小到大牙从来没有这么疼过，那种深入骨髓的抽痛只想让她把脑袋往墙上撞。

好不容易翻出止痛药吃了，药效却没那么明显，向小葵的面部神经继续被疼痛折磨着，她觉得再这么疼下去，自己余下的人生绝对不会笑了。

向小葵痛苦地趴在沙发上，终于了解了其他人对牙疼的悲惨描述绝对没有夸大其辞，那是真真切切地要人命啊！

正在她疼得快要飙泪的时候，房间里响起了大门被打开的声音，原来是邵年远回来了。

boss大人看到缩在沙发上的她，什么也没有说，可是走过来的脚步却透着焦急。他的手掌落在她的额头上，“怎么了，哪里不舒服？”

向小葵听见自己连吐字都不清晰了，“唔……牙……疼。”

看见她满头冷汗的样子，邵年远不假思索地说："换衣服，我们去医院。"

呃，只是一个牙疼就去医院，会不会太夸张了一点？

不过在这种时候，向小葵绝对不会挑战boss大人的权威，顺从地换了衣服跟着他出门。

午夜时分，邵年远开着车在路上飞驰，向小葵从来没见过boss大人开快车的样子，捧着已经肿起来的右脸心中感叹，boss大人这种驾驶技术不去做赛车手还真是可惜。

更让她没有想到的是，邵年远带她来的居然不是医院，而是正儿八经的牙科诊所！

向小葵坐在治疗椅上，任由那位美女医生用各种工具检查她的牙齿，最后美女很确定地说："不是很严重，长智齿而已。"

= =

她不知道在医生眼里是不是只要脑袋还在脖子上就可以算作"不是很严重"，枉她疼得要死要活，居然被医生大人一句话搞定。

只见美女打了个哈欠，"我已经帮她处理过了，等下再开点药给你。"

"可是……"向小葵哆哆嗦嗦地问，"什么时候才会不疼呢？"

"等它长出来。"美女医生拍拍她的肩膀，"有什么问题就问问这位邵年远先生，他前年刚刚经历过这个痛苦的过程。"

向小葵偷偷瞄了boss大人一眼，只见他沉默地坐在那里，神情冷峻。好吧，原来boss大人对牙疼这件事很有经验啊，怪不得直接带她来这里。

取了药之后，向小葵支支吾吾地向美女医生表达谢意，"不好意思，这么晚还麻烦你。"

美女医生伸个懒腰，一边打哈欠一边点头，"没关系，谁叫我欠邵年远一个人情。"

邵年远从向小葵手里接过装药的袋子，一手拎着大衣一手扶着向小葵的肩膀，对美女医生说："波波，今天辛苦你了，要不要我送你一起回去？"

没想到美女医生居然立刻抓狂，朝着邵年远大吼："什么波波！叫我宋医生！听见没有！再叫我波波，下次我就把你的门牙拔掉！"

在美女医生的咆哮中，boss大人带着一抹阴谋得逞的笑容拉着向小葵开心地离去，于是她更加风中凌乱了，boss大人的朋友一个个都很有个性啊有木有！

折腾了一晚上，向小葵的牙疼终于有那么一点点的缓解，不过她觉得自己的脑袋经过这一夜的折磨简直已经失去了所有知觉，她只能麻木地呆着一张脸，不能有任何表情。所以在早晨的厨房里看到boss大人的身影时，向小葵十分缓慢而痛苦地打了声招呼：“早……早上好。”

邵年远看起来心情很不好的样子，只对她点了一下头算作回应，“我做了点粥，你多少喝一点。”

向小葵顿时感动得热泪盈眶，内牛满面，boss大人果然是长过智齿的，很有经验有木有！知道她现在连张开嘴都很费力气有木有！

可是……明明牙痛的是她向小葵，boss大人您这一脸被欠了钱的样子是为神马啊！

虽然觉得很诡异，但是向小葵依然怀着一份感激之心喝完了boss大人亲手做的白粥，除了有点煳味之外似乎也没有缺点（姑娘你要求还挺低）。

两个人一起吃了一顿气氛诡异并且全程沉默的早饭，饭后向小葵无精打采地拎着手袋准备跟着boss大人去上班。出门的时候，boss大人深深地看了向小葵一眼，像是想要表达什么，最后却被生生压抑住，搞得向小葵心神不宁，一路上都在痛苦思索那个眼神究竟代表着什么含义。

上班照例是端坐在座位上看其他人忙得马不停蹄，自从蒋忱出现之后，向小葵在三十楼的生活就变成了今天这个样子。今天她肿着一张脸，连给boss大人端茶倒水这种事情都不需要她来处理了，只好一遍胡乱翻看着网页，一边疼得咝咝吸气。

眼看着午饭时间已经到了，向小葵却丝毫没有食欲，这一早上她连喝水都困难，餐厅里那些诱人的美味现在已经不是她能企及的了。

“向小姐。”

听到自己的名字，向小葵连忙站起来。只见boss大人的司机大叔拎着一只巨大的保温桶递给她，“这是大宅那边的厨房做的，少爷说您生病了，吃不了外面的东西，特意让那边做了送过来。”

向小葵忙不迭道谢，简直是受宠若惊，心头涌上一股浓浓的暖意，不自觉地朝着会议室里张望了一眼，送她温暖的那个人正端坐首席。突然向小葵心中好像有什么东西忽然炸裂开来，像是被风无意吹起的花雨，连她自己都始料未及。

她开开心心地吃了粥，等到会议结束就立刻奔去boss大人面前表达谢意。不过他却一边走向办公室一边对殷俊吩咐道："我和蒋忱等下就去机场，有什么情况我们随时联系。"

邵年远转过身来才发现立在一边的向小葵，扬起他那好看的眉毛问："你有什么问题？"

向小葵忽然傻眼了，刚才准备的致谢感言这一刻居然一句话也说不出来，支吾了半天才开口，"谢谢你的粥。"

"牙还疼吗？长出来就好了，这两天先忍忍。"

"哦。"

"我和蒋忱马上要去新西兰，公司在那边的一个项目出了一些问题，你一个人在家自己小心。"

"哦。"

"每天打一通电话给我。"

"咦，为什么？"

"汇报你的病情。"

"呃，好吧，boss大人，遵命。"

大boss出差，三十楼各路人马各司其职，表现得十分平静，可是原本安静的下午却被向小葵的惊叫声打破。

"神马！年会节目？"向小葵摸着自己依然肿痛的脸，被惊吓得下巴差点掉到地上。

殷俊一脸愁苦，"是啊，以前我们从来都没有上台表演过，但是这一次工会要求整个集团总部所有部门都要有节目在年会上参演。你知道，我们在老板身边做事，各个方面都要积极努力敢为人先才是，所以，我们决定在有限的时间内排练出一个让人耳目一新的节目。"

“所以？”

“你的入职资料上写着你会很多才艺。”

不是吧，向小葵一脸愁苦地看着满脸苦逼的殷俊同学，忽然福至心灵，“这样好了，我负责节目的策划和排练，绝对耳目一新，而你，就要负责为我做一件事。”

“什么事？”

“教我跳舞。”

于是，热火朝天的排练就这样在三十楼展开，每天午休和下班之后秘书室一票帅哥都会被向小葵操练得苦不堪言，而他们的老大殷俊似乎就要更辛苦一点。

“哎呀，对不起，又踩到你了。”

“我好像记得大学入学的时候学生会是要统一扫舞盲的。”

殷俊内牛满面地看着自己那已经被向小葵踩了无数次的右脚，痛苦地想，早知道教她跳舞是这样一个痛苦的差事，打死他也不会答应。每天辛苦工作外加排练节目不说，费心教学之余还要忍受皮肉之苦。

向小葵也一脸无奈的样子，“这个，人家记不住嘛，大学扫舞盲的时候，连换了三拨人对我都无能为力，最后辅导员只能宣布把我放弃，我也是受害者啊。”

“好吧。”殷俊显然已经认命，“那么受害者同学我们一起来跳下一曲吧。”

“等一下。”向小葵看了看时间，“我要先进行一项重要的工作。”

只见她飞快地摸出手机，甚至还深呼吸了一下，像是在酝酿什么情绪。

“晚上好啊boss大人，今天工作还顺利吗？我早上吃了司机大叔送来的鸡肉粥配穿心莲，中午在餐厅吃了老鸭汤泡饭，药都有按时吃，现在智齿同学已经茁壮地成长起来了，您就不用担心啦！”

这几天她一直这样给boss大人打电话，汇报自己一天三餐外加智齿“病情”，而boss大人也像听取什么重要的汇报一样，给她下达一连串的指示。

“想吃什么让司机告诉那边的厨房，晚上不要熬夜上网早点睡，躺在沙发上时不要把手机举起来刷微博，小心被砸到脸。”

喂，boss大人，人家只是一不小心砸到脸一次，你要不要记得那么清楚啊！

随便聊了几句之后，向小葵结束了与boss大人的通话，转过身来却看到了殷俊那张若有所思的脸。她伸出手指在他面前晃了晃，“来，我们继续。”

在欢快的华尔兹舞曲中，殷俊同学的双脚又开始不断重复着被左右攻击的厄运，心中不由得深情呼喊——boss啊，您快点回来解救我吧！

在忙碌的“工作”和“学习”中，向小葵的智齿成功长了出来，牙疼终于离她远去，于是她得瑟地在围脖上宣告：

姐长智齿啦！走向了变成天才的第一步有木有！

而她的各路狐朋狗友们则是纷纷发来贺电：

鹿鹿：其实在饭量这方面你一直很天才有木有！

小白就是我：这么晚才长智齿！印证我一直以来对你智商程度的怀疑……你懂的。

御弟哥哥等等我回复小白就是我：我们懂。

猛男放开那个少年回复鹿鹿：她在这方面的造诣从未被人超越……

~~~~(>_<)~~~~

向小葵看着乱七八糟的微博，深深感到误交损友的后果极其严重，差点就让她怀疑人生了有木有！

不过更让她怀疑人生的事情发生在当天下午，难得不用排练也不用学跳舞，向小葵接到了一个陌生电话。那是个很好听的男声，低沉而富有磁性，“向小姐今晚有时间吗？”

“有啊，可是……”向小葵那个“我要回家”的后半句还没说出口，就听见电话那边继续道：“我是陈聪聪，请问今天晚上有没有机会让我请你吃个饭？”

陈聪聪？吃饭？

向小葵的大脑立刻死机了几十秒，他怎么会打来？为什么要请她吃饭？那天相亲不是失败了吗？
~~~~

一连串的疑问让她忽然方寸大乱，语无伦次。不知道陈聪聪那边是如何从她不着调的应答中捕捉到有用信息的，居然直接对她说："那好吧，我们不见不散。"

"呃，好，不见……"等一下！向小葵此刻才发现自己答应了什么，"喂喂喂，不行啊！"

向小葵对着手机大叫的时候，那边的陈聪聪早已经收了线。她看着手机流宽面条泪了，这下可肿么办啊！

她想上网求助一下，又觉得让苏北北看见好像很尴尬的样子，于是向小葵打开了大学同学群，发了一个倒地吐血的表情。

向小花：肿么办，明显不会看上我的相亲对象今晚约我出去！

高帅富我来了：那就去啊！

向小花：很不真实哎~~

土豆殿下：比你能考进邵氏集团还不真实咩？

向小花：= =差不多

高帅富我来了：要花枝招展地赴约相亲，觉得不真实就掐自己几下。

土豆殿下：对啊，小花这样的都能进邵氏集团，哪怕我们董事长明天跟我求婚我都不会觉得不真实了！

= =

向小花：你们这是在夸我对吧。

……

默默地关掉QQ，继续默默地纠结，于是默默地忘记了给boss大人打电话汇报情况的时间，最后默默地等到了下班，默默地下了楼，向小葵默默地想，要不她直接回家然后告诉陈聪聪她要加班？或者是被堵在路上？

结果才走出大堂就看见陈聪聪立在大门前的广场上对她微笑，"我觉得，还是亲自来接你比较礼貌。"

向小葵只好认命地上了陈聪聪的车，他礼貌地征询她的意见，"你想吃点什么呢？"

她明显心不在焉，"什么都好。"

"那'什么都好'这家餐厅在哪里呢？我们要不要提前打电话订个位

子？”

向小葵扑哧一声笑出来，紧张情绪散去大半。

经过一个晚上的了解，她充分地认识到陈聪聪这个人其实很有趣，跟他在一起，她觉得很轻松，很随意，很舒服，可是又总觉得哪里有些不太对劲。向小葵没有办法想象出自己跟他在一起的样子，这样气氛融洽的一个晚上，她的心居然平静得像湖面一般，没有一丝涟漪。

难道这就是传说中的没感觉？

虽然没感觉，但是向小葵觉得方才他们去的那个学校主题餐厅真是有趣，全部人坐在教室里吃饭，点菜的单子都是作业本样式的，招牌菜写在黑板上。

下次一定要拉着boss大人去……

完蛋了！

说到了boss大人，向小葵此刻才想起自己好像忘记了一项重要的事情——她整整一天都没有给boss大人打电话，摸出手机一看，居然不知道什么时候关机了！

怪不得网上说遇到用这种高端手机的男人就嫁了吧，原来是因为耗电严重所以必须得早点回家！

跟向小葵的归心似箭相比，正在开车的陈聪聪就像是在酝酿些什么，心事重重。

当他们成功到达boss家楼下时候，陈聪聪忽然开口，“其实，你是个很好的女孩子。”

“哦。”向小葵接下他的话茬往下说，“其实我们不太合适对吧。”

看着陈聪聪一脸震惊又如释重负的表情，向小葵忽然心情大好，“你也是这么觉得吧，现在好了，说清楚大家轻松。”

陈聪聪笑道：“原来大家都这样觉得，枉费我刚才还觉得有好大的压力，希望我们以后能成为朋友。”

“我觉得我们已经是了，下次再有大吃大喝的活动叫我。好了，我上去了，再见。”

等到向小葵上了楼，连灯都来不及开就冲向客厅里的座机，拨出了那个早已经烂熟于心的号码。

电话很快接通，“向小葵，你知不知道现在几点了？”

boss大人的声音透过听筒重重地砸在她的耳膜上，格外清晰。

她立刻丢盔弃甲，溃不成军，“我跟朋友出去吃饭，我的手机没电了。”

boss大人直接冷哼一声。

向小葵连解释的勇气都没了，“我其实……后来……

“好了。”邵年远冷冷打断她，“你早点休息吧。”说完就挂掉了电话。

咦，刚才打电话的时候她还没有意识到，这个时间在新西兰已经是后半夜了吧，boss大人的声音还是那样冷静清醒，莫非是一直都在等她的电话?

完了，向小葵郁闷地想，等到boss大人回来，自己又得完蛋啦!

年会的节目排练得非常顺利，而且学习跳舞的课程也在顺利进行，除了老师痛苦学生郁闷外，看起来还是很美好的。所以每天下班以后，三十楼都会先充满欢声笑语，然后剩下殷俊一个人满地哀号。

而今天，情况依然没有什么变化。

“你要注意一下节奏好不好，只要跟着我的脚步就可以了……”

这已经是殷俊不知道多少次的提醒了，谁让向小葵的悟性实在太差呢，他简直觉得自己恐怕坚持不到年会那天就会被踩到受伤住院什么的，还不知道能不能算工伤报销。

“再来一遍，下一曲我一定记住。”向小葵第N遍地表达着自己一定要学会跳舞的决心。不然还能怎么办?她已经答应了邵谨言，总不能在年会上给英明神武的邵董丢人现眼吧。

再来一曲果然有了进步，向小葵每一个节拍都没有漏掉，每一个舞步都踩得恰到好处。她得意地在殷俊手中转了一个圈，然后就听到一个低沉而熟悉的声音在他们身后响起。

“你们在干什么？”邵年远面色不佳地站在门口，看着正在翩翩起舞的两个人。

殷俊顿时内牛满面，心想，救星啊，你可算是回来了。

向小葵则是开心地对邵年远说：“跟殷俊学跳舞啊。”

邵年远皱眉，“以后不用跟他学了。”

向小葵满面震惊，“为什么！”

殷俊差点抱着boss大人的大腿三呼万岁，心想着这痛苦的舞蹈教练生涯可算是要结束了！

邵年远微微一笑，“从今天开始，我来教你。”

向小葵实在没有办法想象，在boss大人手下当学生会是怎样一个光景，自己会不会时刻被他骂得狗血淋头？

其实boss大人的教学方法跟殷俊也没有什么不同，但是为什么向小葵觉得自己好像进步得快了那么一些些呢？

也许是因为练习时间比较充分吧，就在boss大人风尘仆仆地从新西兰回来的当天晚上，他就带着向小葵开始他执教之后的第一场练习。地点在Boss大人公寓二楼宽阔的玻璃阳光房，外面是绚烂的灯海和这城市无敌的夜景。向小葵其实有那么点小激动，因为在这里住的这段时间，她还是第一踏足这里，对这间阳光房的一切都有点好奇。

“咦，夏天这个玻璃会升上去然后这里就会变露台吗？”

“……”

“这个花池好大，简直可以用来种菜嘛！”

“……”

“其实在这里BBQ也是个不错的选择啊。”

“……”

“怪不得你平日里不肯下去，原来在这里就可以一边看书一边晒太阳了！”

boss大人终于忍无可忍，“向小葵！你能不能专心一点！”

好吧，boss大人的怒吼让向小葵成功闭嘴。

眼下这首舞曲节奏明快，好像夏天那些碳酸饮料冒出的气泡，源源不断地涌上心间。她的手掌在他的掌心，她的腰被他紧紧握在手里，他带着她旋转，踏破一室的喧嚣。那些节奏在这个时候仿佛都变成了跟心跳同样的频率，生怕踩错一个步子便会让自己的心跳乱了节奏。

向前，后退，转身，跟随。

有那么一刻，向小葵觉得全世界只剩下了他们两个，她只能跟他在一起，寸步不离。

当舞曲终于结束，向小葵发现邵年远并没有放开她的手，而是把她拥得更紧，简直像把她抱在怀里。

缠绕着她呼吸的是他的味道，清冽、温暖，像晨间的松林，可以让人迷醉。他静静地看着她的眼睛，沉默得令人心惊，好像在等待什么回应……

只听邵年远沉声开口：“向小葵，在你的心里，我究竟是什么样的？”

向小葵清晰地听见了自己心跳的声音，那样急促慌乱，boss大人在她的心里，开始其实是洪水猛兽，后来他数次救她于水火，说他是她的英雄也不为过。现在boss大人在她的生活中已经是……

向小葵的思绪到这里居然被某种认知狠狠扯断了，“其实，我……”她只觉得喉头干涩，千言万语全部会聚于心间，此刻却一个字都无法吐露。

他离她又近了一点，近得向小葵觉得自己马上就要窒息在他的怀里。她忽然害怕起来，因为自己好像发现了一个更加巨大、更加不可告人的秘密，自己对眼前这个人的所有认知和感受在方才那个瞬间全数崩塌，这个秘密让她惊惧。

不知道过了多久，她甚至觉得自己听见了时光在时空里轻柔掠过的声音，每一个瞬间都像一生那么长。

最后，她能做的也只是用力推开他，“我，我不知道。”

向小葵疯了一样地逃回自己的房间，刚才甚至不敢抬头去看邵年远的脸，害怕自己轻易被他的眼神蛊惑，走入一个自己不能去的禁区……

其实她最想告诉他的是，boss大人你就是boss大人，四海列国，千秋万载，就只有一个你。

SECRET 10

年终时的邵氏集团，处处洋溢着喜庆祥和的新年气氛，集团总部锣鼓喧天，歌舞欢腾，正在进行的是——年会节目的彩排。

三十楼一众帅哥在向小葵的带领下在台上奋力表现，台下的审核组面面相觑。

“三十楼全体都上了？”

“除了蒋忱和邵先生。”

“向小葵一个人挑大梁啊，连殷俊和马伟森都在当绿叶。”

“这个向小葵，不就是那个上次靠在邵先生肩膀上睡觉还流口水的那一个？”

“你的消息也太不灵通了，从她上三十楼开始，我们就都明白了。”

“所以……”

“我觉得这个节目形式很新颖啊！”

“对啊，与众不同，大家一定会喜欢的。”

……

不过，节目参与者之一的殷俊显然不这么看。看到别人的节目一个个要么精致优雅，要么极富创意，见惯了大场面的殷俊此刻也觉得坐立不安，向小葵带着他们排练了那么多天的节目，是不是，太那啥了一点？

“我们的节目会不会太与众不同了？”殷俊担忧地问。

节目主创——我们亲爱的向小葵同学却极其不以为然，“要的就是与众不同好不好。喂，你进公司几年了？”

“七年。”

“七年的年会你都参加了？”

“是。”

“那你见过我们这样的节目吗？”

“没有。”

“这不就结了！”向小葵激动地拍着殷俊的肩膀，“你看看，大家不都是舞蹈、小品、大合唱、小合唱、笑话、魔术什么的，咱们的节目绝对能给今年的年会带来一阵清新的小微风！”

殷俊认命地点了点头。好吧，耳目一新的小微风他其实一点也不指望，只要不是“雷人”万钧的大旋风他就心满意足了。

彩排结束之后，他们一票人大汗淋漓地回到了办公室，向小葵一边猛灌水一边走到了自己的座位上。咦，为什么会有个盒子在这里？

那是一个巨大扁平且包装精美的纸盒，蓝色的表面印着低调烫金的LOGO，是城内知名设计师的英文名。她拿起盒子上的卡片，可是什么也没有写，只画着一朵大大的向日葵，分明是一个人的笑脸。

打开一看，果然是一件华服，高贵典雅到简直要闪瞎她的眼。深蓝色的缎面礼服，胸前缀满了大大小小各色水钻，一直往后腰蔓延，裙摆像花瓣一般微微展开，可是背后除了几根细小的同样缀满水钻的带子之外便再没有了其他东西了。

这样优雅而性感的一件衣服，会适合她吗？

送这件衣服给她的人，会是谁呢？

谁这么贴心替她省下这么大一笔置装费啊！

向小葵正想就这个问题进行更加深入的思考，手机适时地响了起来。

“你好，我是邵谨言。”

“邵董，你好。”

“你做好准备了吗？”

“啊？”

“明天的年会，你答应做我的女伴。”

“哦哦哦哦哦。”

向小葵深刻觉得自己跟邵谨言之间这段对话实在是太囧了，她不由得擦汗。从那天之后，向小葵再也不敢跟任何人学跳舞了，这么多天没有练习，险些忘记自己明天还有这么重要的使命要完成。

不过，这件礼服莫非是邵谨言的手笔？送衣服给女伴想来也是合情合理的嘛！

向小葵终于如释重负，拍着胸脯保证，“我已经完完全全彻彻底底地准备好了，请您一定放心！”

可是，似乎还有另外一个人对明天的向小葵极其不放心，那就是亲爱的boss大人。

(>_<)

虽然boss大人从新西兰回来之后又出差去了外地，但身为公司首脑的他对年会的各项进程仍然给予了充分的关注，经常不忘在临睡前给向小葵打来电话进行关心。

“我明天中午的飞机飞回去，会直接去年会现场。”

boss大人开门见山地计划了明天的行程，声音里居然还有一丝丝的期待，不过向小葵显然没有听出来。

“哦。”向小葵正在思索这样的一条裙子是不是不吃饭饿着的时候穿效果会比较好，所以对boss大人的态度显得十分敷衍。

“没有什么要对我说的吗？”

“邵先生祝您明天一路顺风，啊不对，顺风起飞会有问题，祝您一路逆风。”

= =

“其实我对明天还是很期待的。”

不知道为什么，邵年远忽然冒出来这句话，只是向小葵一点没有留意到

boss大人语气中流露出来的深层含义，继续心不在焉地应付着。

“我也很期待啊，不知道抽奖的礼品能不能直接兑换现金，我对车子啊，3C产品什么的都没有兴趣……”

邵年远在电话那边继续黑线，终于忍无可忍地吼道：“向小葵，明天你准备好了没有！”

准备？还要做虾米准备？难道是明天的节目？boss大人还是关心下属心系员工啊，在外出差还不远万里打来电话询问他们节目的进展。这要是让殷俊知道，差不多是要飙泪的吧。

于是向小葵豪情万丈地对着电话向邵年远表决心，“您放心好啦，明天年会最大的惊喜肯定是我们！”

她在心中乐滋滋地想，我那么有新意的创新，每天督促他们几个那么辛苦地排练，而年会剩下的节目又是那样那样的boring，所以明天最大的惊喜肯定非我们三十楼莫属！

boss大人对她最后那个我们似乎是相当满意，在电话那端居然轻笑了一声，然后柔声说：“那么晚安了，我的惊喜。”

挂掉boss大人的电话，向小葵继续沉浸在是不是要饿肚子保证礼服效果的纠结中，最后终于做出决定！

鉴于她还要上台表演，所以，一定要吃饱！

邵氏集团的年终年会是一年当中最最盛大的活动，每年都在集团旗下五星级酒店的宴会厅举行。高管们还要走红毯签名拍照，搞得跟时尚颁奖礼似的，好不热闹。

在年会上，要表彰年度优秀员工还要抽出N个大奖，所以几天之前全公司上上下下就开始对年会的到来万分期待。而且听马伟森说，每年的年会上boss大人不但要抽第一个大奖，还会为舞会开舞，每到这时，公司里每一个女性生物的心都恨不得化成粉红色气泡，飘荡在boss大人周围。

0(╯□╰)0

向小葵今天一大早就爬起来为这场年会做准备，先是跟公关部那边确定流程和boss大人出现的时间，又要对他们那个节目进行最后的排练，忙得脚底打滑、肚皮贴地。最后在殷俊的提醒下她才想起来，自己似乎应该去化化妆换换衣服。

0(╯□╰)0

装扮完毕的向小葵在镜子里欢喜地打量着自己，原来真的是人靠衣装啊，知名设计师出品的礼服果然不同凡响，衬得她胸是胸，腰是腰，腿是腿，仿佛换了一个人似的。连殷俊看到她这个样子都有点不可思议，“如果不是你手上还拎着刚才那个袋子，我一定会要你把向小葵同学交出来。”

这个夸奖虽然听起来很诡异，但是向小葵依然觉得受用极了，差点没当场叉腰大笑。

红毯马上开始，正在跟舞台监督确认节目上场时间的向小葵忽然被一个礼貌客气的女声打断，“向小姐，不好意思打扰你。”

原来是邵谨言的秘书。秘书小姐礼貌地告诉她：“邵董在红毯那边等你。”

完了，完了，完了，差点忘记还有这么一号大人物在等自己，向小葵赶紧在三十秒钟内说完全部事情奔向红毯，不过……手包里的手机为什么叫个不停啊！

一边小跑一边接起来，居然是boss大人。

boss大人好像是有点不耐烦的样子，压低声音对她说：“你在哪里？现在马上过来！”

咦，难道就差她一个人红毯就要开始了咩？为什么这么大火气。

向小葵从红毯那边奔跑而来，远远就看见邵年远、邵谨言叔侄俩立在那里，从气质到气势跟周围一票高管形成巨大的差异。那样耀眼的两个人，仿佛天空中两颗最亮的星星，在黑暗中交相辉映。

她静静地走向他们，忍不住想，这样卓然出色的两个人，光是仰望是不是就要花去半生的时间，用去全身的力气？

看到她越走越近，邵年远的脸上漾出一抹深深的笑容，仿佛是等待已久，而这一刻终于心愿得偿。

向小葵也露出一个大大的笑脸，朝他用力地挥挥手。

“向……”

在boss大人出声的同时，一直站在他身边的他“亲爱的”叔叔大人却上前一步，直接把向小葵拉到自己身边，然后转过脸对他一笑，“小葵今晚是我的女伴，我觉得我们两个很有希望拿今天的最佳搭档奖。”

邵氏集团年会跟其他公司相比的BT之处，就在于晚宴上居然要评选一个神马最佳搭档，由全体参会人员投票，选出今晚最具风采、最有魅力的一对男女组合，还会获得一个什么特别大奖。

不过到了boss大人这边就全无惊喜，只剩惊吓了，boss大人狠狠地瞪了邵谨言一眼，望着向小葵的眼睛似乎要喷出火来……

向小葵非常想在这一刻对邵年远说，boss大人你平日里在三十楼对着我们喷喷火倒也罢了，今天是年会耶！一年一度！您居然对着您最亲爱的叔叔喷火，真觉得自己是喷火暴龙吗？

眼看着其他高管一个个走上红毯，邵年远倒也再没往他们的方向看一眼，这倒弄得向小葵忐忑了起来，这难道就是传说中的嫉妒吗？因为我站在邵谨言身边？

她的好心情好像瞬间消失了那么一点点，没来由地难过起来，天仿佛都灰了一片。

邵谨言却在她手臂上加了把力，在她耳边轻轻道：“该我们出场了。”

向小葵不记得自己是怎么跟着邵谨言走完全程的，没有关注那些或讶异或惊奇的眼光，没有留意那些不知道是因为谁而热烈的掌声，只知道那么长的一条路，她一下子就走完了。

邵年远的入场照例赢得了全场山呼海啸一般的掌声，深色的礼服显得他越发高大亮眼，优雅绝伦。

红毯之后是简单的致辞，可是这时候的向小葵已经没有心思去听，只能呆呆地看着台上的boss大人。

那是她熟悉的邵年远，面对众人从容不迫，淡定卓然，只是简单的言语却蕴涵着强大的令人信服的力量，令人安心。

她仰着脸望着他，而他的目光也恰好落在她的方向，那一刹那的交会，电光火石间，向小葵的心重重地颤动了一下。仿佛是在黑暗中看到了不远处的光亮，可她却辨不清那是感动还是悲伤。

向小葵猛地站起身来，连坐在她身边的邵谨言都稍显惊讶，“晚会才刚开始，你这是要去哪里？”

她拎着裙摆弯着身子转了一个圈，压低了声音说：“等下我有节目要表演，我先出去……”

向小葵急急向场外奔去，背影略显慌张。她不知道，有一道目光一直追逐着她的身影，饱含情感，深邃似海洋。

年会正在隆重而热烈地进行，端坐在首席的两个男人之间却风起云涌，暗自较量。

“等下你要跟谁跳第一支舞？我是不会把舞伴借给你的。”邵谨言凉凉地在邵年远耳边说道。这个世界上再没有人比他更清楚，自己这个侄子有多骄傲。所以看到他刚才在红毯边的那个样子，比自己在一秒钟之内获得了几千万的收益还让他开心。

“无所谓，我想要的东西，从来不需要别人操心。”

“咦，莫非你已经知道了吗，不如现在就思考一下如何感谢我，叔叔我可是一直都在卖力地帮你……”

邵谨言的话说了一半停了下来，“那，那个是……向小葵？”

邵年远闻言朝台上望去，那不是向小葵还是谁？

邵年远从来没有想到过平日里在三十楼跟自己并肩战斗的得力战将们会有今天这副形象，一个个穿着功夫裤赤膊上阵不说，所有的皮肤还都被涂成了古铜色。不用说，这一定是向小葵的主意。

“问世间，是否此山最高，或者，另有高处比天高。”

“在世间，自有山比此山高，但爱心，找不到比你好。”

在华山论剑的歌声中，只听殷俊、萧飒及各位三十楼同仁们整齐地喊着号子。然后，一身女侠装扮的向小葵被一票帅哥举着——闪亮登场。

一套拳打下来，技惊四座！旁边的帅哥们虽然不像她那般一招一式标准有力，但是也像模像样，一看就是花了许多时间来练习。

音乐一变，只见向小葵先从殷俊手里接过一把红缨枪，嗖嗖嗖嗖的就在台上耍了起来，动作有力，招招到位。

台下已经有同事呆在当场，把刚刚放进嘴里的食物落在了地上，有的同事打翻了手边的酒杯，更有人直接从座位上掉了下来！

原来，原来自家同事里面有武林高手！

公关部在一旁痛心地表示，明年一定不让节目跟晚宴同时间进行，太浪费食物了有木有！

在大家还没从震惊的情绪中缓解过来时，向小葵已然换了套路，拎起放在一边的棍子打了一套棍法，每招每式都货真价实，棍子打在舞台上砰砰作响。

保安部老大飙泪了，人才啊！三十楼都是人才啊！怪不得当年邵先生钦点向小葵去做助理，这身手，去当保镖也绰绰有余啊！

还没等众人从炫目的棍法中缓过神来，向小葵居然又不知道从哪里摸出了一把剑，在《刀剑如梦》的音乐声中，剑锋划破空气，锐利异常。向小葵的手握着剑，明明是那样犀利而又劲道十足，却透着一股旁人无法辨出的妩媚。衣袂飞扬，此刻的她倒是真的把所有人都带进了刀剑的梦中。

最后，只见三十楼一众精英叠起罗汉，而向小葵则是一个漂亮的空翻落地，一个劈叉剑指上方，邵氏集团的LOGO此刻闪亮登场，舞台四周焰火齐放。

太壮观了有木有！

太惊喜了有木有！

人力资源总监喜滋滋地马后炮，“那天看了彩排我就回去翻向小葵的资料，结果你们猜怎么着，原来我们小葵是大学生武术比赛中刀、枪、棍、棒项目的冠军呢，武林高手啊！

总务部钟sir看到这样的场面也露出一个了然的笑容，原来邵先生看上向小葵这一点了啊！真是重口味啊有木有！

邵谨言完全呆在现场。

邵年远的嘴角却弯成一个柔和的弧度，心中默默地想，这么说，那天晚上那两个贼还真的很惨呢。

表演结束变身完毕的向小葵回到座位上立刻引起了巨大轰动，众多同事纷纷上前要跟她合影留念。囧RZ，要不要这么热情啊！

她吃力地应付完毕，还未坐定就对上boss大人戏谑的目光。忽明忽暗的灯光里，她听见邵年远浅浅的笑声震在她的耳膜上，“向小葵，这真是个很大的惊喜。”

不知道是因为心虚还是心慌，她居然不知道自己应该怎么回应，随手拿出一个水果，“您要不要吃梨？”

＝＝

好在尴尬气氛很快被缓解，因为在抽奖之后舞会开始了。

照例是boss大人来开第一支舞，因为他今天没有携伴的缘故，所以他随便从身边邀请了一位女士共舞。

黑色抹胸长礼服，长长的鬈发随便披散在肩上，没有任何首饰，可是整个人闪亮得像是会发光，那个幸运儿不是蒋忱又是谁呢？

邵氏集团的年会一向重视这个环节，每年都会请室内管弦乐团现场表演。弦乐悠扬，小号明亮，他们两个在音乐声中缓缓步入舞池。

邵谨言在此时向她做了一个请的姿势，向小葵将手放进她的掌心，心中忐忑异常。

这首舞曲她听过也跳过，节奏欢快热烈，让人想到初恋。邵谨言绝对算是一个很好的舞伴，带着她在舞池里快速旋转，而她今天居然很给面子地没有跳错一个舞步。

节奏渐渐加快，气氛也热烈起来，场下的同事们甚至和着节奏鼓掌，向小葵觉得自己快转晕了，直到被人轻拍了一下，随后boss大人的声音在耳边响起：“交换舞伴，谢谢。”

向小葵还没明白过来是怎么一回事，就已经来到了邵年远的面前。她的手被紧握在他的掌心，整个人在他的怀里，像那天晚上一样。

她的心跳陡然失序，就在他们眼神交会的那一刻，向小葵在他眼中看见自己带着惊慌失措的神情。一直以来不想去面对的事情终于发生了，她需要拿出一万分的勇气。

“你穿这件裙子真的很好看。”

“啊？”

“像五月的森林里吵闹的小鸟，这就是向小葵的颜色。”

“……”

“不过这个设计师好像太有主见了一点，背上简直没用什么材料。”

“……”

“My sunflower,我亲爱的向小葵。”

他声音温柔，让人迷醉，好像暗夜中平静的海洋，温柔却又充满力量。一个秘密终于在她的面前揭露了谜底，她本应喜悦感动，可是，为什么会惊慌？

向小葵忽然挣脱了boss大人的怀抱，跌跌撞撞地离开了现场，还差点被自己的高跟鞋绊倒。她一边逃走一边忍不住想，原来这件衣服是boss大人送的。回想过去这一段时间以来，boss大人给了她一个又一个的惊喜，而她却丝毫没有留意。

此时此刻，谁能体会这种感觉呢？

她坐在洗手间的马桶上，盯着自己的鞋尖看了很久，外加无止境地唉声叹气。

门外有哗哗的水声传来，向小葵听见了自己的名字。

“没想到那向小葵还真有几下子，真让人不敢相信。”

“那又怎么样，该失宠还不是失宠，看那蒋忱，才来公司几天，纪小姐当时也没有这样。”

“我听说，蒋忱跟咱们的邵先生是青梅竹马呢，她父母都是大学教授，刚好跟邵先生的爹娘是同事，小时候两人还睡在一张床上呢，这样的关系，能是随便哪个女人能破坏得了的？何况，人家本身条件那么好，邵先生这颗钻石王老五的克拉数再大，人家也毫无压力。”

“是啊，我们就好好仰望吧。”

听着脚步声越来越远，向小葵整个人像漏了气的气球，干瘪得不成形状。

灰溜溜地回到现场，向小葵才发现原来更泄气的事情在这里等着自己。

舞曲不知道换了多少轮，可是舞池里最耀眼的还是那一对——邵年远跟蒋忱正在跳一曲探戈，暧昧而亲昵，举手投足间都是昭然可见的默契。

向小葵躲在靠墙的角落里，可是无论多么隐蔽，都可以清楚地看见舞池里的那两个人。于是她随手抓起放在一边餐台上的酒杯，一大杯红酒入喉，又酸又涩。

怎么可以那么好看呢？一个妩媚，一个冷峻，从眼角到眉梢都是那样令人迷醉的表情……

讨厌，讨厌，boss大人最讨厌了！这是红果果的随意放电有木有！这是昭然若揭的放电有木有！boss大人你太不忠贞了！你的节操在哪里？！

向小葵抓起另一边餐台上的鸡尾酒猛灌下去，凉凉甜甜的，最适合她现在烦躁得快要冒火的心情。

“皮亚佐拉的嫉妒，这是我最喜欢的探戈舞曲。”不知道什么时候，邵谨言站在了她的身后淡淡开口。声音醇厚低沉，像极了大提琴。

呃，您其实是想说您看到此情此景，心中也是深深的妒忌吧。向小葵无声地看了邵谨言一眼，沉痛地想，嫉妒是怎么样的一种心情啊，我最懂了！

邵谨言被向小葵用这样的眼神看着，忽然不自在起来，于是递一杯香槟给她，与她轻轻碰杯，“向小葵，祝你好运。”

“您也一样。”

向小葵举杯向他致意，可是，为什么她觉得邵谨言那句话里有那么浓重的期待呢，好像是等着看好戏？

在向小葵喝完四杯香槟、三个调酒之后，那支舞居然还没有跳完。她于是怒了！皮亚佐拉神马的简直是太讨厌了！嫉妒而已嘛！要不要半天都不结束啊！

向小葵只觉得室内的温度越来越高，气氛在旁人的感觉中是越发热烈，而在她这里却是越来越憋屈，所以她毅然决定逃离这里。

宴会厅的落地窗外是宽阔的露台，夏天的时候，可以在这里跳舞品酒，俯瞰半个城市的夜景，不过现在却冷清得引不起任何人的注意，最适合向小葵来这里清醒清醒。

拉开门，跳上来，关上门。

向小葵几乎在第一时间就清醒得可以去做一百道逻辑分析题，真是太TMD冷了！她现在后悔没有裹着羽绒服再出来。原来寒风中独自一人孤寂的背影，是要用不停地打喷嚏做交换的！

她后悔了，随便转了两圈就想回去，不过转过身却看到有个人立在那里。

高大挺拔的身形，眉目清俊，唇边永远是一抹浅浅的笑，如朗月入怀一般。

那是邵年远，一如他们彼此初见。

“为什么逃跑？”

他静静看着她的眼睛，语气表情都是那样自然，可是向小葵分明看见了一张网，而她，注定无处可逃。

“我哪有！”被说中心事的人果然气急败坏，“我只是出来透透气，里面太热了！”

不过在看到邵年远那副“不用解释，解释就是掩饰”的表情后，向小葵刚刚戴上的面具瞬间坏掉了！

“boss大人，你不是在专心致志地跟美女跳舞吗，怎么会有心留意到我这个小虾米。”

“说到这里我差点忘了。”邵年远朝着向小葵伸出手，礼貌而优雅地做了一个请的姿势，“向小葵小姐，请问我可以请你跳一支舞吗？”

会场里面的音乐此时正好响起来，有女歌手在唱一首缠绵悱恻的情歌：

“小小的光亮，就足够在黑暗中指引方向，微微的眼神，却能够推开孤单得到温暖……”

不知道是因为此刻的夜色太好，还是因为某人态度语气都非常诚恳，向小葵缓缓伸出手，表情和神态都显得那样郑重。而他，一直深深地看着她的眼睛，仿佛在他眼前的是什么不可多得的宝贝。

向小葵早已经忘记了舞步，也许是情歌太过动人心魄，让她几乎有落泪的冲动。那么复杂的舞步，那样的距离，其实兜兜转转，都是要回到原地。

不知道什么时候，向小葵赫然发现自己已经被邵年远紧紧锁在怀里，他把下巴轻轻放在她的头顶，她紧紧抓住他的手臂，那是两人之间从来没有过的亲密距离。

长时间以来那样纷繁复杂的情绪，如今在她的心中已经渐渐清晰，很多事情，她已经可以确定。

漫长的一曲终于结束，向小葵几乎以为这就是一生，所有的惊心动魄，所有的缠绵悱恻，在这一刻都归于平静。

她听见自己的心跳声，在这样安静的夜里显得突兀而慌乱，她也听见他的呼吸，那样灼人，离自己越来越近。

他们都没有说话，任何语言在这一刻都显得多余，有轻轻的吻落在向小葵的额头上，像蝴蝶舒展着双翼划过心头，让人微微发痒。

然后是鼻尖、发梢、耳垂……

最后，邵年远的脸重新清晰地出现在她的眼前，脸上还是那个温文的笑意，没有戏谑，没有捉弄，而是无比的认真和笃定。

他俯下身，一点点靠近，他们的呼吸渐渐焦灼，就在双唇触碰的那一个刹那，向小葵忽然开口："那个，其实我想告诉你。"

邵年远轻轻放开她，微笑地望着她，仿佛在等一个期待已久的答案。雪花在这个时刻无声飘落，在邵年远肩头绽放，整个场景忽然变得十分梦幻。

两个人稍稍拉开一些距离，向小葵立刻退后一步，这个动作让眼前的某人异常不满，立刻眯起了眼睛，"向小葵？"

向小葵才不会被某人突如其来的臭脸吓到，瞬间把小宇宙调成无限大模式："boss大人你实在是太过分太讨厌了！"

—_—|||

邵年远皱着眉头看着她。向小葵心想，boss大人不会是第一次被人说破本质所以震撼了吧，不过这可不能怪她。

向小葵义愤填膺地开始控诉："一直以来，你都奴役我，使唤我，以欺负我为最大的乐趣……"

这好像是事实没错。

"你幼稚、自大、挑食、自以为是，想当然地以为地球就该围绕着你转动，而全世界都该匍匐在你脚下。”

这有点夸张，但是好像也是事实没错。

“你把我从简单美好的总务部调到你身边，让我为你端茶倒水跟前跟后，帮你收货，帮你遛狗，帮你买东西，还得陪你去那些莫名其妙的宴会啊、酒会啊，不过看在东西很好吃的分儿上，这点可以忽略不计。”

这么具体，当然也是事实，没有问题。

“所以按照你自私自大外加性格BT的一贯表现来看，你应该是觉得我有趣才把我放在身边，好让你在无聊的时候玩起来比较开心。然后你好心地让我借住你家，其实也只是想让我离你更近一点，让你随时随地都能欺负得很开心吧！你还带着我相亲，其实就是想要去破坏，如果不是一直都知道……知道……的话，我简直要以为你暗恋我了！”

邵年远的脸上终于漾出一抹微笑，“请你继续。”

“可是，可是你怎么能这样！”

向小葵的脸上忽然浮现出一种凄楚的神色，那是邵年远从来没有见过的样子。不知道为什么，他忽然开始心慌，开始紧张，开始不确定。

“看到你跟那些女孩子相亲，我居然觉得很不自在，我会心烦，会下意识地拿自己跟她们做比较，当然了，比也比不过。但是我一想到你会跟她们其中一个结婚的时候，我这里……”她把手放在心口上，“我这里就忽然变得很奇怪，好像多了一些什么东西。后来，在那个湖边，你你你，你居然说那啥就那啥！喂，我是女孩子啊，你说啃就啃啊！哪怕是吃一只田螺，你有没有考虑过田螺的感受啊？！”

“现在，我看到你和蒋忱在一起，我就觉得特别难受，你跟她走在一起，我就想，那个人为什么不是我？你跟她一起跳舞，我也会想，那个人为什么不是我？boss大人你真的是太讨厌了，你为什么要把我变成这样？”

“……”

向小葵最后叹了一口气，“可我知道，这其实归根结底是我的原因，因为我喜欢你。”

邵年远终于笑起来，她从来没有见他那样开心过。

“向小葵，我很高兴。”

“可是我不高兴啊！我这么有原则的人，怎么会允许自己抢人家的男朋友呢！不管这个人是男还是女！”向小葵握起拳头大喊，“我不允许！”

发泄完毕的向小葵显得十分轻松，歪着脑袋看着邵年远。咦，boss大人现在看起来怎么有点奇怪，是因为她太直接，伤害到他那颗BT的心？她自己要不要检讨一下……

只是还没等她开始检讨，就看见boss大人脸上又浮起一抹笑意。

“好吧，我接受。”

“……”

虾米，接受什么？向小葵万万没有想到boss大人会有这样的反应，这也太另类了一点吧。

“你刚才不是向我告白吗，我觉得我应该接受。”邵年远很郑重地握着她的手说，“我不知道你这段时间以来是这样的心情，我很抱歉，我应该早点让你跟我告白的。”

咦，是不是有什么东西不太对啊，什么要早点安排她来告白啊，可是她刚才那个也不是……

看到向小葵被雷得稍稍有点发抖，邵年远直接脱下自己身上的外套披在她身上，“放心，我不属于任何人，无论男女，从现在开始，我只属于你。”

呃……好肉麻，boss大人麻烦您不要这么文艺腔好么，一点都不适合你BT的风格。可是为什么这句话听起来她会有一点小小的感动呢，就像是把自己所有的积蓄都取出来数了一遍，那种满足和得意，语言简直是无法形容。

“可是……”向小葵还想争辩，结果直接被邵年远打断，“你是不是喝了很多酒？”

“哪有很多，只有十几杯而已……”向小葵使劲摇晃了一下自己的脑袋，“可是为什么我现在觉得有点晕呢？”

“你喝醉了，来，我们回去。”

邵年远扶着向小葵回到大厅里，虽然大家都还沉浸在年会的兴奋中，不过看到boss大人重新出现还是引起了新一轮的骚动。特别是boss大人怀里醉眼蒙眬的那一只，简直印证了整个邵氏集团前段时间最大的传言——伟大的至高无上的人见人爱的boss大人真的跟从总务部出来的助理小妹有一腿！

不过boss大人肯定不知道众人是如此这般的心潮起伏、思绪万千，直接吩咐迎上来的殷俊道：“通知司机，我们先回去。”

殷俊望着两个人相携离去的背影，有了一种如释重负的感觉。看起来boss大人跟向小葵的那笔账应该算清楚了，那么今后的三十楼，应该可以恢复正常气氛了吧。

SECRET 11

向小葵睡了甜美的一觉。

美好到当她神志清醒的时候，居然不想睁开眼睛。哎呀，刚才那些梦实在是太美好了！

在梦里，她历数boss大人的罪状，痛陈boss大人的BT，最后她义正词严地表示，自己的道德观是很强的，是绝对不会跟……

向小葵猛然睁开眼睛，不禁大惊失色，这里……这里是哪里？看起来比较像是boss大人家的二楼？

不对，不对，不对，一定是她睁开眼睛的方式不对！

于是她闭上眼睛，酝酿了很久才重新睁开，结果是，眼前的事物没有任何改变——那一览无余的BT浴缸，远处角落的三面巨大书架，以及，身后这个熟悉到不能再熟悉的人……

“啊啊啊啊啊啊啊啊啊……”向小葵尖叫起来，一把将刚刚被她吵醒的邵年远推下床去，厉声质问道：“我为什么会睡在这里！！！”

“啊！！”向小葵捂住了眼睛，“流氓！”

因为她刚才看到正在从地板上爬回床上的邵年远只穿了一条内裤而已！

大约是因为被吵醒加上一大清早就受到暴力对待，boss大人也没好气，

"流氓的事我还没做好吗！"

"我怎么会在这里？！"向小葵高声质问。

"因为我们昨晚回来的时候你房间居然漏水，那张床全都湿了。我是不会让自己的女朋友睡沙发的，所以，我的床分一半给你。"

boss大人说得又诚恳又冠冕堂皇，可是为什么向小葵有很强烈的刑事犯罪冲动呢！克制，一定要克制！

"我什么时候成你女朋友的？邵年远，你回答我！"向小葵咬牙切齿，显然已经出离地愤怒了。

"昨晚在酒店露台，在雪中你非常诚恳地跟我表白，所以现在你正式成为我以结婚为前提的交往对象，过年你是不是要回去？什么时候安排我们双方父母见个面吧。"

交往对象……还以结婚为前提，boss大人你可以再死相一点没关系！

"昨天晚上虽然我喝了很多酒，但是我十分肯定确定地认定，我只是，只是跟你说清楚，我没有跟你表白啊亲！你这是过分解读！（妹纸你以为你这是媒体时评啊，还过分解读-_-|||）"

邵年远脸上却依然是那副讨厌的笑意，"善解人意一直是我最大的优点。"

"你会错……"

向小葵正想跟boss大人正式讨论一下理解能力的问题，放在床头柜上的手机忽然唱起来。邵年远接起来，只听了几十秒就面色突变，不过语气还是正常的，"好，我马上到。"

boss大人立刻开始洗漱，对还在床上发呆的向小葵提出了理所当然的疑问，"你还不去换衣服是想参观我看起来还不错的身材吗？！"

大变态！！！！！

不过一个早上，向小葵对boss大人的BT程度又有了新的认识，简直是冲出地球走向了宇宙有木有！

看着正在认真开车的某人，向小葵心中正在进行着猛烈的吐槽，不知道刚才那通电话是谁打来的，让boss大人这样迅速就跑过去的，一定是个了不起的大人物吧。

结果……果然是大人物有木有！

当他们来到邵家老宅的时候，早就有人在门前等候，特别是邵伯扬的那位秘书，看到邵年远后脸色严峻，向他简单报告情况，“二叔一早带了纪小姐来，现在还在书房。”

邵年远苦笑，“东窗事发。”

向小葵心中的八卦之火瞬间熊熊燃烧起来。

东窗事发？莫非是这两位那不可告人的秘密终于被我们那英明神武的董事长大人知道啦！可喜可贺啊！

不过……

一进书房，她就惊呆了——平日里拥有引以为傲自制力的不怒自威的高帅富邵谨言先生，您这形象尽失地跪在地板上是为哪般啊！

看到他们进来，一边陪着罚站的纪怀恩一脸无奈，泫然欲泣，“昨晚我不过是送了张喜帖给他，可是他连名字都不看，一大早直接把我拉来了这里，跟你爷爷说要跟我结婚，所以就是你看到的这样。你爸妈已经赶回来了，三堂会审就等你了。”

天哪！

邵谨言要跟纪怀恩结婚！

这个世界为什么会这样！

一定是她今天早上起床的方式不对！

一定是！

一般说来，餐桌上任何的风吹草动都影响不了向小葵那持久而旺盛的食欲。不过，今天邵家老宅里的用餐气氛实在令人觉得诡异。她这样一个旁听者只觉得食不下咽，但是邵年远这样一个“东窗事发”了的当事人却轻松随意地为她夹菜，让她又一次对boss这种生物的变态程度有了更深入的认识。

餐桌上其他人看起来貌似比邵年远还要淡定——邵谨言和纪怀恩一副镇定自若的样子；而大清早刚下飞机的邵谨行夫妇则是看看宝贝儿子和亲亲小弟一脸茫然，感觉像是在做梦；尤其是据说一大早就被气个半死的董事长大人，这个时候正慢条斯理地喝一碗鱼片粥，一口下肚才不疾不徐地开口，“你们谁先说啊？”

“爸，我跟怀恩是认真的。”邵谨言率先开口，语气淡然却坚定。

向小葵看见他握着纪怀恩的手紧了紧，眼神中全是那种令人信服的光芒，她立刻被邵谨言那一瞬间的眼神所打动，皱着眉毛看向邵年远，几乎认定了他是个两次“夺叔所爱”的禽兽。

“那你呢？”邵伯扬看向邵年远。

不过是简单的三个字，听得向小葵汗毛都要竖起来了。还是董事长大人气场强大啊，这么短短一句话里居然饱含着“坦白从严，抗拒更严”的味道，姜还是老的辣啊有木有！

“我当时也是很认真想要结婚啊。”邵年远一边交代还不忘一边给向小葵切一块培根，“你们一直催我催得那么紧，好像我不结婚马上就要变态了似的。”

向小葵默默吐槽，您现在已经变态了boss大人，估计结婚之后您也会继续变态下去的。

“所以当怀恩跟我求婚的时候，我立刻就答应了。你们需要一个结了婚的邵年远，我需要清静几年，怀恩需要测试一下那个据说很爱她又不给她任何回应的人的反应，所以我们很快成交了。”

“成交？”一直没有发言的邵谨行忽然被儿子的用词吓到了，“婚姻大事，你居然当成生意！”

桌上唯一的邵太太何莉莉对丈夫的震惊表示深刻鄙视，“干什么这种反应，你儿子从十二岁开始就是这副德行了，难道你还不了解吗？”转过脸对向小葵道，“小远远他性格很差的，我也不知道我这么温柔贤淑可爱善良的人怎么会生出那种儿子，姑娘你多担待啊。”

呃……

向小葵这时候其实有点相信家族遗传了。

眼看着话题就要变成讨论邵年远是否有人格缺陷什么的，邵伯扬立刻清了清嗓子，拉回话题，“所以逃婚这件事，是你们一起策划的？”

“不……不是。”纪怀恩哀怨地举起了小手，“爷爷……”被邵谨言怒瞪之后纪怀恩立刻改口，“伯父，是我。婚期越来越近，我就觉得事情越来越不对，邵谨言这种人他狠得下心，我可豁不出去，所以我就向年远提出来，我说这场戏我演不下去了，求他成全。”

所有人的目光此刻都聚焦到了邵年远身上，只见他神色自若，甚至还举了举手中的果汁杯朝纪怀恩致意。

“年远答应我可以结束这场戏，但是必须要到婚礼那天才行。”纪怀恩看了邵年远一眼，示意他继续。

“哦，所以我安排她婚礼当天再走，这样你们就不会穷追不舍地问我原因，然后我可以轻松两年不被逼婚，虽然现在看起来这件事完全没有起到这样的效果。”

邵年远说得很认真，仿佛是在陈述某一项投资的动态回收期和收益率。邵谨行与何莉莉一脸了然，仿佛早就了解了事情的原委，或者是对儿子会做出这种事一点都不意外？

向小葵终于沉不住气，低声问他：“喂，如果纪怀恩不反悔的话，你就真的要跟她结婚？”

邵年远笑容朗然，“当然不会，就算怀恩不曾中途反悔，我相信在最后关头，某人也不会允许，这点把握我还是有的。”

向小葵鄙视地看了邵年远一眼，阴险，太阴险了，所有的boss都是阴险至极的！

当所有的事实浮出水面，邵家大家长终于绷不住了，沉痛地下了结论，“胡闹！”

邵伯扬指着邵谨言，一脸严肃地命令：“你们的事我不管了，明年过年我要抱孙子，就这样。”说完拂袖而去，留下一桌人面面相觑。

就这么结束了？三堂会审也太简单了点吧。

纪怀恩望着邵伯扬离开的背影简直不敢相信，“他，那是什么意思？”

邵谨言显然是松一口气，拿起桌上已经冷掉的咖啡抿一口道，“就是没有什么意见。”

纪怀恩还是那副不敢置信的表情，“我是说，明年抱孙子是什么意思？时间也太紧了点儿吧？！”

“时间倒是不紧。”邵谨言慢条斯理地说，“也许任务会很重，没关系，我保证我可以完成。”

……

向小葵于是傻了眼，她再次相信boss的BT一定属于遗传啊遗传！

“那个……”一直没有机会发表意见的何莉莉终于开口，“小远远你准备什么时候跟这位……咦，姑娘你叫什么名字？”

“向小葵，就是向日葵的向小葵。”

“小葵，真是个可爱的好名字啊！小远远你跟小葵葵准备什么时候结婚啊，婚礼我都想好了，不要去神马酒店宴会厅了，咱们家郊外的草地好不好啊？把圈圈、叉叉、点点弄来叼捧花和拿戒指，你觉得怎么样啊？这种婚礼我幻想很久了，恨不得自己再结婚一次呢！”

邵谨行顿时傻了眼，“老婆，注意啊，不要吓坏未来儿媳妇。”

未来，儿媳妇？

向小葵看了boss大人一眼，发现这人非但一点解释的意愿也没有还附和道，“妈妈你的想法是很有趣，但是我上次的婚礼已经闹得很大了，这次我想简单一点，我跟小葵比较想去旅行。”

谁要跟你旅行啊，不对，是谁要跟你结婚啊！向小葵在心中呐喊，可惜没有人听得见，也没有人愿意听，因为那一家三口直接进入到了婚礼细节的讨论，直教人欲罢不能。

“那个，其实……”终于得到插话机会的向小葵试图争取注意力，“你们误会啦，我跟他……不是……”

“嗯？”邵年远眯着眼睛看了她一眼，“不是什么？”

向小葵顿时心虚，似乎觉得这样否认连自己那关都过不去似的，“不是，不是你们想的那样！”

何莉莉摆手，“不要害羞啦，小葵葵，你大清早跟小远远一起赶来，我们就都明白了，安啦，我们家的作风是很open的！你不要担心！”

向小葵彻底泪奔了！

boss大人我错怪你了，遗传这件事真的谁也拦不住啊！

回去的路上向小葵一直闷闷不乐，邵年远倒是很开心的样子，看着天气不错，直接打开了跑车的车篷。于是向小葵在冬天午后的微风中彻底凌乱，狠狠地瞪了他一眼。

“这回相信我跟邵谨言不是那种关系了吧？”

“哼。”

boss大人简直是太卑鄙了有木有，一直误导她还以此为要挟奴役她，真想把他踹倒在地并踏上一万只脚神马的！

“真不知道你的想象力怎么会那么丰富，要是让邵谨言知道你居然认为我跟他是那种关系，不知道会不会朝你怒吼然后把你丢出去，还是不声不响掐死你？想想也很有趣。”

“哼！”

有趣，有趣你妹啊，你们的对话从来都那么激情四射，也怨不得人误会啊，最可恨的是某人居然任由她误会继而害得她那么惨！不能原谅，下辈子也不能原谅！

“所以，现在真相大白了，你会接受的，对吧？”

“接受什么？”向小葵惊恐地反问。现在跟boss大人相处很费脑细胞有木有，要步步留心时时在意才能不被他算计有木有！

“我的心啊。”

= =

“这一点都不好笑。”

“这不是个玩笑，向小葵。”邵年远忽然正色道，“昨天晚上我接受了你的告白，你也要接受我的心啊。”

噗。

向小葵差点一口鲜血喷在挡风玻璃上，这么正经而略带文艺腔稍稍还有点狗血的话从boss大人口中说出来，不但不真实，简直有一点惊悚了有木有！

不过，为什么知道了boss大人跟邵谨言其实没有一腿之后，她的心情居然是轻松而雀跃的呢？好像是心头一块压了许久的巨石瞬间落地，又好像是长时间乌云密布的天气忽然放晴。那种感觉，就是各种美好会聚在一起，让人只想长长地舒一口气。

向小葵对自己的这种感觉，感到慌张。

"午餐我们去一个特别的地方怎么样？"邵年远微笑着建议，"吃一顿让你终身难忘的午饭。"

她忽然有点害怕跟邵年远独处了，因为她不知道自己重新面对他的时候，心会不会拐到什么奇怪的方向，让自己都措手不及。

不过很快她的顾虑就烟消云散，因为邵年远连午饭都没吃就要回公司处理紧急的公事。

殷俊的那个电话很短也很急，向小葵从来没有见过邵年远脸上露出那样凝重的神色。虽然放下电话的他表情瞬间便恢复如常，只是抱歉地对她笑笑，"不好意思，欠你一顿午餐。"但是她已经猜到了事情的重要性。

向小葵也没多想，"我跟你一起回去。"

邵年远没有说话，只是静静凝视她半晌，伸出手握住她的手，"我们一起。"

回到公司，相关部门负责人以及马伟森、蒋忱已经在会议室里，而她能做的只是从茶水间里取出邵年远最喜欢的那种柠檬味道的苏打水，倒进杯子里，放进冰块，有气泡咕咕冒上来，像极了她现在的心情。

她默默地为会议室里的所有人端上咖啡，只有邵年远是那杯加了冰块的苏打水。会议室里一切紧张的决断都在如常进行，向小葵静静地坐在后排的椅子上发呆，而对象是端坐首席的邵年远。

那样复杂的情况，在他那里需要的只是一个简单的决断，而这瞬间的决定却会对整个公司产生深远的影响。他不能错，也错不起。此刻的邵年远，分明像是一部高速运转的机器，功率强大，性能先进，再错综的形式、再复杂的问题在他的面前都能迎刃而解。

向小葵曾经深刻地认为，如果boss大人的相亲对象都来会议室参观一下他开会的情景，那成功率一定是百分之百，因为没有女人不会爱上此刻的邵年远，锐利而强势，锋芒毕露又踏实笃定，哪怕身后是万丈深渊一般的险境，他也可以自若地将整个世界捧到你面前。

认真是一个男人超然的魅力。

所以当他认真地向她吐露那些词句的时候，她不是没有心动，只是那一刹那的意乱情迷瞬间被一种理智的东西击败。这样的一个人，不是她的智商她的能力可以掌握得了的，哪怕，他已然捧出了真心。

况且，他是那么恶劣，让她觉得自己心中那样的感觉简直是斯德哥尔摩症候群。

会议终于结束，主管们鱼贯而出，决策已经制定，他们现在可以做的只有高效率地执行。接着，殷俊带着蒋忱走了出去，还顺手拖走了正在观察邵年远和向小葵之间诡异互动的马伟森。

两个人在会议室的两端默默凝望，夕阳金子一般的光影从落地窗里照进来，洒在邵年远身上，仿佛光芒万丈，让向小葵产生了片刻不真实的感觉，好像是，神一样？

好吧，其实如果boss大人是神，估计也只能产生一些神逻辑、神吐槽什么的，这一点她十分肯定。

邵年远忽然站起身来，走到落地窗前，那正是这城市最繁忙也最繁华的时分，车水马龙在这样的高处立刻化为叠叠尘埃，从指缝中轻轻滑过。

“其实，我曾经想过，如果我爱一个人，我一定不会让她走进我的世界，不会让她看见我如何厮杀，如何挣扎，不会让她看见我是怎样的面目狰狞……这样，在她的心中，只会有一个邵年远。”

邵年远仍旧看着窗外，刚刚说的那一番话，像是对着她，又像是自言自语。

boss大人的世界是怎样的呢？

含着钻石汤匙出生，带着此生挥霍不完的财富，以及……此生都挣不开的枷锁，要守业，要创业，要步步为营，时而举步维艰。很多东西从出生的那一刻起便已经失去，比如选择人生轨迹的权利，如果拿财富跟他失去的相比，那究竟是幸运还是不幸？

“boss大人你错了。”向小葵听到了自己的声音，在空荡荡的会议室里异样的清晰，“不管是哪一个你，都是这个世界上独一无二的。”

“所以，我现在觉得……”邵年远从窗边走到她身旁，深深看她的眼睛，直看到向小葵心里去。“现在，我只想跟那个人分享我的世界，让她看到我眼中的风景，虽然她不太聪明，但是有一颗永远乐观的心。”

“喂！”向小葵强烈抗议，“邵年远你给我说清楚，谁不聪明，我也是……”

那个证明自己很聪明的理由还没说出口，向小葵惊觉自己意识到了什么，认同了什么，抗议了什么，那种感觉，跟她当年发现自己居然喜欢吃榴莲的震撼没什么两样（boss大人才是最惨的那一个吧，姑娘，千万不要让他知道你把他比作榴莲，还用了一个嫌弃的表情==）！

“我……”

向小葵强打起精神的解释湮没在邵年远毫无征兆的吻里，温柔而坚定，像是在分享那些美妙的情绪……好吧，她承认这次的感觉该死的好，让人只想溺毙在那无边无际的温柔里。

夕阳的余晖那样美，衬得他整个轮廓都柔和得不可思议，她只觉得自己被某种东西鲸吞蚕食，一点点，无声无息。

不知道过了多久，向小葵简直觉得自己有点呼吸困难了，邵年远轻轻地放开她，发出一声带着笑意的叹息。

只是这样暧昧的美好气氛还没享受半分钟，就听到一声轻轻的咳嗽，“这个，boss，不好意思打扰一下。”

不知道在会议室门口冒死蹲了多久的马伟森正在努力镇定，但是脸上那个视死如归的悲壮劲儿是为了哪般啊？

“邵董说，让您给他回一个电话。”

向小葵听见邵年远好像是从牙缝里挤出了一个简短的音节，“嗯。”这短短一声的冲击力之大，直接吓得马伟森落荒而逃。

她只觉得这画面十分搞笑，丝毫没有想起自己在这时候应该娇羞一下，人还在邵年远怀里就笑得花枝乱颤，“哈哈哈哈，你看他最后逃走的那个样子……”

邵年远抚额表示无奈，“向小葵，你在该矜持的时候为什么不矜持一点？”

“啊？”向小葵做恍然大悟状，“那我应该肿么样？”她做了一个鹌鹑的造型，娇声道：“哎哟，好讨厌，让人家看到了哪！”

她朝着邵年远眨眼睛，“是这样吗，boss大人？”

邵年远笑着摇头，“当我什么都没说。”

“等等！”向小葵忽然有了重大发现，“马伟森他太过分了！”

“嗯？”

“不知道他蹲墙角看了多久啊，我应该问他收费！”

“……”

目送boss大人走进办公室给亲爱的蜀黍回电话之后，向小葵顿时觉得办公室的气氛有点不大对劲，回想起刚才在会议室的一幕幕……等等！

向小葵的矜持跟害羞此时此刻全数回到她身边，于是她十分懊恼，自己刚才怎么会任由boss大人予取予求啃了自己那么长时间，而她居然还觉得很是乐在其中呢？！

boss大人太强大了！

明明知道她最受不了逆光下他的侧脸，还使出这招色诱她就范，而且刚才还那么“二”地公然视害羞于无物，简直是太太太太那啥了。

都怪马伟森，都是他惹的祸！（姑娘你现在的逻辑跟刚刚啃过你的那位一样强大了！）

于是向小葵赫然想起一件很重要的事，冲到马伟森面前恶狠狠地问：“我记得前几天你生日我们一起集资送过你生日礼物了，你打算什么时候请我们吃饭啊？”

马伟森心虚地看了boss办公室一眼，“我们打算今晚去小木屋自助烧烤，你……应该没空参加集体活动了吧？”

“有，当然有！”向小葵豪情万丈地拍着马伟森的肩膀，“这个地方我很满意，应该是可以吃回本的嗷……”

马伟森顿时觉得身上汗毛爹起，冷汗四溢，他为什么会有一种大难临头的感觉呢？

boss大人的声音在他们身后适时响起，“向小葵，你准备去哪里吃回成本啊？”

= =

最后是三十楼全体一起去烧烤，虽然邵年远大方地表示今天这顿他请，算作是对大家在假日里加班的一种慰劳，但是马伟森还是有种自己即将深深倒霉的感觉，因为boss大人满脸都写着“你们这些害我没办法二人世界的混蛋真的是讨厌死了！”

0(╯□╰)0

不过一群人在一起吃吃喝喝的气氛简直是好到爆，向小葵所有的注意力都集中在鲜嫩多汁的牛排和嗞嗞作响的鱿鱼身上。尤其是搭配烧烤的酱料，让她简直是欲罢不能，恨不得打包一罐子回去每天拌饭吃。

虽然是只顾着吃，但是向小葵仍然没有忘记跟boss大人进行融洽的双方交流，比如现在——

“那个千叶豆腐帮我翻一下，再烤下去就要焦了。”

“你慢点吃，小心烫到。”

“这个牛排你烤得不错嘛，很多汁哎，你是怎么做到的？”

“喂，你不要一次吃那么大一块。”

“这个鱿鱼很脆有木有！没想到你技术这么高超！”

“你确定它熟了吗？就吃！”

……

向小葵跟boss大人你来我往十分欢腾，一旁的同事虽然也在一边喝酒一边吃肉大声笑闹，但是看到向小葵跟boss大人这种相处方式无一不傻眼，纷纷暗叹打死他们也想不到boss大人居然也有这样一天。只有马伟森和殷俊还算淡定，低头默默地喝酒吃肉，异口同声地在心中默默吐槽——从向小葵来到三十楼开始，我就知道会有这么一天。

酒足肉饱之后，马伟森居然还有特别演出送给大家，解开了领带绑在头上，欢快地唱起拉网小调，惹得其他桌上的客人都鼓起掌来。老板一时高兴居然送了他们大堆小菜。

向小葵笑得腰都要断了，转过脸正好对上邵年远灼热的目光，黑暗中这样肆意地打量着她，那感觉完全就像是高声宣布“这块肉看起来很好吃，于是它现在归我了！”

boss大人你那眼神也太红果果了，知不知道神马叫收敛啊！

纵然是今天刚刚在他面前翻身做主人的向小葵也觉得，在这样的目光注视下简直是有点食不下咽，于是以去拿水果为名，随便拖了一个苦力便走。一边走她还一边忍不住想，boss大人真是太可怕了，今天晚上她不会被更深层次地啃掉吧？！

呸呸呸，不能瞎想不能瞎想，她向小葵可是个正经人！

装了一大堆水果放在盘子里，又去附近甜点区逛了逛，调整好情绪准备重新面对邵年远的向小葵远远地发现大boss居然不在座位上！

咦，那会是去了哪里？

向小葵倒也没多想，在这种时候美味的食物要比关心boss大人的行踪重要得多，不知不觉又吃了一大盘各种贝类下肚，吓得马伟森差点喷饭，“实力又增强了啊！”

= =

向小葵一向当这种话是夸奖，所以在众人的纷纷称赞中她决定运动顺便消化一下，等会儿回去再战斗下半场，不知不觉就溜到了人家的酒水区。原来这里的内容这么丰富啊，她拿起一瓶清酒准备回去尝尝，结果刚走到酒水区的安全通道前，向小葵就听到了一个自己无比熟悉的声音，那是属于boss大人的。

“相信我，总会有更好的解决办法。”

对啊，相信无所不能的boss大人吧，有了他，会让所有不可能变成可能，让所有可能变成永恒！

可是，boss大人这是在让谁相信呢？这时候，向小葵才赫然发现自己居然在听墙角，这也太八卦太不应该了，不过让她多了解点情况，没准她也可以帮忙的说。

这时只听一个女声哽咽着说：“我觉得自己快要崩溃了，你告诉我，这种生活到什么时候是个结束？！”

为什么这个声音，这么像是……蒋忱？

向小葵的心怦怦乱跳，忽然不知道自己是应该继续听下去还是趁现在偷偷溜走。慌乱中一个重心不稳，刚好靠在安全通道虚掩着的门上！

于是她看见邵年远正扶着蒋忱的手臂，而蒋忱正无力地将头靠在他的肩膀上。

咣当……

那瓶清酒落了地，液体跟玻璃碴一起四下逃窜，蒋忱像是被人从梦中惊醒一般，完全没有一点反应。邵年远欲言又止，似乎想要解释，最后却是沉默。

“呃。”向小葵不知所措，“你们继续啊，你们继续。”

听墙角引发的连锁杯具她向小葵太有体会了，落荒而逃的她忽然觉得心里好难受，好像瞬间被塞进了一堆柠檬柿子皮和芥末中，五味陈杂，那种想哭的感觉是肿么回事啊！

大家都觉得后半程桌上的气氛有些古怪，特别是当向小葵、boss大人、蒋忱三个人相继出现的时候，不知道是哪里不对，每个人都觉得这三个人之间的气场似乎有些微妙。

向小葵继续大吃大喝，回来之后又消灭了大堆甜点和水果；boss大人神色如常，甚至稍显冷淡；蒋忱一直讪讪的，而且发丝凌乱，眼睛微红，一看就是刚才情绪激动过……

不过在三十楼工作了这么长时间，察言观色、揣测圣意那就是家常便饭，所以大家如常说笑，努力把气氛hold住，终于让这顿饭成功结束。

晚饭过后，按照既定的安排是去KTV续摊，不过大家都料定三人组绝对不会跟去，谁知道问到向小葵的时候她居然豪情万丈地反问，“去，为什么不去！”

马伟森看到向小葵这个样子简直傻了眼，于是用一半询问一半求助的目光看着邵年远。平日里英明神武淡定异常基本不以物喜的boss大人居然淡淡笑了笑，然后说：“当然是大家一起去。”

最后除了蒋忱说自己不舒服需要早睡于是回家之外，剩下的大队人马浩浩荡荡地奔赴KTV续摊。马伟森几乎可以预见到，这一定是个不平凡的夜晚。

果然，一到KTV，向小葵就跟打了鸡血一样兴奋，抱着麦克风不撒手，俨然一副麦霸的模样。

张三点的歌，她要一起唱。= =

李四点的歌，她居然要给人家和声！

王五的高音唱不上去，她毅然跑去帮忙，并且还添加了深情独白……

马伟森在黑暗中瞄了boss大人好几眼，都是沉着淡然，看不出喜怒的样子，心中不由得感叹——boss就是boss啊，见过大场面的人表现真心不一般有木有！

几乎所有人的歌都被向小葵祸害了一遍，最后纷纷封麦，任由向小葵尽情地开个人演唱会。于是她索性点了二十多首她最喜欢的“拿手曲目”，独自沉浸在自己的表演中。

只是，向小葵同学你这些拿手曲目也太那啥了一点吧？

“千言万语还来不及说，我的心已经凌乱凌乱，站在这离别的车站，我的心还在痴痴地盼……an……an……an……an……”

“手握一杆钢枪，身披万丈霞光，我守卫在边防线上，为我们伟大祖国站岗……”

“悄悄问圣僧，女儿美不美，女儿美不美……”

“为救李郎离家园，谁料皇榜中状元……”

“大象长长的鼻子正昂扬，全世界都举起了希望，孔雀旋转着碧丽辉煌，没有人应该沮丧……”

一轮下来，马伟森大声鼓掌，由衷称赞：“小葵你的风格真是很多变嘛！”

“那是！”向小葵一脸自豪，“我家鹿鹿跟我说，真正的麦霸不是什么歌都会唱，而是神马歌都敢于唱！”

= =

于是，马伟森瞬间对向小葵肃然起敬，这位绝对是麦霸中的战斗霸！他决定把向小葵在自己的那份“神一般人物”名单中提升一个位次，仅排在boss大人身后！一定！

今天的活动可谓十分成功，喝挂了一票人。看着平日里精英样十足的同事们这“难能可贵”的惨状，向小葵心中油然升起一份浓烈的自豪感！很得意有木有！喝了N瓶只有我屹立不倒有木有！（姑娘，说实话你世界观有点崩坏……）

虽然神志清醒，但是向小葵还是因为手脚使不上力而被boss大人无声地拖上了车。

两个人坐在宽大的后座，向小葵很明显地察觉到了boss大人的不对劲，似乎仿佛是……生闷气？

该生气的是她好不好，有时候真心搞不懂boss这种动物，喜怒无常啊有木有！

所以她很理智地默默缩在一边，头靠在车窗上，暖风直接吹在她的脸上，几乎下一秒钟就能进入梦乡。向小葵一边放任自己神志不清一边想，等下睡着了不会打呼噜吧。

“向小葵！”

“啊！”

她一个激灵瞬间清醒，大脑格外灵光、思路异常清晰，惊恐地望着身边的邵年远，一下一下地眨巴着眼睛。

看到她这个样子，邵年远心中微微一动，仿佛是见到什么受了惊吓的萌系动物，脸上带着温柔的浅笑，声音却是冷而硬的。

“向小葵，你有没有话要对我说？”

“没……”

“没有吗？”

被邵年远用这样的眼神和这样的语气疑问，向小葵立刻就败下阵来，“有，有，有，这个可以有，那我问了啊，你不要生气……”

路灯的光轻柔地在他脸上掠过，邵年远的面色似乎缓和了一点，没有多说什么，只是轻轻“嗯”了一声。

向小葵的胆子于是大了一点，借着酒劲儿终于开口问道：“刚才在KTV也是你刷的卡？”

“……”

邵年远完全没有预料到她酝酿了半天是这么个问题，忍不住问，“你想知道的就是这个？”

“对啊！”

这个问题很重要有木有！本来今天她是想痛宰马伟森一顿的，可是最后却变成了boss大人请客，这不由得让她心中升腾起了一种亏大了的感觉有木有！

可惜邵年远哪里能体会到向小葵的这种深层次思考，两个人之间又恢复了沉默。向小葵虽然醉了，但是感受能力并没有下降，她知道，boss大人生气了，而且，是很严重的那种！

SECRET 12

向小葵今天迟到了。

想到她即将为此损失的全勤奖数目，向小葵此刻的感觉就像小言女主被渣男狠虐了一样，所谓的每一次呼吸都痛不可抑。

双眼无神地回到自己的座位，呆呆地看着按部就班、紧张忙碌的三十楼各位群众，向小葵心中忽然生出那么一点点恍如隔世之感——那群脱了衬衣高唱“套马的汉子你威武雄壮”的男人其实跟这群精英不是一拨吧。

邵年远大约是在开会，早上悄无声息地就不见了，她起床的时候等她的就只剩已经没有热气的早餐。今天boss大人跟昨天一整天一样，独自失踪并忙碌，视她为空气。

向小葵郁闷地想，他们现在应该算是在一起了吧？（喂，算不算姑娘你不知道么！）可是谁家还没热恋先冷战啊！为虾米她现在一丁点儿恋爱中的感受都没有呢？

从会议室里溜出来打电话的马伟森看到她这个样子忍不住关心，“喂，你还好吧。”

向小葵迅速地回了回神，讪讪回答，“还好。”

马伟森看到她刚刚进办公室，又是这么个有气无力的样子，心中的疑问如火焰般熊熊增长——明明她又迟到又这么精神不济，那为什么里面的那只boss大人还是一副欲求不满的样子呢？真是让人匪夷所思啊！

在对向小葵表达了深切慰问之后，马伟森正想返回会议室，却看到殷俊行色匆匆地从里面走出来，见到向小葵先是一愣，随后对她说：“邵先生请你进去。”

向小葵走进会议室的时候，邵年远正在听项目负责人汇报进展，眉头深锁，冷静沉思的样子看起来格外冰冷，整个人都散发着生人勿近的气息。

＝ ＝

在家这样，上班也这样，都三天了你这样做面瘫僵尸状其实也会很累吧boss亲！

向小葵在心中默默吐槽，很识相地找了个角落坐下来，谁知道屁股还没坐热就听到boss大人吩咐：“向小姐，我需要一杯咖啡。”

boss大人心情是有多焦虑啊，居然喝起了百年不喝一次的咖啡。好吧，咖啡就咖啡吧，向小葵认命地奔去茶水间为他端来一杯香浓的热咖啡。

boss大人只看了一眼便说：“我不要糖。”

向小葵狠狠瞪了他一眼，早说啊亲，你当我想什么都加啊！

于是第二杯放在boss大人面前，人家瞟了一眼继续道：“奶也不要。”

＝ ＝

不带一大早就这么玩人的！

“邵先生还有什么要求请一次说完好吧，这样我比较方便按照您的意思处理。”向小葵露出一个标准而完美的微笑，“不加糖不加奶的黑咖啡吗？还是您喜欢不经过过滤的，半成品其实也别有风味呢，呵呵呵呵。”

“哦。”boss大人挑了挑眉毛，“向小姐是在质疑我吗？”

“小的不敢。”

“那么有劳了。”

向小葵在心中把某人圈圈叉叉了一千万遍。邵年远居然在这么多人面前摆boss的谱给她看！这是红果果的示威和挑衅啊有木有！

她才不怕嘞！

向小葵扭身去茶水间里面弄了一杯完全符合他老人家要求的咖啡，还不小心被滚烫的黑咖啡烫了一下。虽然她立刻冲了凉水，手背还是起了一个大大的水泡，看上去触目惊心。

所以当她把这杯咖啡端给邵年远的时候，他只是面色严峻地盯着她的手看了几秒，然后接过咖啡，象征性地抿了一口，再无其他要求。

因为临近年假，所以许多项目的进展都有所放缓，这个会开了没多长时间就散了。boss大人一出会议室就钻进自己办公室里会见高层，向小葵只得恨恨地朝那扇门做了个鬼脸。

手上的水泡晶亮，看一眼都觉得很疼，向小葵想着等下是偷溜进boss大人的休息室“顺”点牙膏涂上，还是应该去餐厅弄点酱油应急，某人真的是太可恶了！

看向小葵一脸愤恨地望着boss大人的办公室，马伟森觉得为了大老板的人身安全他很有必要关心一下同事。

“你和boss吵架了吗？”

“谁跟他吵架啦，是他自己莫名其妙。”

马伟森指着向小葵十分肯定地说：“上次就说你们有一腿，还不承认！”

向小葵想也没想就高声反驳：“我跟boss大人很清白的！”想一想又补充道：“我们绝对没有一腿！”

然后，她抬起头来就看到boss大人正立在马伟森身后，逆着光，看不清表情。

“呃……”

Boss大人这是听了多久啊，向小葵几乎已经可以确定听墙角这件事足以引发大规模流血冲突，是不折不扣的大规模杀伤性武器。她、她真的不是他想的那个意思。

只是邵年远最后什么也没说，随手放了一管膏状物在向小葵桌子上，转身就又进了办公室。

她定睛一看，居然是烫伤膏！

向小葵心中一暖，似乎听见了一阵春风吹过一朵花怦然绽放的声响，真是格外动听。

可是boss大人刚才离去的那个死人脸是为神马啊！

不知道是因为烫伤了手，还是因为被boss大人的恶劣行径气到，向小葵一下午都觉得有气无力的。好在boss大人再没有搞出神马动静，直接带着蒋忱和殷俊走了，说是晚上要去参加商会的一个晚宴。

boss的生活果然是夜夜笙歌神马的，太那啥太堕落了！

向小葵一边在心中狠狠吐槽，一边享受不用跟boss大人斗智斗勇斗气的美好时光。

什么嘛！他现在应该算是她男朋友了吧，怎么可以这么对待她，太太太太欺负人了。她忽然很想落泪，因为觉得很难受，仿佛面对的是很大很大很大的难堪和委屈。

哀哀凄凄地等到下班，向小葵正准备关机就接到邵年远的电话。对方一副公事公办的口气，“我桌上有一个黄色的文件夹，马上送过来，立刻。”

“哦，好的。”

大概是真的有什么急用吧，向小葵想也没想就奔去boss大人办公室取出文件夹，下楼拦了一辆车就跳进去。不知道是师傅不小心还是晚高峰路况太复杂，她打的这辆倒霉的车居然在某个路口跟人家追尾了！

郁闷的向小葵只好下车走到前面的路口重新打车，可是站了足足二十五分钟也没有等来一辆车，邵年远的电话一个又一个地打来。她不敢接，也不想接，只得听那歌曲一遍遍唱完，然后又一遍遍响起。

她觉得自己简直快要哭了，二十多年的人生从来没有绝望过。这一刻向小葵觉得自己几乎是被这个世界抛弃了，如果不是这样，那为什么还是没有人来帮她？

“咦，真的是你。”

有辆车在她身边停下来，车窗摇下来，居然是陈聪聪！

向小葵二话不说就跳上车，女王一样发号施令，“送我去一个地方，go!go!go!

高峰期的路上依旧令人万分纠结，百无聊赖的向小葵忽然觉得手上隐隐作痛，低头一看才知道手上的那个水泡不知道什么时候被她蹭破了，钻心的疼。算了算了，不去想它应该就不会太疼了吧，向小葵很有阿Q精神地想。

当她到达酒店的时候，邵年远已经站在了酒店门口，身边是神色看起来极其不对劲的蒋忱。

Boss大人看起来已经等候多时，见到她直接是劈头盖脸地咆哮：“为什么不接电话，你知不知道我有……”

那么激动干什么？

向小葵很想跟他说我遇到了车祸，然后打不上车，因为心急所以不敢接电话……她忽然发现boss大人的眼神有那么一点点不对劲，为什么忽然像是喷起了火？

看到走下车的陈聪聪，邵年远微微地眯起了眼睛，“你们在一起？”

这句话的口气十分不好，向小葵立刻觉得有种被深深冒犯的感觉，口气也变得十分不好起来，“这是你的文件。邵先生，我的任务是把这个交给你，现在工作完成了，我想我没有必要跟你报备我跟谁在一起！”

邵年远脸上忽然浮现出一抹十分诡异的笑容，在他身边的这些时间里，她太明白这意味着什么了，通常只有怒气正盛的时候他才会这样。

果然，只见他一把抓住了她的手腕，因为突如其来的怒气，所以也就忘记了控制力道，而且，居然是她刚才擦破了水泡的那只手！

“啊！”

向小葵痛苦地低低叫了一声，邵年远急急扯过她的手仔细端详，心中悔怒参半。大概是因为真的很疼，向小葵再没有力气跟他吵架，认命地让他仔细查看自己的手背。

只是，有什么好像不太对。

“你为什么会在这里？”

“这话我倒是想问你，跟我说的加班原来就是穿成这样来酒店？”

“你无理取闹！”

“你不可理喻！”

陈聪聪居然在跟蒋忱剧烈争吵！而且看他们那个熟练的样子，就知道不是第一次。

他们、他们到底是什么关系？

“你从来也不想了解我！”

“你从来就没有认真对待过我们的关系！”

连吵架的议题都这么深奥，啧啧啧，向小葵不由得呆在那里。boss大人倒是神色自若，于是她恍然大悟，“哦，原来你早就知道！”

不过这个时候的向小葵一点都不关心boss大人给的答案，因为眼前这两个人的斗争眼看着要升级了。

“对不起，我觉得你好像忘了，我们似乎已经分手了。”

“谢谢你提醒，我已经分手的前女友，请你解释一下早上那是怎么回事，为什么你会出现在我的床……”

啪！

只见蒋忱居然狠狠地打了陈聪聪一个耳光，在寒风中听起来异常响亮。

“唔。”

向小葵没想到情势会急转直下变成这个局面，因为她看见陈聪聪一把抓过蒋忱，不管不顾地狠狠吻了下去，在大街上，酒店门口，旁若无人地这么啃来啃去！

这一切，真的是太思密达了！

她顿时傻了眼，喃喃自语道：“原来是真的啊。”

“什么？”邵年远不明就里。

“原来让女人闭嘴的最好方法真的是这样！”

……

她跟boss大人的关系并没有因为蒋忱和陈聪聪的插曲有所改变，拿到文件的邵年远只是叫来司机送她回去，然后转身直接走了进去。

向小葵觉得十分无趣，回到家之后又不敢洗澡，随便给伤口涂了点烫伤膏之后就胡乱睡了过去。不知道是暖气还是什么别的原因，睡到一半她居然被热醒了，口干舌燥外加头昏脑涨，只好摸黑爬起来去喝水。

一大杯水下肚，感觉果然好了些，她只觉得手背上的疼痛还在，随着心跳的频率一下疼过一下。向小葵叫不出声，只能小声地哼哼，渐渐的，那疼痛也变得麻木起来，不那么尖锐也不那么严重，她觉得自己越发疲倦，最后不知不觉进入了梦乡。

向小葵还没完全醒来已经觉得很不对劲，浑身上下忽冷忽热，四肢百骸没有一处不酸痛，脑袋异常昏沉。不过是从被子里伸出胳膊的动作，她就已经出了薄薄一层汗，累得几乎想喘气。

她病了，而且还不轻的样子。

身为过去二十多年的好学生，今时今日的好员工，向小葵的第一个反应是给boss大人打电话请假。可是她摸出手机拨过去居然久久得不到回应，你接个电话会死啊！

一组铃声听完，向小葵只得先给殷俊打了一个电话，说自己有点不舒服大概要晚点去。那边忙不迭让她好好休息，她感动地想，还是同事有爱啊，无耻的资本家神马的，居然连接听键都懒得按，哼！

向小葵觉得自己应该下床吃点东西吃点药，只是从床上爬起来再站到地下这个动作，居然就让她出了一身汗。摸摸自己滚烫的额头，她郁闷地想，完了，发烧了。

出了房间向小葵才知道，boss大人今天走得那叫一个毅然决然，连早餐都没有给她留。或者人家昨晚根本就没有回来？好在她一个人生活了这么多年，也不是没有生过病，这点经验她还是有的。在冰箱里找了牛奶放进微波炉里转一转，趁这个时间她去一趟洗手间。

不过走了这么几步，向小葵居然气喘如牛，对着洗手间的镜子看了看自己的脸，惊恐地只想大喝一声——这个猪头是谁？！

＝＝

喝过牛奶吃了点土司之后，向小葵觉得有了点力气，于是打起精神去找药。可是，boss家的豪宅什么都不缺，唯独没有成药。翻找的过程中，她只觉得脑袋越来越重，而四肢越来越轻，她想回到房间去自己的百宝箱里翻一翻。

不知道踩到了什么还是被什么东西绊住，居然狠狠地摔在了地上，在昏过去的最后几秒钟里，向小葵在心中狠狠骂道，K，这也太倒霉了。

不知道在地板上昏了多久，向小葵只觉得自己的情况仿佛是越来越严重，现在居然连站起来的力气都没有了，她一边往沙发的方向爬一边想，自己现在是要打120吗？可是她真的不确定自己到时候有力气去给人家开门。而且自己这个样子进了医院，连个交押金的人都没有，未免太过凄凉……

想到这里，向小葵不禁悲从中来，于是奋力爬上沙发，还是给boss大人打电话好了。

一组铃声。

两组铃声。

三组铃声。

她的耳边只有那把机械的女声在不断重读：对不起，您拨打的电话暂时无人接听……

TNND，难道她向小葵今天要死在这里了？明天的晚报和八卦杂志会怎么写？

《小助理命丧豪宅，警方排除自杀他杀可能》

《商界巨子邵年远家中发生命案，死者为其女助理》

八卦杂志也许会知道她是邵年远刚刚开始交往的女朋友，然后八出她从出生到现在的不幸经历，最后得出她的一生，是红颜（姑娘你确定你要给自己用这个词儿？）薄命的霉催一生……

不行！不行！不行！

她向小葵虽然帅哥算是已经泡上，但是雪山未翻，大河未过，巨蟒未杀，还有大把的钞票没有来得及数，实在是不想死啊！

于是她毅然决然地拨了马伟森的电话，响了很久才被接起来，对方声音里带着谨慎的压抑，“小葵，你来了？”

向小葵使尽全身力气对着话筒怒吼：“告诉邵年远，老娘快死在这里了！”

向小葵再次醒来的时候，距离她的病中一吼已经过去了十小时，灿烂的晨光变成窗外如水的夜色，她听见有人在她耳边低声交谈。

“左手烫伤后发炎，所以才高烧不退，现在体温正常了，再这样烧下去怕是要肺炎了。”

靠，居然是因为那个水泡，她躺在床上无力地想。不知道是不是跟boss大人的八卦相冲啊，认识他以来，自己已经来过急诊室两次，半夜看牙一次，真心霉催啊有木有！

然后她听见boss大人的声音响起，“她需要住院吗？”

“醒了之后可以回家休养，但是明天还需要输液。”

= =

向小葵告诉自己，赶紧醒过来立刻回家，她一点也不想闻到这空气中弥漫着的消毒水味道，于是奋力睁开了眼睛，然后使劲儿地哼了一声。

看到她醒了，邵年远几步就冲到床前，语气是从未有过的焦急，“感觉怎么样？”

她盯着他的眼睛看了半晌，最后有气无力地说：“我要回家。”

向小葵是被邵年远亲自抱上车的，用的是所谓的公主抱。她的脸贴在他的胸前，真丝的衬衣触感极佳，他的体温，他的味道，从来没有这样让人安心。

她一路上都很安静，一半是因为烧了一整天没有力气，一半是因为很想安静地享受这一刻，被人妥善收藏，捧在手心，她不会流离失所，不会无枝可依。

仿佛过了很久，向小葵终于有了点力气，于是问：“你在生我的气。”

邵年远几乎是不假思索就立刻否认，“没有。”

“你有！”向小葵的声音很轻，但是在这寂静的深夜，在这安静的车里，显得异常清晰，直直落到人心上去。

“你在气我看到你跟蒋忱在一起没有什么反应吗？”

邵年远不说话，算是默认。

“boss大人你很幼稚耶。”向小葵靠在他的肩上，“我的人，借给别人稍微靠一下，我为什么要生气？”

“……”

“你还气我对马伟森说我们两个之间很清白没有一腿？”

“……”

“可是我们真的还没不清白啊。”

“……”

“别说一腿了，半腿也没有啊！”

“……”

邵年远眼中闪过一抹亮色，居然笑了一下，向小葵几乎可以确定，小言男主必杀器之邪魅一笑就是boss大人刚才那个样子！

“没关系，很快会有的。”

“啊？”这下轮到向小葵傻眼了，他不会是听错了什么吧？！

“那一腿也会有的。”

“……”

向小葵这场病养得心惊胆战。虽然躺在豪宅的大床上看书、听音乐、刷围脖听起来是一件很惬意的事情，但是她在这几天里不但要跟病魔作斗争，还要殚精竭虑地防范着对她虎视眈眈的邵年远先生。

自从那天boss大人庄严地宣告一定会跟她有一腿之后，后来几乎每一天都要把她啃个天昏地暗、虽然她没有什么经验，但是从自己头昏脑涨脸红心跳的状况看，邵年远的吻技实在了得，她这样的新手在他面前完全没有招架之力，任由他随时随地，想怎么啃就怎么啃。现在只要某人一靠近，她的大脑绝对死机。

不过好在某人还算克制，虽然啃得很尽兴，但也还算发乎情止乎礼，没什么下一步行动。不过只要是两个人独处的时候，她还是有点神经紧张。

比如像今天早晨这样，早饭过后她照旧是窝在大床上看书，温暖的室内，George Gershwin的钢琴曲正在缓缓流淌。邵年远坐在书桌前认真地看着电脑，这个时候的他戴眼镜，斯文俊秀到不行，向小葵对这个时候的boss大人没有一丝一毫的抵抗力。

“向小葵，你又饿了？”

“没有啊，不是才刚刚吃过。”

“那你为什么看着我流口水。”

邵年远懒洋洋地开口，视线却从未从电脑上移开，握着鼠标的手指白皙修长。向小葵心中忽然生出许多奇妙感受，看起来这么完美的一个人，居然是属于自己的，这种感觉真的是太不真实了。不过像她这样的聪明孩子也被boss

大人骗的那样惨，boss大人这样的精明人肿么可能一时想不开爱上她呢！

好吧，这样一想，她立刻觉得释然，在床上打一个滚之后，向小葵抱着马克杯一边喝水一边凑到邵年远身边，“请问boss大人，我是生病了需要在家休养，可是你翘班在家窝着是为了什么？”

“我没有翘班。”邵年远一边回复邮件一边一本正经地回答，“他们都很理解，知道我要在家照顾你。”

照顾？

从医院回来那个晚上，boss大人真的对她是衣不解带无微不至地照顾啊。虽然烧得浑身无力但是她还是清醒的，他几乎是整夜没睡，给她测体温，喂她喝水，简直像是在对待一个初生的婴儿一样。

她已经很久没有体会到被人照顾是什么样的滋味了，睡梦中下意识地把他抱得更紧。放任自己去依赖一个人的感觉原来这样美好，被人捧在手心，全心全意。

第二天也还好，邵家的家庭医生被他叫来为她打点滴，为了不让可爱的医生伯伯做电灯泡，boss大人居然拍胸脯保证自己拔针头的技术相当专业，接下来需要的程序他一个人就可以完成。虽然后来事实证明他真的是一位多才多艺无所不能的boss极品，可是向小葵总觉得有什么东西好像不太对劲……

第三天她的情况大为好转，而某人开始露出了巨大的毛茸茸的狼尾巴，将魔爪伸向刚刚跟病魔搏斗过的小可怜。

想到这里，向小葵心中毫不留情地吐槽，boss大人您像牢头一样不给我吃这个吃那个，饿得人家全身无力继而任由你啃来啃去，啃完之后还用那种眼神看着我，真是无微不至的全方位照顾啊！

这时的邵年远转过脸来，就看到向小葵用那种眼神看着他，不由得笑起来，“你这是怀疑我，看来我对你的照顾还不够尽心尽力。”

还没等向小葵反应到boss大人应该怎样照顾才算更努力，他就已经以实际行动表明了，又是昏天暗地缠绵至死的亲吻，她几乎觉得自己要溺死在这里……

~~~~(>_<)~~~~

到了终于能够顺畅呼吸的时候，向小葵才艰难地开口：“其实，我已经
~~~~

不太需要人照顾了。”

“是吗？”邵年远用鼻尖蹭蹭她的脸，两个人的呼吸交缠，亲昵又甜蜜，“我觉得你需要被我照顾一辈子。”

好吧，没有几个女生听到这样动情的誓言还不动容。向小葵安静地窝在他怀里，过了很久才想到一个非常非常重要的问题，“我想回去上班了。”

“真没看出原来你这么敬业，有你这样的员工真是公司之福啊。”

“呃，其实我就是想知道年终奖什么时候可以发下来。”

“……”

“都是因为你，年会我都没有抽到奖，你知道这对于我来说是多么大的打击！”向小葵眼中喷火了，“所以现在只有年终奖能够治愈我饱受摧残的心灵！”

“难道我不能治愈你吗？”

邵年远朝她眨眼睛，虽然已经习惯了boss大人在她面前不分时间场合肆无忌惮地放电，惨无人道地耍帅，但是刚才那个瞬间，她还是觉得心中像有支羽毛轻轻刷过，心尖随着那最细小的绒毛颤抖。

可是这种时候，被boss大人的美色迷惑是很没用的，好歹她也是受过高等教育的新世纪女性，所以向小葵大力凛然地表示，“虽然我知道boss大人你身家丰厚，但是我还是觉得靠自己的努力比较有成就感，不劳而获神马的简直太无趣了。”

“不劳而获？”他挑起眉毛看她，唇边的笑意再次变成向小葵最害怕的那一种，“那咱们再来运动一下吧。”

然后事情就朝着向小葵最害怕的方向发展，她又被boss大人啃得意乱情迷，虽说还没到最后一步，但是他对她做的那些事都是原创网站的那些“□□”啊有木有！

对于她这样一个新手来说，这些也太震撼了一点吧。

所以在某人意犹未尽地还想继续下去时，向小葵虚弱地举起了白旗，“我跟人约了晚上一起吃饭，现在……现在要出门了……”

“嗯？”

邵年远的眼神很是耐人寻味，明明还在炙热燃烧，可是为什么她闻到了些许不满的味道？

她最怕某人用那种火热的眼神看着她了，因为每次被这样的眼神扫过，她都不甚清醒，所以这回她可怜兮兮地看着邵年远，“我觉得不太对。”

邵年远哑然失笑，“哪里不对？”

向小葵默默对手指，“似乎，好像是，太快了一点吧，我们，我们似乎才刚刚交往啊？”

“你这么美味，而我又很正常，好像一个人在超市选了一盒猪肉脯，刚刚出炉还是热的，好不容易等到付款，想吃掉太正常不过了吧。”

= =

猪肉脯？boss大人您太看得起我了，向小葵无语地在心中说，其实这是一种赞赏程度很高的夸奖对吧？

“可是……”向小葵斟酌了半天，努力思考怎么说才比较合适，“boss大人您还没有付款完毕啊，小票什么的都还没打出来，只在付款排队而已，现在就吃，不合适吧。”

“所以？”邵年远极力压抑胸中蓬勃的笑意，“我很饿怎么办？”

“不是都让你拆开包装闻香气了嘛！”

“可是那样会更饿的。”

0(╯□╰)0

好像boss你说得也有一点道理哦，不对不对不对，明知道boss大人在自造逻辑方面有很高深的造诣，自己怎么还能顺着他的思路思考下去啊！所以向小葵只能哀怨地瞪着某人，表达心中无限的哀怨之情。

看到向小葵一张脸皱成那副模样，邵年远无奈地笑，“向小葵，我真的等了很久。”

“可是……”向小葵也同样无奈地高喊，“那你有没有考虑过猪肉脯的想法啊，boss大人！”

等到向小葵终于摆脱邵年远的魔爪，跟那帮好基友约定的时间已经快到了。boss大人体贴地叫了司机来送她，而他自己则用无限依恋的语气告诉她，他要在家里认真地思考猪肉脯童鞋的感受……

这也太那啥了吧！

不过能够出门放风还是很值得高兴的一件事，向小葵开开心心地挥别了某人，踏上了令人兴奋的放风之路。

今天的这几位好基友都是她在网上认识的，苏北北也是其中之一。她大学时跟她们相识，从线上发展到线下，其中有很多人对向小葵那“金光闪闪”的人生起到了重要的作用，比如不断介绍她山寨机新品种的老李，再比如当年把夜市摊位让给她的熊熊，或者是一向以变相打击她脆弱小心灵为乐的草妹……

向小葵深深地觉得，能够跟她们相识是前半生最奇妙的际遇，至于后半生嘛，当然要属于boss大人啦。

见面的地方是小巷子里的一间小店，经营各式各样改良的西餐和甜点，通常她们都会午饭加下午茶一起搞定，黄昏时分再慢慢晃回家，这样的聚会她最喜欢了。

从车上下来的时候她还在想，不知道有没有被谁看到，自己从这样的车子上下来，万一被她们谁看到，今天的主要议题大概就是要她老实交代了吧。

想想就觉得可怕。

不过在看到苏北北到来的那个阵仗之后，她觉得自己简直是一点都没有可比性。只见苏北北被一大票保镖簇拥着下了车，走到店门口的时候那群人纷纷恭送她进去，低声问候道：“北北姐，慢走。”

向小葵当时就思密达了，这种时候难道不应该说什么再见之类的？慢走，您当您是店小二啊，看来现在的社团什么的真心需要培训啊有木有！（姑娘您操的心真多！）

只见苏北北不耐烦地挥挥手，无奈地低声吼叫道：“都给我消失！消失！消失！听到没有！”

于是刚才那些铁塔一般的壮汉们在三秒钟之内就消失无踪了，惊得向小葵的下巴差点当场掉下来，“鹿鹿，你现在真的是太牛了！”

苏北北郁闷地一把扯过她，低声警告道：“进去不能乱说知不知道，不然今天又是扒皮会。”

向小葵狠狠地点头，扒皮会神马的，真的是太可怕了啊！

她们两个进去的时候，其他的人已经全部到了，老李正对着餐单挑三拣四，草妹百无聊赖地发微博，熊熊托着腮一直朝着门边张望，见到她们两个兴奋异常，“鹿鹿、小花，来！快坐下八一八最近有木有认识神马男银！”

向小葵跟苏北北面面相觑，好长时间没有见面，熊熊对男银的渴望程度好像又加深了呢！

两个人傻笑着坐下，熊熊立刻急切地拉着苏北北的手说：“鹿鹿，你们学校有没有斯文踏实的男老师介绍给我啊，鲜嫩多汁的男学生也行嘛！”

向小葵汗了一下，心想其实鲜嫩多汁的小正太才是熊熊你的目标吧。

只见苏北北无奈地摇头，“有好料我能在学校待这么多年还是单身咩！早就扑上去了好不好！”

向小葵想也没想就接茬，“啊，那难道是小橙子先扑倒你的？”

“谁！”

“有男人！”

“小橙子！听起来很好吃的样子嘛！”

“苏北北你居然瞒着我们认识了男人！”

“快，把小橙子叫来我们验验货！”

= =

天哪，在立即认识到自己所犯下的错误时，她再次认识到了自己这群闺蜜的凶猛，太可怕了有木有！

苏北北狠狠瞪了她一眼，无奈交代道：“我学生，但是比我还大几个月，现在交往中，没了……”说完还朝着向小葵做了一个杀鸡抹脖子的动作。

她立刻双眼含泪地附和道：“是啊，我偶然遇见了一次，很可爱的一个……男生……”

“嗯，普通人，普通人。”苏北北一边给自己倒奶茶一边闲闲地发问，“你跟你家boss还好吧？”

噗——

向小葵一口奶茶直接喷到了老李脸上。鹿鹿你太坏了！这是陷害！这分明是红果果的陷害！

于是比刚才那些质问更猛烈的“攻击”朝着她扑面而来。

“你家boss？被逃婚的那一个？”

“你行啊向小花，高帅富手到擒来啊！”

“啊啊啊啊啊，求包养！”

“你这个样子，只能求赡养。”

“赡养也可以啊，亲！”

“咦，从前听你说你们整个总办三十楼除了你剩下全是男的，我还怀疑你们大老板取向有问题。”

“哇，那小花你更牛叉了，居然把你家boss掰直了！”

……

内牛满面啊，这么多问题，向小葵真心不知道该回答哪一个才好，于是选择老实交代。

在简单叙述了一下自己跟boss大人那些不得不说的事情之后，先是苏北北一副了然于心的样子，“上次连聪聪都说你们有奸情，我看也是，你们家boss听说我要介绍聪聪给你，那眼睛里的小火苗哦，全世界的沙漠都能给点燃了。”

“可是。”草妹若有所思，“你家大老板的取向真的没有问题吗？你验过货没有？”

验货？怎么可以！

向小葵顿时脸红得像是要烧起来，“呃，没，没……没有完全验过。”

她真的不知道该怎么跟这群人形容自己跟boss大人的关系。

老李一边摇头一边偷笑，“原来还没有跑回本垒啊，你家boss的行动力太差了，我还买了邵氏旗下几个上市公司的股票呢，要不要抛掉啊！”

熊熊则是忧心忡忡，“没有验过货很那啥好不好，到时候不好用肿么办？”

向小葵疑惑地问：“验货什么的，真的那么重要？”

“那当然！”一票损友异口同声地说。

“千辛万苦得到的好东西难道不想吃掉吗？”熊熊很是不解。

她默默对手指，“没有千辛万苦，基本上算是天上掉下来的！”

“那更要验货了好不好！”草妹一副痛心疾首的样子，“你笨啊，向小花，现在食品安全这个问题这么严重，天上掉下来的东西也要验一验啊，毕竟要吃到嘴里嘛，掰一小块尝一尝。”

“真的要尝？”

老李抓狂了，“你不吃送给我们好了，这种千年不遇的好货就在嘴边你还问这种问题！娘哎，暴殄天物四个字你知不知道怎么写啊？”

“吃，我当然要吃。”向小葵毅然决定捍卫自己的主权和领土完整，想一想还是有技术问题没有解决，“那要怎么检验啊？”

“实践啊！”苏北北最后做了总结性发言，“实践是检验真理的唯一标准，用在你家boss身上也是一样！”

于是整个下午向小葵都有点心不在焉，不断思考着自己该用什么样的实践来检验boss大人这个“真理”，直到一直放在桌上安静了一下午的手机忽然唱起歌来。

向小葵拿过手机，吓得差点把手机扔出去，居然是boss大人！很邪门啊有木有！正在想如何验货电话就来了啊有木有！她在音乐马上就要停止的最后一刻才迟疑着把电话接起来。

“结束了吗？我去接你。”邵年远的声音轻松随意，仿佛隔着电波都能听见他的好心情。

“呃……”向小葵仿佛是做贼心虚，“应该是快结束了吧。”

“那好，等我一起。”

不过是很简单的一通电话，向小葵却体会到了浓浓的归属感。恋爱什么的，原来就是这个样子啊，如果不是要纠结验货和防止自己过快被吃掉之间的必然联系之类的深刻哲学问题，她觉得现在的日子过得相当美好。

向小葵放下电话抬起头，就看到那票损友一脸了然的表情。

“一日不见如隔三秋，这才半天没见，一年的光阴就过去喽。”

“小花家boss的声音刚才我听到了，真好听，真甜蜜！”

“这看得也太紧了吧，跟我们出来吃个饭，还要来亲自接回去，啧啧啧啧。”

最后苏北北进行了十分有理论高度的总结：“这样吧，小花，你把你跟你家boss大人不得不说的故事写本小说好了，名字姐都替你想好了，就叫《高帅富与二百五》，我们图书馆先订个五十本，给学妹们指引一下人生的道路……”

囧，这也太夸张了吧。

咦，好像有点不对劲哎。

反应过来的向小葵恨恨地反驳：“你才二百五，你们全家都是二百五。”

散伙的时候，这帮家伙摆明了要参观一下“品味奇特喜欢小花童鞋的高帅富大boss的活人真面目”，一个个赖在人家店口，美其名曰——陪她一起等。

终于，boss大人亲自驾车翩然而至，一现身就得到广大群众的高度赞扬。

熊熊：“活boss真心帅啊！”

草妹：“360度无死角。”

老李：“我能不能跟他聊聊我那几支股票？”

苏北北：“哎，跟我们家小橙子比还是差了那么一点点……”

= =

向小葵默默擦汗，生平第一次替boss大人鸭梨巨大。

邵年远则是满脸微笑地跟她们打招呼：“你们好，有机会一起吃饭。”

一票损友异口同声地回答：“好啊，好啊，一言为定。”

他轻轻颔首，“一言为定。”

向小葵乖乖地跟boss大人上了车，不知道是因为想到要验货还是什么的，没来由地心虚起来，偷瞄了boss大人好几次。好在邵年远一直在认真地开车，丝毫没有注意到身边人一直是心不在焉，鬼鬼祟祟。

车子上了高架桥，向小葵才觉得不对，“我们这是要去哪里？”

“带你去吃点特别的，年会第二天我本来说中午带你一起去的，发生了那么多事，只好拖到今天。”

特别的，听起来不错的样子。不知道为什么，她忽然觉得现在的boss大人有点怪怪的，仿佛是有点不确定的忐忑。

可是，这个世界上有什么事是boss大人都不能确定的呢？一直以来，无论是公事还是私事他都是那样笃定，什么都好像被他早早预料，一切都在他的手中掌握。

天色一点一点暗下来，冬天的黄昏，天空是一层薄而淡的灰色，街灯和霓虹映出温暖的光，车上的音响里刚好在播一支缠绵的歌。向小葵煞风景地开始犯困，然后在下一秒就靠在车窗上打盹。

这种困倦的无力感其实总是在幸福的满足后才出现，向小葵只想尽情享受这一刻。忽然一声巨响从车子后方传来，接踵而至的是一股巨大的力量，忘了系安全带的她当时就被摔在了挡风玻璃上。

她失去意识的最后几十秒里，向小葵还在想，名车的挡风玻璃真结实啊，撞得她脑袋都快裂了。

SECRET 13

向小葵的嗅觉总是在其他知觉之前率先苏醒。

所以当她醒过来的时候，第一感觉是——靠，最近跟医院实在是太有缘了！

大概真的是被撞伤了头，向小葵居然一时间想不起自己重回医院的原因，艰难地活动了一下四肢，还好，没有断手断脚。然后动了一下脑袋，一阵眩晕立刻袭来，她不敢再轻举妄动，伸出手在自己额头上摸了一阵，除了纱布之外就是好大一个包，而且，真的是疼死她啦！

直到确定自己没有问题之后，向小葵才迟钝地想起来，自己和邵年远居然在高架桥上遭遇了车祸，不知道他现在情况如何。缓慢地睁开眼，医院的灯光立刻刺得她只想哼哼，她想要说话，只觉得嗓子都是哑的，连呼吸都变得粗重了起来。

不知道是不是听到了她醒来的动静，有位护士小姐立刻跑到她身边查看，“你醒了啊，感觉怎么样？头晕吗？有没有觉得恶心？”

“还好。”向小葵呻吟着出声，在护士小姐的帮助下坐起身来，“还是有点晕，不想吐。”

其实她还有点饿呢！

向小葵忽然想起来，自己在这里，那邵年远呢？于是问护士小姐，“我们出了车祸来着，跟我一起的那个人呢？他怎么样了？”

“你说你男朋友啊？”护士小姐的表情忽然变了，变得有些伤感，有些凝重，“你男朋友真的是个好人呢，哎，我跟你说……真的是太可惜了……”

不知道为什么，听到护士小姐这样一句话，向小葵忽然就崩溃了，眼泪抑制不住地流下来，仿佛天瞬间塌了一样，觉得自己忽然错失了此生最重要的东西，而且，一辈子也找不回来。

她不管不顾地跳下病床，护士小姐使尽了全力也没有拉住她。向小葵大脑一片空白，几种最差的结局在她的脑海中循环播放，特别是在找了好几个病房都没有邵年远的踪影后，那种不安和恐惧带着绝望一起找上门来，嗓子已经嘶哑，发不出任何声音，但是号啕声已经充满了她的内心。

邵年远，邵年远，你在哪里？让我找到你，让我看到你！你千万不要有事，因为我不知道要怎样去面对没有你的未来！上帝佛祖观音玛利亚啊，不知道你们现在谁管着我头上的这片天，请你们千万不要让他有事好不好，我还有很多话没有对他说，很多事情没有为他做……

求求你们，不要对我这样狠心。

游魂似的向小葵苍白着脸问路过的某个医生，“刚才车祸被送来的病人在哪里？”

医生像是被她这副样子吓到了，半天才反应过来，指了指一边的观察室，“都在那里。”

向小葵进了观察室，果然看见一个男人躺在床上，情况十分糟糕，挂着点滴身上还插着管子。她因绝望而失控的情绪陡然决堤。

“邵年远，boss大人，你千万不能有事啊！打开袋子不付钱不吃掉是很不负责的……”

“我没有打算不付钱。”

啊？！

向小葵又惊又喜地转过身，看了看立在门口的邵年远，又看了看躺在床上的那位，艰难地动了动嘴唇，“你没事啊。”

邵年远展开双臂将她拥入怀中，“小葵大笨蛋，我怎么可能有事，你看，我不是好好的在这里？”

向小葵在他怀里不住发抖，眼泪在昂贵考究的丝质衬衫上蹭了又蹭，最后只发出了一个简短的音节，“靠！”

说完便瘫软在邵年远的怀里，再次晕了过去。

邵年远无奈地苦笑，这么一个宝贝，自己应该用生命保管好。

向小葵作为脑震荡后遗症的观察患者再次醒来是在第二天早晨。这一回，她睁开眼第一眼看到的是她亲爱的boss大人。

大概是因为折腾了一夜的缘故，邵年远面容憔悴，衬衫皱成一团，萝卜干一样地穿在身上，这样的造型出现在旁人面前对于以前的boss大人来说，大概是前所未有。不过他一点都不在意似的，紧紧握着她的手，鼻尖在她的鼻尖上亲昵地磨蹭，“怎么样，觉得好一点没有。”

向小葵试着伸了个懒腰，在护士小姐的帮助下调高了床头的高度，精神也像是好了一点，于是开始兴师问罪。

“你昨天去哪里了？”

看着向小葵泫然欲泣的样子，邵年远的声音温柔得像水一样，“我不过是去走廊那边接个电话，这里是医院，我不想喧哗。”

好吧，原谅你。但是……

“喂，护士小姐，你昨天那对话是神马意思啊，误导我，说个我男朋友没事会死啊！”向小葵厉声质问。昨天自己搞出那么大一个乌龙，罪魁祸首就是这位语焉不详的护士小姐！

“我，我什么也没说啊，向小姐，我只是感叹你男朋友真的是一个好人，后车司机撞得你们都进医院了，他还好心帮那个人垫付医疗费，多么难得！”

“那……”向小葵一脸黑线，“那你为什么说什么太可惜了之类的，很容易让人误会好不好！”

“我可惜的是他已经是你男朋友了啊，我们都没机会了耶！”

向小葵觉得自己应该再全面检查一下了，因为她怀疑自己已经被这前所未有的白目小护士郁闷到内伤，于是咬牙切齿道：“是啊，他是我男朋友，全身上下里里外外都是属于我向小葵一个人的！这辈子是，下辈子是，下下辈子也只能是向小葵的！你们都不用想了！”

= =

护士小姐讪讪地离去之后，邵年远脸上的表情相当精彩，“你终于承认我是你男朋友了？”

向小葵斜眼怒瞪某人，“难道你还不想承认？来不及了，回去我就在你脚底盖个戳，告诉全世界，这一头boss是我的！”（“头”这种量词只能用在你这种人身上啊向小葵姑娘！）

“没想到你对我的占有欲那么强。”邵年远笑得很开心，“以前我怎么没有看出来。”

“那是因为你以前还不太了解我。”向小葵得意地拍了拍邵年远的肩膀，“哪怕是翠花，我也不愿意让别人骑呢，何况是你。”

“翠花是谁？”

“你忘了吗？我跟你说过的，你们貌似还见过面来着，我的那辆自行车啊！”

这下轮到邵年远黑线了，不过boss就是boss，立刻转换了话题，问出了自己一直想问的问题。

“你昨天哭得好伤心。”

向小葵点头，“是啊。”

“是在担心我吗？”

“因为我有很多话还没来得及跟你说呢！”

“是吗？”邵年远不由自主地嘴角上翘，“你要对我说什么？”

“呃……你上次给我的那张信用卡密码是多少？”

看到boss大人一副要把自己生吞活剥的样子，向小葵忽然心情大好，“哎，boss大人，我现在开始怀疑你的智商了，我要对你说的当然是，我爱你。”

是啊，亲爱的boss大人，我忽然才发现原来你在我的生命中已经那么重要了，所以我要坦诚地告诉你，我爱你。

当然了，以上这些话都在向小葵的心里，不到关键时刻，她才不会说出来满足boss大人那幼稚的虚荣心呢，哼！

邵年远没有说话，只是把她抱的更紧。

“喂喂喂。”怀里的人开始表达不满，“我对你表白了呢，这次是真的表白哦，现在换你了。”

“咦，我不是早都接受你的告白了吗。”

“喂，boss大人，你一辈子就吃一顿饭吗，表白这件事就是应该多多益善啊。”

他失笑，摇着头看着她，“你这个样子，我真的是想反悔都不行啊。”

“靠，你还想反悔，果然boss们都是没良心的。”

“向小葵。”邵年远忽然正色，“我怎么可能不爱你。”

“这还差不多。”

向小葵欢喜地啃了他下巴一下，心想，这下看来应该不用急着验货了吧。

向小葵不着急验货了，却为另外一件事着急上了，那就是——出院。

因为脑袋撞到了挡风玻璃，又昏倒了两次，于是医生严重怀疑她会因为脑震荡而颅内出血，不让她睡着怕她昏迷，不让她随便走动，为了随时检测她的行动能力有没有受影响，还得让她不停地在地上捡东西，搞得向小葵郁闷透顶。

而邵年远又有年底不得不走的行程，最后居然派前未婚妻、未来婶婶纪怀恩来看住她，搞得向小葵心中的郁闷又上升了几个百分点。什么嘛，她抱怨几句而已，又不会真的逃走，要不要这样啊！

纪怀恩一出现就是十足的大阵仗，大包小包拎了一大堆，好像是来野餐的。医生和护士为难极了，“病人现在许多东西还都不能吃。”

“哦，这样啊。”纪怀恩一副了然状，“没事，这都是我要吃的。”

向小葵跟着医生护士一起傻眼，未来婶婶这个样子真的应了那句话——不是一家人，不进一家门，orz。

于是纪怀恩在她病房里开起了茶话会，顺便跟向小葵闲话家常。

“听说你前段时间用花盆砸了面瘫的脚？”

“呃……”向小葵庐山瀑布汗ing，“面瘫？”

“邵谨言嘛，难道你不觉得他是面瘫？”

“好吧，是有那么一点。不过那是意外啊，意外，我也不想的。”

“嗯。”纪怀恩点了点头，那样子让向小葵心里忐忑得要命，她不会是要兴师问罪吧，这追溯期也太长了点吧……

只见纪怀恩翻出一只蛋挞递到她面前，“奖励你，干得好！”

啊？向小葵立刻傻眼，还干得好，婶婶你太夸张了吧。

纪怀恩冗自畅想着，“要是断几根骨头在床上躺几个月什么的，我就不用跟他结婚了，也不用每天面对他整出来的层出不穷的幺蛾子了，早知道这样，一回国我就该准备一花盆把他砸晕。”

……

太可怕了，就知道boss大人家每一个人的BT指数都很高，没有想到这未过门的婶婶才是个中高手啊。她开始对邵谨言的未来生活表示高度的担忧，并对差点跟她结婚的可怜的邵年远童鞋表示深切地同情和慰问。

顺便要让他明白，现在有她向小葵这样乖巧温柔听话懂事的女朋友在身边是多么多么多么幸福。（姑娘你能不这么夸自个儿吗……）

向小葵一边默默地吃着蛋挞，一边偷偷观察纪怀恩。只见她正熟练地啃着鸭掌，最后落尽垃圾袋里的是干干净净的骨头，那技术简直令人叹为观止，只听她叹口气，“哎，这才是吃的啊，你知道我待在南美的时候都吃些什么吗，那都是饲料啊有木有！”

= =

饲料，要不要这么夸张啊。

“我有一个问题。”向小葵斟酌了一下才继续发问，“你逃婚也不用去南美那么远吧。”

“哎呀，还不都是因为小远远。”

纪怀恩开始回想当年，向小葵心中立刻警铃大作，嗯，有问题！绝对有问题！

纪怀恩开始进攻那包板栗，摆开阵势跟向小葵细数当年的逃婚盛况。

“小远远当时说呢，我要是配合他，他就会妥善安排我后面的行程，我

觉得这个可以有，买卖不成仁义在是不是，于是就答应了。他帮我订好的机票，安排我就去他同学在加拉帕克斯附近的岛上待段日子，那地方真是好啊，打死面瘫也想不到我会去那种鸟不生蛋的地方待着，所以我逍遥了好几个月呢！”

= =

boss大人真不愧是boss大人啊，自己的叔叔都这样算计，玩得太深了有木有！

“那，后来呢？”

“后来一不小心就被面瘫找到了……”

“然后呢？”

“然后就是人间惨剧啊有木有，太悲惨了，不适合你正在养病的人听。不过我终于让他明白了一件事，我纪怀恩是随时都可以找到人结婚的！”

“……”

“不过让他明白的后果好像有点麻烦。”纪怀恩不无遗憾地说，“他居然要跟我结婚！”

“呃……”

向小葵实在不能跟上智商180的哥伦比亚大学毕业的精算师的思路，只觉得自己的太阳穴开始一抽一抽地疼，“难道你不想结婚？”

纪怀恩摇了摇头，“我其实是没有想到他会跟我结婚。”

暖洋洋的午后，小桌上的奶茶正在冒热气，纪怀恩的脸看起来忽然有些不真实，嘴角明明是上扬的，声音却一点点低下来，“那样一个严于律己、有原则的人，家族观念又那么重，冒着自己最看重的家庭会刮起血雨腥风的危险，说要和我结婚，真是让人困扰啊。”

“可是……”向小葵不能理解，“明明是很感动的事情好不好，为什么你会觉得困扰。”

“因为我不想欠他太多。本来，他欠我的比较多，现在好像是我欠他比较多耶，但是……爱一个人的时候，又怎么会计较这些呢？没办法啦，我注定要一辈子跟面瘫纠缠不清了。”

纪怀恩叹口气，话锋一转，“你跟小远远什么时候结婚呢？不然我们一起，哎呀，两次结婚都有小远远参与，这种感觉也蛮好的说啊！”

= =

向小葵顿时三条黑线了，你们还是结你们的吧，我们就不参与了。

在被各种仪器观察了四十八个小时候，医生终于宣布了那个激动人心的消息——向小葵你可以回家啦！

其实刚才在收到年终奖入账的银行短信通知时，向小葵已经是出奇的喜悦，虽然那个数字并不夸张，但是她仍然欢喜地畅想着如果全部取出来换成一块一块的纸币坐在床上数钱的畅快感受。

= =

连来接她出院的邵年远都感受到了向小葵的欢乐心情，忍不住问，“出院就这么让你兴奋？”

“当然有那么一点点啦。”向小葵得意扬扬，“大部分是因为你。”

这下换boss大人得意扬扬了，难得向小葵同学说出这么正常的话啊有木有！

然后向小葵狗腿兮兮地补充道：“当然是因为boss大人你发了年终奖给我啊。”

邵年远顿时不知道自己是要高兴呢还是要高兴呢还是要高兴呢，好吧，勉强可以算是做老板的成就感吧。

于是向小葵继续激动，“过年拿回去给我妈臭显摆一下，哦呵呵呵，让她彻底绝了骗我回家嫁人的念想。”

“回家嫁人？”邵年远扬起眉毛，音调不由得高了几分，“岳母大人还对你有这种要求？”

“谁，谁，谁是你岳母啊！”向小葵破天荒地难为情起来，“我妈呀，一直觉得我这种弱小病笨型的根本在大城市无法生存，就盼着我混不下去了回去嫁人呢。人选她都物色好了，什么创业模范卤肉店老板啊、城乡接合部富二代啊、诚实正直稳当得跟基本国策一样一百年不变的公务员啊，都是我妈心中的完美女婿。”

= =

这下轮到邵年远黑线了，原来自己还有这些潜在情敌啊，看来需要跟丈母娘大人好好亲切友好地沟通一下了。

“你准备什么时候回去？”邵年远随手看了看自己的日程，觉得应该能弄出几天时间去拜会一下丈母娘。

“啊啊啊啊啊啊啊！”向小葵现在才反应过来，一个巨大的、现实的、迫切的问题摆在自己面前，“今天是几号？我还能不能买到回家的火车票？！”

以前在学校一到期末都会有专人为他们订火车票，如今毕了业再加上年底被乱七八糟的事情一搅局，她居然忘记了过年要回家这件大事！

老妈，我对不起你！

邵年远失笑，于是建议：“不如在这边过年，爷爷其实很爱热闹。”

看向小葵面露难色，邵年远于是拍了拍她的肩膀，“或者，我跟你一起回去？”

“不要！”向小葵想也没想就脱口而出，后来又觉得自己反应过大，生怕邵年远误会，于是傻笑道：“我怕我妈没做好心理准备。”

“那给岳母……”看到向小葵斜着眼睛瞪他，邵年远从善如流地改了口，“给伯母打个电话提前说一声，这样她应该就会有心理准备了吧。”

对哦，先打个电话！

向小葵摸出手机开始打家里的号码，可是响了N声也没人接，又打老妈的手机，居然无法接通！

什么嘛！向小葵怨念地挂掉了电话，关键时刻来这一出，老妈你到底在玩神马啊！

联系未果，最后邵年远还是做出了决策，“不如这样，你坐年三十当天的飞机回去，我初一赶去拜见伯母，然后我们一起回来。”

boss果然是boss，想得真周到啊有木有！决策力惊人啊有木有！老李知道了之后应该不会再担心自己手上的那几支股票了吧。

其实邵年远的建议也不是不能考虑，于是向小葵点点头，联系不上老妈，也只能这样了。

被这样一个小插曲折腾了一下，向小葵觉得自己的脑细胞又死掉了几千几万个。唉，春节回家啊，真的太伤神了有木有！于是她此时此刻最大的感受就是，饿了！

其实她也对自己这种跳跃的思维感到很郁闷，无奈生理需求在这个时候还是占了上风，所以随意地问：“我们去吃点什么？上次你说的那个特别的地方，我们现在就去吧。”

可是邵年远面露难色，“那里啊，今天恐怕不太方便了。”

“是什么私房菜吗，要提前很多天预约的那种吗？那就算了，那天多好的机会啊，结果居然出了车祸，凭什么你没事我却要进医院啊，啊啊啊啊啊啊！什么时候你才能再带我去啊！”

看到向小葵因为吃不到而抓狂的样子，邵年远在心中默默地说，会有那么一天的，我亲爱的小葵。

因为传说中的特别晚餐变成镜花水月，所以向小葵十分哀怨，连带着晚饭也吃得意兴阑珊，回到家瘫在沙发上唉声叹气。

邵年远忍不住跟她开玩笑，“年终奖已经发了，那还要不要去上班呢？”

“要，当然要！”

一个病假接着一个病假，不知道全勤奖瘦身了多少，现在补救应该还算来得及吧。

“从前真没有看出来你这么热爱工作。”

“我一直是这样啊，boss大人，怎么样，拥有这么棒的员工，自豪吧？”

邵年远笑着捏了捏她的脸，“那明天一起上班，不许赖床。”

“我多定几个闹钟好了。”向小葵晃了晃脑袋，试图甩掉放在自己脸上的那只手。

“那倒不必。”邵年远的脸上全是不怀好意的笑，“有这么爱岗敬业的员工，身为老板当然应该有所回应，对不对？所以我决定，明天充当人肉闹钟，叫你起床。”

= =

其实向小葵一直对跟boss大人睡到一张床上这件事觉得很那啥，一是因为总觉得他会忽然饥饿起来，然后把她吞下肚；另外一个是她实在很不习惯跟别人睡在一张床上，特别是，一个男人。

要跟他分享一张床，一条被子，分享彼此的气味和呼吸，经受住半夜醒来眼前忽然多了一个人的惊吓，这是多么困难的一件事！

不过看在boss大人好像很享受很happy的样子，她也只有忍了。谁让人家居然在她苦逼地留院观察期间偷偷弄走了楼下那间卧室的床呢，还美其名曰“发现质量问题”，鬼才相信这种扯淡理由呢，boss大人实在是太阴险了！

其实，还是有那么一点点好处的啦，向小葵在心里默默地想，这个好处一定不能让boss大人知道，不然他的尾巴会翘到天上去的！

这个好处就是，boss大人的身体，抱起来真的是太舒服啦！

那简直是完美的人肉抱枕啊有木有！她以前在夜市卖过的那些“男朋友抱枕”简直是弱爆了有木有！那肌肉分明的手臂，真是又好看又好摸，每天晚上抱着睡觉的时候向小葵只差享受得流口水了。为了不让boss大人太过得意继而产生骄傲的情绪，所以她才不会让某人知道她在迷恋抱枕呢！

一定不能！

虽然明天要去上班，但是向小葵这个晚上睡了一个结结实实的好觉，梦里她变成一只幸福的考拉，每天的生活就是抱着树、吃树叶、发呆、睡觉，如此循环往复。人生，啊不对，应该是考拉生就这么过去了，千年都仿佛是一瞬间。

可是，好像有什么东西不大对哎，为什么今天的这棵树变得如此毛茸茸还有热度呢？向考拉百思不得其解，还把脸伸上前去蹭了蹭……

“喂，向小葵，你最好不是我理解的那个意思。”

好烦啊，不要吵我啊，我现在是考拉，现在是睡觉时间啦，起床之后才要吃树叶和发呆……

起……床……

向小葵瞬间惊醒，但是在睁开眼睛的那一刹那她恨不得自己再次睡死过去。

因为她死死抱着的并不是什么考拉喜欢的尤加利树，而是她亲爱的boss大人邵年远的大腿！

啊啊啊啊啊啊啊，肿么会是这样！丢死人了！

向小葵立刻扯过被子躲开邵年远，却因为动作太大而跌到了床下。此刻的她万念俱灰，这、这也太崩溃了一点吧。

连人带被子一起被邵年远捞起来的向小葵躲在被子里嘤嘤哭泣，“我不要去上班了，我没脸见人。”

邵年远不知道是不是被人抱了大腿所以相当郁闷，口气居然很不善的样子，“喂，你没脸见的是我吧。”

= =

好吧，我只是没脸见你而已，向小葵郁闷地瘪嘴，仿佛马上要哭出来的样子，“我睡相差嘛，谁让你非要拖着我一起睡来着！”

邵年远于是认命地叹气，“好吧，都是我的错。”

向小葵立刻恢复正常，“难得你这么深刻地认识自己……”

= =

经过这么一折腾，两人只好起床梳洗准备上班，向小葵自然而然地去楼下准备早餐，一想到早上的那一幕就脸红心跳。实在太丢人了，她怎么会去抱boss大人的大腿呢，这也太离谱了吧！

为了弥补某人因为自己所受的惊吓，向小葵毅然决定在他的盘子里放两颗荷包蛋。唉，亲爱的你多吃一颗蛋压压惊吧。

做好早饭的向小葵在餐厅恭候着boss大人的大驾，可是不知道他是不是真的生气了，半天也不下来，所以她决定上楼看看。

她一走上二楼就看见某人正在他那个BT到不行的半封闭浴室里洗澡。要说向小葵最不能接受的就是这个地方，明明是豪宅有木有，国际范儿的公寓有木有，这种开放式空间其他部分也就罢了，为什么连洗手间都要开放啊！

boss大人还说因为考虑到她才把挡板升起来的呢，向小葵想想就觉得鸡皮疙瘩落满地。落地窗还开放浴室，boss大人您真的那么喜欢在光天化日之下暴露自己吗！

虽然有挡板挡住关键部位，但是看人家洗澡终归是一件难为情的事，所以向小葵故意转过头去不看他，大声说：“喂，吃早饭啦，我们还要去上班呢！”

看到她这个样子，邵年远忽然开心起来，“那帮我拿一件浴袍进来，刚才进来的时候忘记拿了。"

找到浴袍，向小葵往前凑了凑，头也不敢回，大气也不敢出，"给，给你。"

"那么远我怎么拿得到啊，你起码要站到台阶上来吧。"他一边用浴巾擦头发一边建议。

"你……你可以围着浴巾出来然后再穿浴袍啊！"

"可是这条浴巾很小怎么办，我是无所谓了……"

"喂喂喂，你站着别动！"

向小葵往台阶上站了站，还是保持原来的姿势，扭过身子把浴袍递进去。

"快点拿过去啊。"

"太远了吧，你转过来好了……"

"啊……"

还没等到邵年远把话说完，猛然转过身去的向小葵同学已经因为失去平衡撞开了浴室的挡板，直接扑在某人身上。不知道是力量太大还是地板太滑，连带着邵年远也摔倒在地上，于是两个人一人在上，一人在下，呈现出一个非常诡异的姿势。

这个样子好像，太太太太太那啥了！

骑在某人大腿上的向小葵惊声尖叫，不过下一秒钟她就再也叫不出来了，因为某人热烫的唇舌已经堵住了她的嘴，肆意纠缠，像是永不止息。

纠缠的间隙，向小葵终于得到一次呼吸新鲜空气的机会。

"喂，我们……"

她的话还没有说完，他就再一次吻住她，辗转深入，热辣地、凶狠地，像是野兽将猎物逼得无路可去，然后才慢慢一口一口地吞下去。

虽然向小葵之前也被他这样突如其来地啃过无数次（姑娘你确定你一直要用啃这个词吗……），但是今天的邵年远显得格外不同，那嘴唇明明很软，甚至有些微微地凉，但是那亲吻却像裹着火焰一般，简直要把她的灵魂也点燃了，只能虚软无力地趴在他的身上，任由他为所欲为。

"喂，你起来好不好？"

再次呼吸到新鲜空气的向小葵软着声音抗议，没想到他居然说：“好。”

居然这么听话，完全不像boss大人的风格嘛。

当她还在对某人的顺从感到奇怪时，身体不知道怎么回事就忽然腾空了。被人打横抱起来的向小葵一时丧失了任何行为能力，直到被抛向那张柔软的大床上的时候才想起来自己仿佛是应该尖叫一下。

“啊啊啊啊，你想干吗？”

某人直接用行动回答了她，那是更加煽情的一种纠缠。向小葵迷茫地睁开眼，邵年远的身体上残留着水珠，在晨光下闪着耀眼的光芒，这样的姿态简直是侵略性十足，她很快地反应过来一件事。

“邵年远，你居然没穿衣服！”

“嗯？”他抬起脸来看她，连声音都充满着一种魔性的魅惑，只见他轻轻勾起嘴角，然后……

然后就是向小葵悲惨地发现，自己跟boss大人一样，都没！穿！衣！服！

她……她这是要被吃掉了吗，可是说好的两个人今天要一起去上班的耶，于是向小葵虚弱地抗议，“我们要迟到了……”

“向小葵。”他盯着她的眼睛，“你的话太多了。”

“啊啊啊，不要亲那里，你，你在咬哪里啊，你，你不要乱来啊！”

SECRET 14

号叫是木有用的，恐吓也是木有用的，装可怜更是木有用的，boss大人终于吃饱喝足的时候，向小葵已经不知道自己到底被乱来了多少次。

虽然她从前一向以女流氓自居，看过的重口味小言没有一千也有八百，更不要说还有许多东瀛美人永远活在她的硬盘里，但是理论一旦遇到实践，她还是彻底地傻了眼。

特别是两个人在身体上的巨大差异，第一次看见实物的向小葵简直有夺路而逃的冲动。可是，一切都来不及了，她那弱小的力量怎么能够跟正准备扑食的野兽相比，只能化作一堆美食任君享用。

被彻彻底底吃完的向小葵钻进被子里一动也不想动，整个人还处于一种被深深震撼了的状态。那些姿势、那些感觉、那些连她自己听来都会脸红心跳的声音，眼前又浮想起某人刚才的凶狠霸道和无赖，她只觉得连空气中都是乱来的味道。

验货什么的，简直是太累了有木有！

吃饱喝足的邵年远显然对床上隆起的那坨不明物体十分有耐心，"帮你热了早餐，起来吃一点吧。"

"滚。"

“那要不要喝一点果汁？”

“滚。”

“你还痛吗？”

靠，他居然敢这么问，向小葵气鼓鼓地从被子里冒出头来，“你给我去死去死去死！”

邵年远的眼角眉梢全是满足的笑意，“怎么？难道你不喜欢？”

这个人，他到底有没有羞耻心啊！谁会问猪肉脯“你喜欢这样被吃掉吗，究竟是喜欢分三次被吃掉多一点还是分两次吃掉多一点，您对咀嚼时间的长短还满意吗”这类问题呢。

于是她气急败坏道：“一点也不！”

“不是吧，刚才你明明也很喜欢，还求我……”

“邵年远！”向小葵恼羞成怒，“你想死是不是？！”

他觉得此刻的向小葵可爱到不可思议，让人只想吞进肚子里，于是把正在抓狂的她紧紧抱在怀里，轻轻吻了一下她的耳垂。

只不过是这样一个轻轻的触碰，向小葵立刻觉得整个身体都软成了一滩水，不过她的头脑可是很清醒的！

“你这个禽兽！”

“嗯，我还想再禽兽几回，要不咱们继续？”

boss大人！你！你！你怎么可以无耻成这个样子！

最后邵年远还是放过了她这个苦命的新手，在殷俊的夺命连环call下离开温柔乡，奔向办公室。向小葵等着他走了之后，才拖着疲惫的身体去那变态的浴室里洗了个澡，然后湿淋淋地回到床上，睡了个天昏地暗。

不知道睡了多久，床头的电话忽然响了起来，她闭着眼睛接起来。

“还在睡吗？小葵猪，中午我回不去了，我让那边厨房送了汤过来，多少喝一点。”

向小葵只低低地“嗯”了一声便挂掉了电话，接着门铃声大作，于是她只能飞速穿好衣服飞奔下楼，这么快就来了，邵家的人都是怎么样的行动力啊！

老宅的厨房送来的是红枣白果乌鸡汤，香气四溢，向小葵配着白饭和小菜连喝好几碗。饱足之后她心情似乎变好了那么一点，没想到boss大人居然打电话来查勤，电话那头的背景声里不时传来有人低声交谈的声音，显然是在会议间歇打来的。

“汤好喝吗？”

看在汤的分儿上，向小葵的口气好了那么一点点，“还不错。”

“那是益气补血的，今天你辛苦了。”

噗——

正在喝杏仁露的向小葵喷了一手机，登时脸红起来，某人真的是太无耻了，怎么能这样说！

于是她咬牙切齿恨恨地说：“哪里，最辛苦的就是boss大人你了，晚上我弄点大芸海参煲给你补一补好了。”

“哦？”邵年远尾音上扬，像是意外于她居然礼尚往来，“好像很值得期待啊。”

“那是当然。”向小葵在电话这边笑得很阴险，“我以前在书上看到的偏方呢，觉得最适合现在的你了。我等下就准备材料去，晚上乖乖回来喝汤哦，小远远。”

放下电话的邵年远就收到了工作邮箱里发来的一封邮件，标题为：亲爱的boss大人。

看了看发件人，邵年远的心忽然一暖，原来人家常说的如沐春风就是这样的状态，不过是一句话或者是几个字，只要是跟那个人相关，都能让人愉悦异常。

点开那封邮件，标题巨大而醒目——大芸海参煲的功效。

只见下面写着这样几行字：

大芸，又名肉苁蓉。性温，味甘、酸、咸，功能补肾益精，有壮阳、养血、润肠之功效。大芸海参煲为秋末冬初的养生汤品，可用于精血亏损，或病后、产后阴血不足，症见羸弱便秘或消渴，亦可用于肾虚阳痿。

最后四个字被标成了显眼的红色，而且字号大了好几倍。某人的笑容陡然消失，原来他家小葵认为他有这种需要啊，看来他要更努力一点证明自己的实力才行。

= =

远在家里的向小葵打了一个大大的喷嚏，发完邮件后，熟练地登录QQ，直接冲进某个只有五个人的群，大吼一声，“老娘验过货了！”

群众们对于向小葵终于验货成功这件事十分激动，纷纷发来贺电表示祝贺：

“几次？”

“多长时间？”

“有木有爽到？”

“对货还满意咩？”

向小葵郁闷地打了几个字：一点都不好玩。

一石激起千层浪，群众们囧了，难道高帅富们真的是中看不中用，小花家boss大人看起来还是蛮好用的样子啊，真是世事难料啊！于是掀起了新的一轮讨论：

“难道是他技巧太差？”

“退货！给差评！赔偿运费和精神损失！”

“猛男其外，废柴其中，没想到这么个好货看起来会是这样啊！”

“那我要不要抛掉我的股票啊？”

= =（老李你的逻辑真奇怪）

向小葵深深地囧了，这群损友，思维跳跃逻辑奇异得简直跟boss大人有得一拼有木有，于是解释道：“很累。”

草妹率先进行了点评，“哦，那说明你家boss大人体力不错有木有！”

老李接着补充，“小花你是新手啦，没事，多练习几次就好了。”

熊熊在一边表示赞同，“这种好货用完都不累的话，天理何在啊。”

刚刚上线的苏北北同学也对此事表示了关注，“你的行动力不错啊，小花！”

一看到苏北北，向小葵立刻泪水涟涟。

“鹿鹿，你骗人！”

“啊？我做了什么？”苏北北表示自己很无辜。

“你写的小说都是骗人的！”哪有就疼一下，一直都在疼好不好！

苏北北大呼冤枉，“我那是艺术创作啊亲！我那是美好的艺术想象有木有！如不雷同，实属巧合。再说了，我又没有经验，我也不知道……”

“啊，小橙子还没扑倒你！”现在的黑涩会行动力也变差了吗？向小葵的注意力瞬间被转移，“你什么时候验货啊？”

“呃……”苏北北装傻中，“验神马货啊亲，我们不给货到付款哦，包装破损请跟快递公司投诉。”

= =

于是本群话题成功地从向小葵验货感受转移到苏北北跟小橙子的验货大业上，乱七八糟地聊了一下午，向小葵连boss大人回家这么大的动静都没有发现，直到那张熟悉的笑脸出现在她面前。

向小葵被忽然出现的boss大人吓坏了，再加上刚才群里热辣生鲜的讨论，见到他只觉得心惊胆战，差点把手里的本本扔出去。

某人看起来心情很好的样子，脸上全是和煦的笑意，“在做什么，这么专心？”

“研究如何给你补身体啊boss大人！”

“那研究结果呢？我还以为回来就可以有汤喝呢。”

“研究结果是boss大人你一点都不需要那玩意儿。”

“因为我不要进补吗？”

“因为你无药可救了。”

= =

“唔……”被某人扑倒在身下啃来啃去的向小葵发出非常微弱的一声抗议，“你不能这样随时随地发情……”

“既然你都这样期待了，那我不发一下好像很过意不去。”某人的手开始在她的身上游移，所到之处都是大团大团的火焰，最后向小葵用尽了全身的力气才推开他，哀怨地说：“我饿了。”

接着，她的肚子还配合地发出了很大的声响。

“看，我饿了，我没劲儿，我要昏过去了……”

鉴于向小葵那个可怜兮兮的样子看起来实在是有点虚弱，某人只得放开她，“好吧，我们出去吃饭。”

“不要。”向小葵抗议，“换衣服什么的最麻烦了，出门就到了晚高峰，还没到地方我就饿死了。”

“那叫外卖好了。”

“等到外卖来，我也饿死了，我娘的下半辈子要靠你照顾了……”

于是我们英明神武的邵年远先生最后只得在据说是“饿的要死”的向小葵同学指挥下，亲自下厨做了三菜一汤。

具体过程如下：

“boss大人，你从来没有打过鸡蛋咩？你这样的话，我们喝不成蛋花汤只能吃荷包蛋了。”

“你这样火太大了啊，青菜瞬间变炭灰了有木有！”

“牛柳知道你这么对待它，会觉得自己死得很没有意义的……”

这令一向骄傲的boss大人相当挫败，于是哀怨地抗议：“我觉得作为初学者，我的表现还是很不错的。”

向小葵重重地点了点头，“应该不会食物中毒。”

= =

可怜的boss大人不知道自己现在是不是应该咬着小手绢宽面条泪一下比较应景，这么努力居然还让人嫌弃，而且还是他最最在乎的人，怎么一个郁闷了得啊！

这顿饭向小葵吃得十分香甜，十分香甜里有九分都是归于可以奴役boss大人的得意。她心中不无遗憾地想，刚才其实就应该拍一张他手忙脚乱的照片啊，到时候群发给公司全体。哇，大老板辛勤下厨，多么有爱，多么能彰显我们卓越的企业文化，多么能体现我们领导者事必躬亲的领袖风范！

她不由自主地笑出了声，某人不明就里，还狗腿兮兮地问：“好吃吗？”

向小葵秉承实事求是的原则点评道：“还吃得下去。”见到某人脸色不好，立马改口，“还不错，明天应该不会闹肚子。”

= =

让boss大人吃瘪这件事，怎么就这么有成就感呢？

吃饱喝足后，向小葵照例是抱着本本躺在床上傻乐，邵年远处理了一些邮件之后去浴室洗澡，她现在听到水声就头皮发麻，浴室什么的简直太讨厌、太罪恶了有木有！

视频里的詹姆斯和小庞依然那么憨态可掬，向小葵笑得腰都直不起来了，看到邵年远披着浴袍出来也毫无危机感，指着屏幕对他说："你快来看啊，詹姆斯做仰卧起坐，太搞笑了，怎么可以搞笑成这样！"

邵年远却一把合上她的笔记本，直接放在一边。

"你干吗，把本本还给我啦！"向小葵现在才觉得自己简直是危机四伏。某人的眼神，怎么又跟早晨一样了！

"我们才刚刚吃过晚饭耶！"饭后剧烈运动是不科学的！

"就因为是这样啊，没有听说过饱暖思睡觉吗？"

"呸，明明是饱暖……"她想一想又觉得不太对，"邵年远，你这个流氓，不是早上才来过嘛！"

"我不介意陪你多加练习。"

= =

向小葵欲哭无泪，你不介意，可是我介意啊亲！

邵年远挑起眉毛，"你不是要好好验货吗？"

咦？他怎么会知道？

不过现在来不及多想了，向小葵泪水涟涟，"我不要验货。"

"那怎么可以，多用几次才能对产品质量有深刻的认识啊，万一你因为不了解而退货了，我的损失岂不是很大？"

"我、我不退货啊，全五分好评啊亲，真的不用验了！"

嗯，这辈子都不退货，这个决定很好，但是还是先验过这一次再说吧。

邵年远得意地扑了上去。

唉，验货什么的，真的是太有趣了。

美好的早晨来临了，不过昨晚运动过度的两个人还在昏睡，窗帘将早上明媚的阳光挡在外面，丝毫没有影响到两个人。忽然，安静的室内，一阵熟悉的音乐声响起。

“接电话，接电话，主银，你快点接电话……”

“接电话，接电话，主银，你再不接帅哥要跑掉啦……”

向小葵难过地往邵年远怀里又凑了凑，不耐烦地说：“快点让它闭嘴！”

已经醒来的某人因为昨晚的餍足而心情舒畅，所以伸手把正在唱歌的手机从向小葵那边的床头柜上摸了过来。

看到那个号码的时候，他微微皱了下眉头，向小葵则是更加不耐烦地催促，“快点接电话，再吵就把你扔出去！”

邵年远莞尔，那他只有恭敬不如从命了。

通话键被按下，邵年远的声音带着清晨特有的沙哑，“喂，你好。”

“对不起。”那边显得很迟疑，“好像是打错了。”接着，手机里便只剩下嘟嘟声。

但是下一秒，向小葵那劲爆的铃声又再次响起来，邵年远无奈继续接起来，只听那边的声音比刚才高了八度有余，简直像是要把听筒震爆。

“向小葵，你这个死小孩！你给我说清楚，大清早的，你的身边怎么会有男人！”

声音太大，生生把还正在昏睡的向小葵震醒了，她一个激灵爬起来，一把从邵年远手里夺过手机，用颤抖的手将手机放到了耳边，欲哭无泪。

“妈，是你啊。”

电话那边的小葵妈明显还在暴怒与震惊交加的状态中，咆哮的声音几乎快要把向小葵的耳膜震破，“死小孩，老娘现在刚刚下火车，马上要去酒店，你赶快给我死过来！”

刚刚清醒的向小葵显然有点迟钝，“老妈，你现在在哪里？”

小葵妈在那边嘿嘿冷笑，“乖女儿，我们现在呼吸着同一个城市的空气哦。”

= =

向小葵的大脑成功死机，同一个城市的空气，老妈她居然搞突然袭击！

“你，大过年的你跑来这边干吗啊，我还准备过两天回去呢。”

“你不用回去了，我要去泰国旅游，你自生自灭吧。”

= =

她就这样被抛弃了啊。

小葵妈忽然发现女儿跟自己聊了半天也没有说到重点，于是重新回到那个咆哮的初始状态，“给你半个小时，带着我女婿来见我，时间从现在开始算！”说完便狠狠挂了电话。

握着只剩下忙音的电话，向小葵欲哭无泪，傻傻反问，“女婿？”

哪有神马女婿啊妈，禽兽倒是有一只你要不要见！

横在床上用手撑着头的邵年远忽然心情大好，“那我们就赶紧去拜见岳母大人。”

向小葵斜眼，“你好像很兴奋？”

“肉也吃了，骨头也啃了，汤都喝了，是时候拜会一下制造商了。”

= =

向小葵默默吐槽ing，难道我从猪肉脯直接升级为排骨汤了咩！

只有半个小时，时间紧迫，两个人起床之后只得迅速梳洗，连早饭都来不及吃就出了门，才进了电梯向小葵又接到一通电话。

“小葵，惊喜吧，爸爸来看你啦！”

“什么？爸，你也来了？”

她顿时倒塌，老妈老爸这对欢喜冤家真的不是商量好的吗？

小葵爸的脾气看起来要好得多，说话慢条斯理，“跟旅行团去泰国嘛，现在到了酒店啦，明天就出发，小葵你过年不用回去看我了。”

= =

谁要跟你讨论过年的问题啊，向小葵觉得跟老爸对起话来更加倒塌，“为什么你们一个个都趁过年的时候去泰国啊！”

“咦，还有谁要去，不管那么多了，今天过来跟爸爸吃个饭吧。”小葵爸不慌不忙地表达了自己的需求。

她简直要抚额叹气了，这两位活宝偏巧都一起来，难道要让某人一起拜见吗？所以她只好说出了实情，“我妈也来了，爸你要不要一起？”

“什么时候？在哪里？”小葵爸出奇地兴奋。

向小葵擦汗，老爸你要不要这么激动。

说好了时间地点，向小葵深深地叹了一口气，开车门跳上车，对邵年远说：“看来你要一起见老板和老板娘了。”

他伸出手去揉揉她的头发，“刚好可以讨论一下付账之类的事宜。”

神马啊！

“付……付什么账。”该不会是她理解的那个意思吧。这也太快了吧，虽然boss大人的行动力她已经深刻地体会过，但是这不意味着她就做好了准备啊！

“都吃掉了当然要付账，我是很有责任感的人。”邵年远把理由说得冠冕堂皇。

“这样……这样不好吧。”

“哪里不好？”

“我们才刚刚开始交往啊，哪有这么快就……就……那个的。”向小葵实在没脸说出结婚两个字，那是不可想象的有木有！

“看中了就要付账啊，不然也许会被人抢走。”虽然邵年远不认为其他什么人有他这样的好眼光看上向小葵这种类型，但是还是提前下手防患于未然的好。

向小葵心虚地瞟了邵年远一眼，“我觉得我们彼此之间还不够了解。”

“我觉得昨天我们已经对彼此有了很深入的了解了，如果你这样认为的话，我们以后可以增加一下了解的次数。”

“你……boss大人你太那啥了！”

= =

看到向小葵撇着嘴斜着眼睛看他的样子，邵年远顿时觉得心中一动，低下头便吻上去，像是小时候第一次吃牛奶布丁，只觉得嫩滑香软，叫人欲罢不能。

“讨厌啦，润唇膏被你吃掉了！”终于挣脱某人唇舌的向小葵低声抗议。

结果邵年远居然又凑上前去在她唇角舔了一下，“草莓味的，很甜。”

“boss大人你能不能克制一下自己！”不要这样随时随地发情好不好！

“这个对我来说很难啊，小葵。”邵年远摊了摊手，表示无奈，“你这么美味，而我这么正常。”

这个理由真强大，所以她是食物就对啦！

虽然boss大人驾驶技术十分优良，但是他们还是迟到了。向小葵来到酒店的时候，只见她那对活宝爹妈正坐在酒店大堂的长沙发两端剑拔弩张。

见到向小葵之后，老妈率先发飙，“你告诉我，这个混蛋为什么会在这里！”

小葵爸不甘示弱，“你能来我怎么不能，我等的是女儿，跟你是偶遇。”

“还偶遇呢，你高中毕业了么你，你这是故意的，我告诉你故意也没用，再找机会见面也掩盖不了你是个混蛋的事实！”

“你再无理取闹也伪装不了你是个泼妇的本质！”

眼看着火势越来越大，向小葵使出了杀手锏，怒吼道：“喂，你们都给我小声点，一起走，去吃早饭！”

刚才还似斗鸡的小葵爸妈现在都哑了火，跟着他们上了车，向小葵余怒未消，只觉得这样的爹妈实在让她头大，坐在车上也堵着气不转过头去说话，气鼓鼓地一个人郁闷。丢人啊，真的是太丢人了，不知道boss大人会怎么看她的这对活宝父母和她们这种问题家庭。

邵年远在一间地道的广式茶楼订了位子，香喷喷、热腾腾的各样小吃让向小葵稍稍缓解了郁闷，有气无力地给父母介绍：“这是邵年远，这两位就是我亲爱的爸妈。”她把亲爱的三个字说得极其用力，恨不能全发成爆破音。

小葵妈全然不把女儿的阴阳怪气放在眼里，对着邵年远展开了她那春天般的笑脸，“邵女婿啊，你们是怎么认识的？”

噗，向小葵差点把虾饺当场喷出来，邵……还女婿，老妈你要不要这样夸张啊！

邵年远倒是落落大方，“我们是同事。”

“哦。”老妈看起来很满意，“父母是做什么的啊？”

“他们现在主要在养奶牛。”

boss大人撒起谎来脸不红心不跳，您爹妈那明明是为了课题养着玩的好吗！

小葵妈更满意了，“真的啊，那太好了，我们两家还算是同行呢，我们家是养猪的。”

一直没有争取到说话机会的小葵爸补充，“我也是。”

“谁问你了！”小葵妈觉得自己丈母娘的权威受到了挑战，“小葵是我女儿，有你什么事啊！”

小葵爸试图找到自己身为岳父大人该有的话语权，“小葵也有我一份好不好！”他理了理衣领，做亲切友好会谈状，“那个什么，女婿啊，我是小葵的爸爸，我也是从事这个养猪业，这回主要是去泰国旅游考察一下这个暹猪的饲养，这不是产业结构要升级嘛。”

“蒙谁啊！”小葵妈开始发难，“朱守义，你就是听说我要去泰国看新品种，你也想跟风养暹猪，你太幼稚了！”

“向阳花，你别自我感觉良好了，养猪协会也给我发通知了，谁还用跟着你啊！”

向小葵只想挖个地洞把自己埋进去，迅速抄起两个奶黄包往二人嘴里塞去，“爸、妈，你们赶紧吃。”

邵年远为他们斟茶，“伯父伯母都很有趣。”

好不容易才把一只包子吞下去的小葵妈怒瞪着向小葵，“死孩子，你学学人家，不能文静一点吗，不过这个包子不错，再给妈来一个。”

= =

向小葵忽然对邵年远觉得很抱歉，这样的极品爸妈她一个人面对就够了，现在连他也要牵扯进来，于是很真诚地对他说：“不好意思，我们家就是这样的问题家庭，让你见笑了。”

小葵妈对问题家庭这个定论第一个表示不同意，“我们家最大的问题已经在很多年前解决掉了，我跟她爸爸离婚很多年了。”

“没有！”小葵爸站出来解释以正视听，“我们没有离婚，我们只是分居，时间有点长而已。”

向小葵内牛了，这种事你们都要争个高下，有意思吗？

邵年远轻轻握住她的手，“我觉得他们跟我父母一定有很多共同语言。”

呃，这个向小葵完全不能相信，虽然boss大人的父母也是极品一对啦，但是跟自己家这对天雷活宝比起来，杀伤力简直不在一条水平线上。

接下来的时间里，气氛一度变得很缓和，因为各自都在忙着吃，所以一直围绕着食物的口感和材料的话题，一派和颜悦色，不知道怎么的，话题又转到向小葵身上。

小葵爸对自己的女儿给予了很高的评价："我这个女儿啊，最大的优点就是特别能吃苦。"

"嗯。"小葵妈重重点头，好像是表示赞同，"不过她一般只做到了前四个字。"

特别能吃……

向小葵流宽面条泪了：我的亲娘哎！不带你这么编排我的！

邵年远在心中表示强烈的赞同：还是岳母大人看问题看得透彻！

趁着此刻气氛良好，邵年远很正式地开了口："我和小葵虽然只交往了一段时间……"

向小葵默默吐槽：似乎仿佛就是半个月时间？

"但是我对她是认真的。"

向小葵继续吐槽：你那个色狼的样子看起来是很认真的。

"所以，恳请伯父伯母把小葵交给我，我以后会好好照顾她。"

向小葵傻了：这……这是怎么个意思？求婚？

小葵妈顿时来了兴趣，"我们这边无所谓啦，我们家也没什么讲究，到时候去老家那边见见亲戚朋友就好。"

邵年远点头，"那是一定的。"

"剩下就看你们年轻人自己喜欢啦，我是很随和的家长。"

小葵爸奋力地插嘴："我也很随和。"

小葵妈瞪了他一眼，"具体的事情我看还是跟亲家见面之后再商量吧，不过要等我从泰国回来了。"

邵年远很认真地询问了小葵妈返程的具体时间，最后敲定，等她一回来就跟自己的父母见面，商讨婚事的细节等诸多事宜。

向小葵忍无可忍，"喂，你们有没有问过我的意见啊！"

“咦。”小葵妈一个眼神飞过去，犀利得要命，“你还能有什么意见啊，这么好一棵白菜就让你这头猪给拱了，知足吧。你这么多年干得最漂亮的事儿就是找到了这么好的女婿，还意见，一边儿待着去！”

向小葵默默无语一边蹲墙角画圈圈，妈呀，您到底是不是我的亲妈啊！

一直没有说话机会的小葵爸最后握着邵年远的手，语重心长地说：“我这个傻女儿就交给你了！”

= =

这种让亲生父母嫌弃的情形是肿么回事啊！向小葵现在只想抓着爹妈的肩膀大吼，喂，其实我是捡来的吧！

邵年远却说：“她不是傻，只是善良。”

好感动有木有！内牛满面有木有！向小葵一把抓住了邵年远的手，千言万语就这样涌上了心头，可是……总觉得有哪里不太对劲，这句话，这句话应该是形容麦兜的吧！

于是向小葵感动的泪水瞬间化为愤怒的火焰，邵年远，我要跟你拼命！

这顿让向小葵郁闷到胸痛的早餐会见在小葵爸妈十分满意、boss大人奸计得逞的友好氛围中结束了。送小葵爸妈回了酒店，邵年远打电话处理了几个工作上的事情之后，他们两个也打道回府。

回去的路上，专心开车的邵年远总觉得有什么声音在耳边响起。

“我好像听见了什么。”

“你幻听。”

“好像是磨牙声。”

“也许你车上有老鼠。”

……

“咦，这是什么声音。”邵年远转过脸来看到向小葵正在用力地把指节掰得咔咔作响。

正好赶上红灯，向小葵皮笑肉不笑地伏在他手臂上，狠狠地咬了一口，明媚地笑道：“准备回家好好拱你这棵白菜啊！”

她故作风情的样子像极了偷穿大人衣服的小女孩，带有些许装模作样的可爱。

“嗯？”他扬起眉毛看她一眼，“你这么主动，简直让我受宠若惊。”

“惊你个头啊！”向小葵气鼓鼓地瞪他一眼，“你们谈得不错啊，聊得很开心嘛，反正都被他们卖了，不好好拱拱你这颗白菜简直是枉担虚名。”

“好啊，我乐意极了……”

邵年远的电话忽然响了起来，他看一眼来电，脸上立刻浮现出一种极其复杂的神色，但还是果断地按下了通话键，“薇薇，你好。”

向小葵不知道这通电话是什么内容，只觉得接完电话后的邵年远整个人都变得很不对劲。他不说话，像是在酝酿什么，或者是在斟酌什么，最后终于开口，“甘薇那边出了些问题，我们去看一看。”

我们，居然是我们！

向小葵简直要为邵年远的“高风亮节”大力鼓掌了。

首先，很懂事有木有！前女友的电话主动跟现女友报备，加十分！

其次，很有大局观有木有！有事要跟前女友见面还能主动邀请现女友监督，再加十分！

再次，对于前女友相约这件事，表现得还是非常有礼有节的，用词既不亲近也不疏远，加五分！

看在这样多的系统自动加分的分儿上，向小葵随他一去。不过话说回来，前女友什么的真的是很可怕的动物！

一路上邵年远一副看起来很担心的样子，不说一句话只是不停地抬起手腕看时间，惹得向小葵忍不住问，“事情是不是很严重？”

邵年远重重叹了一口气，“但愿不是像我想的那样，我听她说话觉得她情绪不太好。”

＝＝

情绪不好的前女友，危险指数更高了有木有！

他们用最快的时间赶到了甘薇在本市的住处。那是一栋很有艺术气息的老花园洋房，门外几株高大的梧桐，不难想象盛夏时亭亭如盖的场景。

邵年远很是轻车熟路的样子，这让向小葵觉得十分不爽，不过那感觉只存在了一瞬，她骂自己无聊。

门铃按了许久也不见有人来应门，邵年远拿出电话正想拨号，只见大门猛然被拉开，形容憔悴的甘薇出现在门口。她一见到邵年远就十分激动，直直扑到他怀里，默默流泪，小声抽泣。

向小葵对自己的人再次被人稍稍借用一下这件事表示暂时情绪还算稳定，甚至还仔细地打量起甘薇来。

长卷发披散在身后，标准的海藻般的长发，穿一件亚麻质地的吊带裙配开衫，赤脚……

她想一想，深深觉得人家这才是文艺女青年的典范。

不过，不得不说美人就是美人，那甘薇虽然看起来十分伤心，但是哭起来一点儿都不失态，只让人觉得她梨花带雨，楚楚可怜。

哭泣完毕的甘薇，终于从邵年远胸前抬起头来，鼻头和眼睛红红的，看起来像是受了很大的委屈。邵年远一脸坦荡，轻轻拍拍甘薇的后背，“薇薇，出了什么事？”

甘薇擦了擦脸颊上的泪痕，“年远，我怀孕了！”

神马!

向小葵黑线了，不是跟她家boss大人有神马关系吧，不然岂不是活生生的八点档狗血剧?

邵年远也一副被吓到的样子，连忙对向小葵投放了一个“不关我事”的表情。

向小葵虽然内心很不平静，但表现得还是十分淡定的。如果boss大人是经手人的话，那么女主角肯定不是这样的语气啦，所以她放心地继续默默无语做观众。

谁知接下来甘薇却投放了一个重磅炸弹，“年远，我们结婚吧！”

SECRET 15

结婚？

这下向小葵hold不住了，整个人彻底思密达，心想，芭蕾姐姐啊，我的人可以借你靠一靠，但是借给你结婚这不太好吧！

虽然小言女主在这种时刻应该无理由误会男主，然后做“你肿么可以这样对我”状，转身离去，可是她向小葵可不这么想，我家的白菜，凭神马让给别人拱啊！

于是她冷冷站在一边，静观其变。

邵年远还算处变不惊，既没有断然拒绝也没有什么不该有的反应，只是问，“你怀孕的事，他知道吗？”

谁？

芭蕾姐姐肚子里这娃的经手人到底是何方神圣啊，让如此优秀的孩儿他妈忧伤地见人就求婚，如果让她知道是谁，一定要在心里骂他个几百遍！

只见那甘薇的情绪几近失控，“他知道了又能怎么样，你知道，在他心里，我跟一件玩物没有任何区别，更何况，他那么清楚地告诉过我，他不会娶我。”

咦，果然是人渣男主啊，吃完不付钱什么的最无耻了！

邵年远扶着甘薇坐在沙发上，努力安抚她的情绪，“我这个外人不好多说，但是很多事情其实并不像你想象的那样。”

甘薇虚弱地笑了笑，“我很想生下这个孩子，但是一想到我自己，就没有了勇气。”

眼泪又在她脸上滑落，修长白皙的手指放在小腹上，“我不希望这个孩子像我一样，一辈子活在没有父亲的阴影里。”

好可怜哦，向小葵觉得自己马上就要落泪了，这种八点档经典桥段活生生出现在自己面前的时候，所带来的震撼还真是非同凡响。芭蕾姐姐真可怜，可是给娃当爹这件事有很多青年才俊都抢着做啊，就不要抓着她家白菜了吧……

邵年远拍了拍她的肩膀，“薇薇，你要知道，不管你有什么样的问题，我和叔叔都会竭尽全力帮你，我相信这件事也会妥善解决。你现在需要的是好好休息，弄清楚自己要的到底是什么，而不是随便找一个人结婚。”他转过脸看了向小葵一眼，“何况结婚这件事我也帮不了你，我已经有了小葵。”

没有想到自己也有出场机会的向小葵扬起了手跟甘薇简单打了个招呼，想也没想就说出了TVB经典对白：“你饿不饿啊，我给你煮碗面好不好？”

= =

没想到甘薇居然点头，向小葵只好钻进厨房就地取材下了一碗鸡蛋面给她。甘薇静静地吃面，向小葵没有想到美人吃荷包蛋的样子也可以那么美，这就是气质啊气质。

吃完面喝了汤之后的甘薇情绪果然好了许多，努力地对着向小葵微笑，“谢谢你，年远找到你是他的福气。”

那是当然，向小葵自豪地想，boss大人这样BT的人物，大概也只有耐受能力如她的人才能对付吧，她是代表月亮拯救各位美女的，嗯！（姑娘你傲娇了！）

拥有坏情绪是很耗费体力的一件事，甘薇很快因为疲倦被邵年远哄去睡觉。又找来了枝姐过来照顾，等一切安排妥当之后，他面色凝重地打了一个电话。

邵年远的态度和语气都是淡淡的，接通之后开门见山，“薇薇在翠溪路，她怀孕了。”说完便挂掉了电话。

“你打电话给孩子他爹啊？”向小葵一副“你居然这样”的表情，“我觉得boss大人您解决这件事的方式还真的是简单粗暴耶，身为人家前男友，难道不该‘圣父’一般地默默守护一下，照顾人家直到亲爹含泪赶到，然后再给他一拳吗？”

邵年远失笑，“你电视剧看多了。”

向小葵耸耸肩，“不过有的时候我真的觉得自己很不能理解电视剧里面那些情节，孩子明明不是她一个人造出来的，为什么要一个人做决定呢？就算两个人之间有什么问题，对方也有知情权对不对？超市要是没有收银员，人家到哪里去付钱啊？”

他笑着看着她，“如果是你呢？”

“怎么可能在我身上发生这种事。”向小葵嗤之以鼻，“凭我的聪明才智，怎么能让你吃完不给钱还逍遥法外，我是不会允许这种事发生的！”

“如果是你，你会怎么办？”

“去找你啊？”

“如果找不到呢？”

“找你爷爷。”

“然后呢？”

“讹一笔钱然后每个月再把账单寄给你啊。”

“为什么不是让我跟你结婚呢？”

“你要是肯结婚还会让我找不到你？”

= =

邵年远完全拜倒在向小葵强大的逻辑面前，一时不知道是应该解释还是应该反驳。

向小葵摊了摊手，“所以，这种假设根本毫无意义嘛，我相信你的为人，更相信我自己。”

邵年远忽然捏一下她的脸蛋，“没有想到我的小葵还这样有见地。”

她一脸鄙视，“那是因为你们都太不了解我！”

向小葵觉得自己待在这里也帮不到人家什么，大概也会给甘薇些许压力，于是对邵年远说："你在这里看着点吧，我先回去，她这么伤心，看到陌生人应该会尴尬吧。"

他揉揉向小葵的头发，把她拉进怀里，由衷地说："小葵，谢谢你。"

向小葵走出大门的时候还在想，自己绝对应该为刚才表现的高姿态喝声彩，不过转念又担心起来，自家的白菜就这样放在人家地里面，不会不安全吧？

╭(╯^╰)╮

邵年远直到当晚十一点才迟迟归来，一进门只觉得满室的宁静，一楼没有看到向小葵的踪影，她现在已经将二楼理所当然地当成自己的领地，有个人跟自己分享一切的感觉其实非常美妙。

他一边松领带一边上二楼，才走上去向小葵就疯了一般地扑上来，一把扯开他松了一半的领带，灵巧的小手开始解他衬衫上的纽扣，然后钻了进去。

邵年远不知道自己是应该表示惊讶还是享受，他做梦也没想到，深夜回家会受到这样热情的袭击，"喂，你想干什么？"

向小葵整个人都挂在他的身上，故意凑在他耳边说话，热气喷在他颈侧，"检查一下自己的白菜，有没有被来路不明的动物拱。"

邵年远只觉得好笑，而向小葵那只正在检查的手已经扯掉了他的衬衫，正在朝着皮带进军，却因为焦急而显得毫无章法。既挫败又哀怨地尖叫了一声之后，她不情不愿地从他身上跳下来，用一种复杂的眼光看着他。

那个眼神他曾经多次看到过，在向小葵面对复杂食物的时候通常就是这副表情，因为得不到满足而挫败的样子出奇的可爱。

结果这个可爱的表情在下一秒钟便已经化作凶狠，向小葵狠狠地把邵年远推倒在床上，然后自己立刻扑了上去，狠狠狠狠地吻了上去。

这好像是某人第一次这么主动，邵年远得意地想，其实换个人主动什么的也很有趣不是么。不过下一秒钟他就笑不出来了，因为他觉得向小葵似乎有点太过奔放了吧……

她的小手和嘴唇肆意地在他身上点火，而且在与他皮带的斗争中已经取得了阶段性的胜利，然后……

"向小葵，你在亲哪里？"

咦，这句话听起来怎么这么耳熟？向小葵抬起头来，对着邵年远妩媚地笑了一下，“难道你不喜欢？”

邵年远很想骂人，因为向小葵在他身上制造的混乱太过撩人，所以他的声音听起来十分危险，“你从哪里学会这招的！”

向小葵无辜地眨了眨眼睛，“咦，X漫里不都是这样的嘛，还用人教啊。”

……

他只觉得有团火在自己怀里燃烧，简直让他无法呼吸，热情、猛烈，像一只坏心的猎物，四处作乱。当你想抓住它的时候，它早已经溜走。

邵年远终于知道自己也有欲罢不能的这一天，深深觉得不能这样放任下去，于是捞起正在干坏事的某人，轻易地就夺回了主动权，唇舌强硬地制止那张刚才干了不少坏事的小嘴。这个吻气势汹汹，迫切而不耐，然而更加难得的是，两个人都是那样全情投入。

两个人一起点燃的火果然更加猛烈，向小葵后来简直对自己不怕死的挑衅懊恼得要死，主动扑倒的代价太大了有木有，只是为时已晚，付出的再也要不回去了。

向小葵简直有点佩服自己，在累成这个鸟样之后还有力气跟邵年远聊天，黑暗中她的眼睛晶晶亮，“来，我们八卦一下，亲爹赶来之后是很愤怒呢，还是很平静？最后大结局如何，是不是很八点档？”

他拍拍了她的小脸，“大结局就是男主角飞奔赶来，很冷静，没有愤怒也没有惊喜，事情都在他的掌控之中，不久的将来一家三口会过上快乐的生活。”

遇到这种事，怎么还有男人会平静啊，这样的大团圆也太无趣了吧！

向小葵表示对结局很不满意，“我觉得那个人一定有问题。”

邵年远轻笑一声，“他平静是因为他一早就已经知道，甚至不是他故意放任，薇薇怎么可能怀孕？”

“哇！”向小葵很兴奋，“居然是这样一个狠角色，小言男主典范有木有！有空带我参观一下。”

邵年远狠狠地把向小葵圈进怀里，“某些人居然在我的床上对别的男人感兴趣，嗯？”

“我那是担心芭蕾姐姐好不好，心思如此缜密的一个人，她的后半生哟……”

“这倒是真的。”邵年远很肯定地说，“薇薇从来都是那么聪明的一个人，但是总是在他面前方寸大乱，像个小女孩，不过也只有那样的人才能保护她吧。”

“你好像很惆怅嘛，看来我对我家白菜的保护力度有待加强啊！”

邵年远闻到了浓重的酸味，于是笑嘻嘻地问：“你没有什么想知道的吗？”

“不想！”向小葵扯过被子将自己裹进去，像一条蚕。

“我、薇薇、二叔，三个人之间不得不说的故事你也不想知道吗？”

“那就好好交代一下吧。”向小葵钻出被子，趴在他胸口上望着他，“来，邵先生，谈一下你跟你前女友是怎么回事？”

“她不是我前女友，我们从来没有交往过。”

“听说你从你二叔手上横刀夺爱？”

“事情不是那样的。”

“嗯？”向小葵用手狠戳某人胸膛几下，“你到底是不是真心交代啊？”

邵年远想了想，还是决定说重点，“薇薇的父亲去世的时候，选择邵谨言作为薇薇遗产的托管人，他大我们几岁，从来都对薇薇特别照顾，所以所有人都以为他对薇薇暗生情愫。甘家那边又有一群如狼似虎的叔叔、堂哥、表弟，所以也需要他去维护薇薇的权益，所以当时只好对外宣布他跟薇薇订婚。”

“所以说你二叔根本就不爱甘薇？”

“的确是这样。”

“那你带着你二叔名义上的未婚妻去公司年会示威肿么回事啊，我亲爱的boss大人？”

“呃……”邵年远想一想，“我跟她打赌输了，只好带她去。”

= =

"我怎么觉得甘薇是在欺负你啊！"向小葵相当愤怒，"邵年远，你放心，我不会再让别人欺负你了！"

她搂住他豪迈地表示，"以后你就只能被我一个人欺负了！"说完还安慰似地用下巴在他身上蹭了蹭。

"向小葵，我劝你最好老实一点。"

"嗯？"她不耐烦地蹭了又蹭，"邵年远，以后你给我记住，我家的白菜，只有我能拱！"

= =

短暂的沉默之后，她听见邵年远幽幽地说："那你要不要再来拱一遍？"

第二天早上向小葵腰酸背痛地醒来，只觉得自己连动一根手指的力气都没有了，哀怨地认为自己仿佛才是那棵可怜的白菜，一整个晚上被一头叫做邵年远的猪不知道拱了多少遍。

她想想就觉得挫败，所以赖在床上不想起来。

可惜没过多长时间就听见邵年远从楼下走上来，向小葵索性翻个身装睡，感觉他慢慢走近，俯身下来，熟悉的气味又萦绕在她的鼻端，热烫的呼吸则是越来越近……

在邵年远就要亲上来的时候，向小葵像是被什么东西咬到一般猛然坐起身来，一副"请你务必理我远一点的样子"，惊恐地看着他，"我警告你，不要再拱了。"

眼前的她眼中莹莹似有泪光，一张小脸皱成一团，怎么看都是一副小可怜的样子，邵年远失笑，"我怎么记得昨天我才是被拱的那一个。"

"喂！"向小葵愤怒地指正，"你这个坏蛋，不要得了便宜还装无辜。"

邵年远脸上的笑意更深，"这么快就忘记昨晚对我做了什么，难道现在你吃干抹净又不想付钱了？做人不能这样不负责任啊向小葵，我不介意身体力行帮你恢复一下昨晚的记忆。"

向小葵立刻又往床头缩了缩，连声音都在发抖了，“不用，不用回忆了，真的。”

惨痛的记忆又浮现在眼前，想想自己后来被摆布的程度，她觉得全身的血液都轰然涌上了脸。自己果真是用实际行动验证了小言中的那个真理中的真理，那就是——男人是不能挑衅的。

更何况是boss大人这种宇宙超级无敌大BT，他的技巧和力道对于她这个新手来说实在是太过高超，只觉得整个人都被他点燃了，连灵魂都已经幻化作火苗，正在熊熊燃烧。最后一次的时候她简直是毫无尊严地哭着求饶，可是在那种关头，眼泪什么的一点作用也没有，这一次的较量又以她的惨败告终。

虽然已经这样亲密，但是在清醒之后，向小葵仍旧觉得羞愧——倒不是觉得害羞，而是在气自己，为什么会想到跟boss大人这种禽兽争个高下？最后的结果就是死路一条，不对，是都已经死透了还要被他调戏!

这简直是太太太憋屈了!

向小葵哀怨地钻进棉被堆里默默对手指，她真的是没脸见人了。

邵年远看着那隆起的一坨，无声微笑，轻轻拍了拍她的屁股，“快点起来，怀恩约我们去观礼。”

咦，向小葵来了兴趣，有热闹要看喽。

原来邵谨言和纪怀恩最后决定不办任何的仪式，选择在年前最后一天的工作日去注册，只邀请了两三个至交好友去观礼。向小葵一边狼吞虎咽boss大人精心准备的爱心早餐一边想，邀请他们的一定不是boss大人那位极品的蜀黍。

因为是年前最后一个工作日，民政局的办事大厅里显得格外冷清，前来办事的市民少之又少，他们这票看热闹的观光团倒给这里增加了不少人气。

签字，盖章，宣誓，简单程序看在向小葵眼里却充满庄重的仪式感。不虚浮，不花哨，仿佛最简单的誓言，让人心头一暖。

拿到证书的纪怀恩显得相当兴奋，“总算是有营业执照啦。”

邵谨言淡淡微笑，眼里是不可言说的温暖，不过下一秒钟就听纪怀恩怅然地表示，“可是无照经营貌似也挺省事的，有了执照还得交税。”

＝＝

观礼结束，大家纷纷下楼，见证他人人生重要阶段的成就感油然而生，向小葵心情不错，仿佛心中全是满满的期待。

邵年远紧紧握住她的手，“中午带你去那个特别的地方。”

对哦，向小葵这才回忆起来，那个特别的地方她还没去过呢，兴奋得只差鼓掌，“有好吃的吗？”

还没等邵年远回答，就听前面纪怀恩和邵谨言大吵起来。邵谨言表情平静，可是眼中已经浮现出隐忍的愤怒，才领了证就吵架，这两个人还真的是与众不同。

不过，接下来发生的事情更加与众不同，只见纪怀恩转身跑进办事大厅，向小葵迅速追上前去想看个热闹。

只见纪怀恩把自己刚刚拿到手的红本本拍在人家的办事的柜台上，“我要离婚。”

办事员小妹像是没见过这种阵仗，弱弱地问：“您不是才结吗，这还没两分钟就要离啊？”

纪怀恩低声咆哮，“感情破裂了行不行啊！”

＝＝

小妹内牛了，大姐你家感情这是神马质量啊，裂得这么快！

向小葵鸡血了，你看人家！这才叫气魄有木有！

邵年远黑线了，纪怀恩这是闹得哪一出啊，影响太坏了有木有！带坏小朋友有木有！

邵谨言愤怒了，一把扛起合法老婆就走，在老婆奋力挣扎的时候还狠狠地拍了小屁股一下……

小妹对两个人离去的背影充满了畅想，“不……不是……裂了吗……”

邵年远有礼地解释：“所以他们回去修补了。”

＝＝

向小葵于是开始惆怅，结婚什么的，看起来好像很复杂嘛。不过想到等下大概就有美食可以享受，她还是忍不住喜上眉梢，让boss大人这样神秘兮兮很多次，该是怎样的美味啊。

邵年远带她去的地方倒真的是别致，湖边的别墅，风景好得要命，如果不是冬天，落地窗外应该是烟波浩渺的湖面，夜晚不知道会不会有渔火闪闪，荷叶田田。

几样小菜也真的是别致，清淡而美味，不过，这里一点也不像什么营业性的私房菜或者是私人会所，倒像是私人住宅，刚才服侍他们的人也觉得像是管家之类的多一点。

虽然美味，但是向小葵觉得这样的地方到底有什么值得邵年远心心念念地说了那么多遍要带她来呢，她还真的是有那么些许的不能理解嘛！

不过，这一点不重要。

再美味的菜肴，也要跟那个能让你高兴的人在一起吃，你才能尝到最美妙的滋味，她想，面前这个大概就是她的那个人吧。

饭后她照例开始瞌睡，不过邵年远却拉着她的手走到厨房，眼中闪烁着异样的光彩，“现在，特别的要来了。”

然后，向小葵看到自己万分熟悉的boss大人，被她指挥着做简单的小菜都磕磕绊绊的boss大人，居然穿上了围裙，然后不知道从哪里变出了一大堆材料，大声宣布，“今天，我要做一个蛋糕。”

她简直不敢相信自己的眼睛，只见邵年远熟练地把巧克力饼干压碎成粉末，接着将奶油加热化开倒进饼干末里，将它们搅拌成糊状的时候便倒进模具里，抹平之后放进冰箱冷藏。

“你居然有这种绝技！”向小葵由衷感叹。boss大人这种生物为什么总是能出其不意地迸发出另类的神奇？！

做完这一切之后他又开始新一轮的工作，先把掺了酸奶和糖的奶酪隔水加热直到慢慢融化，又打了几个鸡蛋进去，开始用打蛋器打这堆糊状物。他打得很仔细，仔细到向小葵都替他手疼，后来又加进了淡奶油，接着又是一轮打匀。

向小葵忍不住发问：“要把这个放进去烤吗？”

邵年远只是微笑，却没有回答，他取出一只包了锡纸的蛋糕磨具，小心地把刚才那堆糊状物倒进去，抹平，放好，塞进烤箱。

她以为这样就完成了，没想到接下来还有更重要的步骤，做巧克力浆。

向小葵看到邵年远把巧克力和黄油块放在碗里隔水加热，又分两次加进了淡奶油，不停地搅拌，直到他们完全地彻底地融合在一起。

邵年远操作的整个过程利落而敏捷，甚至合理地运用了统筹学的原理，像极了他做事的风格。

“接下来呢？”她有点好奇。

“接下来我们可以做的，只有等。”

于是两人开始了漫长的等待，等蛋糕烤好，等它冷却，浇上巧克力浆，然后放进冰箱继续等待。

向小葵于是发现等待是一种奇妙的感受，因为关注而了解，因为了解而感动，所以最后等待变成了兴奋和急迫，她甚至恨不得动手把钟调得快一点。

当邵年远把蛋糕从冰箱里端出来的时候，向小葵简直是激动得要冲上前去。不过他却不紧不慢地进行着最后的工序——码上草莓，撒上糖粉，一个完美的巧克力草莓乳酪蛋糕就这样呈现在她面前。

他小心翼翼地切一块给她，“尝一尝。”

因为等待的时间太长，向小葵觉得自己绝对不可能做到细细品尝了，但是狼吞虎咽什么的又仿佛太煞风景，何况这蛋糕真的是滑腻甜香，她觉得自己简直可以把整整一个都吞下去。

一块蛋糕吃完，向小葵脸上是满足的微笑，而最该有成就感的邵年远脸上却是难得一见的慌乱，“你，你吃完了？”

向小葵点点头，“很好吃，这是我吃过的最美味的东西。”因为她终于知道什么是幸福的味道。

“那你要不要再来一块？”邵年远诚恳地建议，语气甚至可以说是迫切的了。

“不了，我吃饱了。”向小葵眯起眼睛做了一个满足的表情。

她成功地看到邵年远呆在哪里，然后迅速地端起蛋糕转过身放在另外一边的流理台上，用叉子在里面翻找着什么，简直要把整个蛋糕都毁掉。

他甚至还摸出电话不知道给谁打了过去，压低声音的通话声隐隐传来——

“为什么找不到……”

“我就是按照你说的啊。”

“成功倒是很成功，可是……被她吃下去了怎么办？”

……

向小葵的心情更好了，这就是平日里冷静自若的boss大人啊；这就是面对什么突发状况都能泰山崩于前而不色变的邵年远啊；这就是世界上所有的事都在他掌控之中的他啊。此刻他慌乱的背影，在她的眼中，格外迷人。

“是在找这个吗？”一枚戒指出现在向小葵手上，钻石切割精美，闪耀着夺目的光彩，虽然粘上了巧克力什么的，但是挡不住那份璀璨。

邵年远松一口气，什么也没有说，只是直直地看着她，目光灼热，半晌才开口，“为什么藏起来？”

向小葵笑起来，一张笑颜异常明媚，“这种桥段人家小言男主早都用过了好不好。”

“只不过……”她笑得异常邪恶，“你比他们进步了那么一咪咪，他们的蛋糕是买来了，你是自己动手现做的。我很好奇，你是怎么放进去的？”

邵年远无奈又无力，只好先做揭秘工作，“最后放进冰箱的时候。”

“你说的什么特别的，其实就是这个吧。”

向小葵把那枚戒指戴在手上，邵年远心中一动，仿佛眼前有一树一树的花开。

“但是你知道吗？这个蛋糕其实比美钻更让我感动，你做它的时候是那么认真，让我见到另外一个你，或者……”她想了想，“这才是最真实的你，认真地做一件事，全心全意。”

邵年远小声咳嗽了两声，很正式，略带拘谨地说：“我有一个问题。”

向小葵没有等他说完就扑进了他的怀里，“我想，我已经回答了，不是吗？”

她看见那颗钻石，正在闪闪发光。

第二天便是除夕，按照邵家规矩，每一个家庭成员都要在这天回老宅团聚。邵伯扬特别嘱咐，向小葵作为候补家庭成员必须要列席。

于是候补成员从中午开始就步入了纠结和忐忑的心路历程，到了大宅门

口甚至不想下车，手指紧紧抓住车门，“我，我可不可以，不去？”

邵年远轻柔的，却是不容拒绝地掰开她的手指，把她拖下车后利落地关上车门，“你害怕什么，我们又不是要吃掉你。”

= =

可是，她已经被boss大人你吃过很多遍了有木有！

向小葵想了半天也找不出自己临阵脱逃的借口，只好认命地跟着邵年远一起赴这场豪门家宴，好在她对这里还不算陌生。一进大厅她就看到邵谨言和纪怀恩正在冷战，从昨天到今天，大过年的依然是一副剑拔弩张的样子。

两个人分头坐在长沙发的两端，纪怀恩两眼放空，邵谨言虽然不看她，但是向小葵觉得他的目光时刻萦绕在纪怀恩左右，不弃不散。

于是她诚恳地问，“你们……还好吧。”

“还在破裂中。”纪怀恩有气无力。

boss妈何莉莉不知道从哪里飘出来，“已经是夫妻了，哪有那么多过不去的。”

纪怀恩立刻做义愤填膺状，“大姐你知道他对我做了多么贱的事吗？骗了我这么长时间，如果不是今天接到那个电话，我都不知道自己被他玩了那么久！我要跟他离婚！”

“不可能。”邵谨言语气淡淡，但是神情却是一百分的坚定，“我邵谨言不会离婚。”

何莉莉却立刻表示，“谨言这就是你的不对了，骗人总归是不好。”

“对啊对啊。”纪怀恩极力争取群众们的支持与同情，在获得了何莉莉的赞同后，目标转到向小葵身上，“小葵葵，如果小远远从开始就设了一个大局让你钻进去，你会怎么样？”

“哼！”向小葵握紧了小拳头，“那就让他去死去死！”

邵年远心中一紧，脸上的笑意也带了几分不自然，“那，我怎么会……”

虽然新婚的两个人出了点问题，但是晚上的年夜饭还是在良好的气氛下进行的，见识过邵家早餐美味程度的向小葵对老宅厨房的手艺又有了更加深刻的认识，埋头苦吃，好不激动，紧张这东西是什么她已经彻底不知道了。

邵伯扬看起来心情相当不错，貌似不经意地问：“谨言，我的任务你们完成的怎么样？”

任务，虾米任务，明年抱孙子？

邵谨言相当淡定，在为依然别扭的纪怀恩盛了一碗腌笃鲜之后，慢条斯理地说：“正在按计划进行。”

“哦，很好。”邵伯扬十分满意。

接下来邵谨行开了口：“那么小远，你们的婚事准备得如何？”

噗——

虽然向小葵已经被人当着自己的面讨论过一次婚事，然后自己昨天貌似算是答应了吧，但是这次仍然不淡定地被白饭呛了一口。

邵年远微笑，“这件事……”

何莉莉皱眉，暗恨自家儿子的动作太慢，“你不会是还没跟小葵葵求婚吧，儿子啊，妈跟你说，这样不行的，你看你二叔都注册啦，咱们得跟上进度，听见没有？”

邵伯扬则是轻描淡写地说：“年远，你这种行动力，我觉得我有必要过问一下公司的经营情况了。”

= =

要不要这样啊，向小葵在心中默默吐槽，难道要主动亮一下自己闪闪发亮的手指？

还好纪怀恩眼神奇好，摇摇头笑道：“小远远的行动能力不容置疑哦，搞不好过几天我们就有热闹好玩的婚礼可以看了。”

顺着纪怀恩的目光，所有人都看到了向小葵手上的戒指。众人表情各异，当属何莉莉最开心，“这么说就是确定啦，什么时候我们双方父母见个面吧，婚礼你喜欢什么样的？准备什么时候要小孩呢？我最喜欢小孩子了！”

邵谨行显然对这件事也十分关心，愉快地表示，“我也很喜欢小孩子，我和你妈可以帮你们带，小孩比小牛犊什么的可爱多了……”

这是不是有点远啊？向小葵求助地看了邵年远一眼。boss大人果然是boss大人，关键时刻就开始发挥重要作用，“我和小葵有自己的计划，你们不用着急。”

这一关总算是过了，话题一转，落到了昨天才注册的二位新人身上，何莉莉对只注册就了事的结婚方式很不理解，“你们这样就算结婚啦，举行个仪式也很好啊。”

“不要啦。”纪怀恩叹口气，“大宴宾客什么的我会觉得自己像二婚哎，而且会有人说，这不是小远远以前要娶的那个？连带着小远远都会有二婚的感觉呢！”

她的目光转向向小葵，“小葵葵你不会想嫁个在人们眼中二婚的男人吧。”

= =

向小葵深深地汗了，其实她心中boss大人一直算是……二婚来着。

“所以嘛！”纪怀恩摊了摊手，“偷偷地进村，打枪的不要，这样最好了！”

于是，桌上的老老小小都一起一边黑线着一边沉默了。

年夜饭之后一家人照例是一起守岁，邵伯扬拉着邵谨行进了书房；剩下的叔侄俩居然破天荒地相处和谐，在一边的小厅里泡茶聊天；何莉莉对热热闹闹的晚会很有兴趣，节目的间隙则不断地为向小葵爆料boss大人小时候的各类糗事，事无巨细，精彩翔实，她觉得整理一下出一本二十万字的书一点问题都没有；而纪怀恩则是继续做怅惘状，眼神放空，看着窗外零星升起的烟花。

这样的除夕之夜，似乎也还蛮有趣。

不知道是不是怅惘得有点累了，纪怀恩伸个懒腰站起来，拉起向小葵说，“走，我们去厨房寻觅点夜宵吃吃。”

= =

她犹然记得纪怀恩在年夜饭的餐桌上战斗力也很强大，十二点不到居然全部消化掉了！真心很好很强大。

于是向小葵只好跟着纪怀恩去搜罗了几样小点心，不知道是不是吃饱了之后心情比较好，纪怀恩居然拉着她直直往正在喝茶聊天的那叔侄俩身边走去。

纪怀恩一边把一块凤梨酥吞下肚一边对邵年远说：“小嘉要我替她谢谢你，你送给周先生的零食狗粮玩具它都非常喜欢，期待着哪天能再见到亲爹一面。”

邵年远摇摇头无奈地笑，“如果它对自己的体积有自知之明的话，我觉得我可以在它需要寄养的时候承担一下亲爹的责任。”

自知之明，这种东西肯定不会出现在周先生身上，向小葵一想到某只的热情就觉得有点小崩溃。

纪怀恩吃掉凤梨酥之后直接拿起邵谨言的茶杯喝了一口，然后继续对邵年远说：“那天我在我妈那里的社区看见你们公司那个宠物牛奶的专营店了，以前不是还在配送么？”

宠物牛奶？你们公司？

仿佛是哪里有点问题？向小葵抬起眼睛看了邵年远一眼，果然某人神色紧张，比昨天找戒指时的慌乱有过之而无不及。

“新产品到了一定阶段，营销策略肯定会改变。”现在说话的是邵谨言，他轻描淡写地说：“底下分公司那么多，也不是每一个决策我们都要过问。”

= =

就不要欲盖弥彰了吧，蜀黍大人，向小葵在心中冷笑，你亲爱的侄子我尊敬的boss大人做过神马我已经完全彻底地猜到了，哼哼，回家再跟他算账。

邵年远大约是觉得情势不对，忙拉着她往大厅走去，刚走到玄关处就听见门铃声响起，除夕夜难道还有客人上门不成？门很快被打开，一个向小葵觉得十分熟悉的声音在门外响起。

“外公睡了没？我的航班居然取消了，好容易改签转机才回来，快快快，我饿死了……”

“步步，你为什么会出现在这里！”

向小葵在看到步浅的那一刹那不能淡定了，太多蛛丝马迹在她脑海中织成一张网，而被网在里面的可笑猎物就是自己！

她十分平静地问邵年远，“那个宠物牛奶是我们公司旗下的产业？”

“是。”在这个关头，邵年远只得实话实话。

“那么……”向小葵指了指步浅，“他是你表弟？”

“没……错……小葵你听我说……”这回出声的是步浅，“其实不是你

想的那样。”

向小葵冷笑了一声，“那是怎么样啊？你的二楼没有被买走？”

“这个可以有啊，小葵，是被表哥买走的。”

“然后在我面前你们还装不认识？”

“冤枉啊，这是表哥要求的。”

“然后你还看着我被你亲爱的表哥带回家？”

“呃……”

“好了，我明白了，这也是你亲爱的表哥要求的。”

纪怀恩在一边凉凉开口，“哇哦，小远远，你好像跟你叔叔一样做了神马不可告人的事情哦。”

向小葵神情平静地松一口气，“原来是这样。”

她忽然觉得很热，很想出去喘口气，于是她径自往大门走去，走到步浅身边的时候还拍拍他的肩膀，“厨房还有菜，祝你吃得开心。”

只是她的手指还没触到大门的把手，就被一股很大的力量扯了回来。

原来是邵年远，只是他并没有将她拖回去，而是紧紧滴抓住她的手，打开大门，拉着她几步走到了车库，不由分说就把她塞进了车里。

“喂……”向小葵抗议，“你要带我去哪里？”

“我们去一个地方，很快。”

= =

可是，今天是大年夜哎！

果然很快，因为这个时候的城市简直是空的，偶尔有车辆在路上驶过，不是垃圾车就是警车，烟花一朵朵在城市上空绽放，繁华而耀眼。

邵年远带她来到上次看月亮的那个山上，也不说一句话，只从后备箱里取出一只望远镜，熟练地架起来，调整好角度之后，拉着她站到了望远镜面前。

“你看，在十点钟方向，有一颗星星。”

向小葵终于在十点钟方向找到了他说的那颗星星，不太明亮，但是却散发着温暖的光。

“这颗星星，会叫你的名字。”

邵年远平静地告诉她，那样子仿佛是在对她说，这个鸡腿给你吃……

看着向小葵疑惑的表情，邵年远微笑着解释，“这是我发现的一颗小行星，我已经向国际天文学会申请，这颗星星用你的名字命名。”

“可是……”向小葵若有所思，“这一招，偶像剧已经用过了耶！我上个礼拜才看过……”

邵年远从心中生出浓重的无力感，爱上这样一个人，不知道是不是自己的宿命，“那怎么能一样。”

他吐血了，自己的这一颗怎么能跟从NASA网站上几十美元买来的星星相比。

“我观测了五年，直到今天才得到国际天文协会的确认通知，所以，我想把它送给你。”

他其实并不是想用这一招求得她的原谅，甚至不是想要让她感动，那只是爱上一个人之后，自然而然就想将自己最重要的东西与她分享。

而向小葵却只是静静望着他，不发一语。

“太贵重了。”向小葵终于冷静地开口，甚至有些惆怅，“你给我这么多，我该拿什么回报你？”

“时间。”

“咦？”

“用一辈子的时间来交换吧，向小葵，用你的一生换我爱你。”

“成交。”

“可是……”向小葵想一想，“我有一些话，一直都很想对你说。”

她看着他的眼睛，忽然笑了。

“我一直觉得你这样的高帅富就应该找个一位仙女，无论如何也不会看上我，你的经历，你的家庭是我可望而不可即的，我们两个就像一个星座里的两颗星，看起来那么远，实际上更加远。”

邵年远没来由地紧张起来，只听她继续说道：“但是那又有什么关系，因为我也是这个世界上独一无二的，我会用生命的每一分钟认真去爱你，我会跟你分享我的世界，它们虽然不同，但是不会有高低之分。

“我今天才知道，原来是你让我丢掉兼职工作，你害我无家可归，一直以来你还无数次捉弄我，设计我，简直恶贯满盈……

“可是我知道，你这样无非是想在我面前表现自己，让你多一点机会在我身边，你那些伎俩，不过是想要我们更近，我其实，还是有那么一点点小开心。

“看在你还不知道自己爱我的情况下，你就做出了那么多令人发指的BT事，以后你会怎么样呢？这太让人期待了是不是？

“所以，邵年远，事情虽然跟我想象的一样，你骗了我那么多，骗了我那么久，但是我原谅你，这段日子我想明白了，你高帅富这个缺点我勉强可以克服一下，你BT的人格缺陷也可以忽略不计，谁让我听说你爱我呢？”

大概是到了十二点，无数朵烟花此刻在他们脚下盛开，此情此景，美妙的不可思议。

“嘿。”邵年远轻轻将她拥在怀里，“亲爱的，你好像知道的太多了。”

那些作者懒得写的事和boss大人不得不说的故事　番外

某个好的不能再好的日子，boss大人不情不愿地坐在会所的僻静角落，皱着眉头接受自家集团旗下某杂志的专访。

记者：今天特别高兴能访问到两位。

小葵：会上封面不？

记者：会的。

小葵（迫切地）：能把我PS得漂亮点吗？

记者：= =

boss大人（皱着眉，公事公办地）：你应该算是我们的员工吧？

记者（惊恐）：是的，邵先生。

boss大人（故作面无表情状）：你明白就好。开始吧。

记者：呃，那第一个问题，请问邵先生跟邵太太是怎么认识的呢？听说是办公室恋情是吗？

小葵：我不是邵太太，我们还没有结婚。

boss大人（斜眼看了身边某人一眼）：那不是重点。

小葵（恍然大悟）：哦，是说初次见面吗？那是在他的婚礼上。

boss大人（下巴抽搐了一下）：有一次我去他们学校演讲，然后向她问路。

小葵：为什么我没印象？！

boss大人：你收了我五块钱然后还塞给我一张餐饮发票。

小葵（恍然大悟）：哦，那我一定是给你打过折了，问路一般我都是收十块的。

记者（擦汗）：还真是浪漫呢。

小葵（挠头）：浪在哪里了啊亲！

boss大人（继续面无表情）：嗯，下一个问题。

记者：那彼此对对方的第一印象是什么呢？

小葵：被人抛弃的苦逼高帅富！

boss大人（思索了一下）：某种很能吃的粉红色小动物。

小葵（气急败坏）：你才是猪！

boss大人（点点头）：这是你自己说的。

记者：那么在两个人交往过程中对方做的最令你感动的一件事是什么呢？

boss大人（得意ing）：她说以后不会让别人欺负我。

小葵：什么啊，boss大人您理解错误了，我是说以后你只归我一个人欺负。

记者（擦汗）：二位真幽默。

小葵（思索状）：我还没回答是吧，他做了许多事都很让我感动。

记者：印象最深刻的是？

小葵：做蛋糕给我吃。

记者：那真的很让人感动呢。

小葵：但是我指使他做饭那次我最有成就感。

boss大人（继续面无表情）：可以换下一个了。

记者：听说邵先生是用一颗星跟向小姐求婚成功，所以很多读者都特别希望向小姐可以分享一下当时的感受。

小葵：可是星星不是用来求婚的啊。

记者：那么是……

小葵：是他在危机公关啦。

boss大人（三条黑线）：你确定你要用这个词？

记者：那么你在收到星星之后激动吗？

小葵：当时还蛮激动的。

boss大人（得意ing）：我觉得这是我这辈子送的最真诚的礼物。

小葵：但是回去吃完夜宵之后就不激动了。

boss大人：你明明在吃完夜宵之后还是很激动。

小葵：那是被虾饺打动的。

记者：= =听说邵先生是一位天文爱好者，也知道您是名校毕业那么您是在大学学习相关专业吗？

boss大人（自豪地）：我大学的专业是建筑，专业方向其实是城市地下工程……

小葵（惊喜地）：造下水道吗？那以后家里下水道你解决啊！

boss大人（忍无可忍）：都说了，不是下水道。

记者（慌忙转移话题）：向小姐你的专业呢？

小葵：物流管理。

记者（懵懂地）：那是……送快递？

小葵（看着boss大人）：这杂志是我们家的吧？

boss大人（面无表情）：下一题。

记者：两位平时在家喜欢做些什么呢？

boss大人（沉思后，坏笑ing）：喜欢做的事情恐怕不方便说。

小葵（手扶着额头）：boss大人请您收起那淫邪的眼神吧！

记者（换了张纸巾继续擦汗）：那就请介绍一些方便的内容吧。

boss大人（难得一见的微笑）：听古典音乐，看书。

小葵：我跟他差不多，我喜欢听相声，看漫画……

记者：……（差别挺大的啊，亲！）

记者：最想对对方说的一句话是什么？

boss大人（清了清嗓子）：还是那句话，我想把我世界里的所有跟你分享。

小葵（思索了半天）：能做一个榴莲芝士蛋糕给我吃吗？

记者：就这样吗？

小葵：那就再做一个柠檬慕斯蛋糕？

boss大人（不耐烦）：可以结束了吗？

记者（战战兢兢）：可以了，邵先生……

boss大人（满意地）：那我回去做蛋糕了。

小葵：哦耶！

记者：（这真的是一对极品啊）

原来你也在这里

邵谨言其实很少来自己在邵氏集团的办公室。

虽然他也曾经在这里工作过一段时间，但是自从离开之后便对这里产生了一种很奇怪的感觉，谈不上厌恶，也不是恐惧，总之就是不想面对这里，他也不知道应该如何形容和解释，也许只是，不愿。

不愿想起，不愿忘记。

后来他渐渐明白，这里是他第一次看见她的地方，留下了太多关于她的痕迹，她跌倒的电梯，发呆的窗边，因为压力太大躲起来吃零食的角落……他一直刻意地将关于她的一切东西从自己的生活中剥离，那些书，那些电影，那些相聚和别离，甚至还有这里，他们相识的地方。

如果不是有一个会议必须要他参加的话，他想自己也一定不愿回到这里，看不到她的日子已经过去了那么多天。

一想到那天的婚礼，邵谨言只觉得这是他此生见过的最大的闹剧，落跑的新娘，得意扬扬的新郎，惊诧愕然的宾客……他不知道她到底是怀着怎样的心情做出了这样的事，而他，居然在最该感到愤怒的时候，感到了一丝轻松。

所以年远才会说，这场闹剧成全了我和他。

邵年远可以继续逃避责任，逍遥快乐地继续任性妄为。而他，大概是真的松了一口气吧，因为他知道，即便她不逃跑，他也会阻止这场婚礼。

他终究没有办法眼睁睁地看着她嫁给别人。

今天距离那场闹剧一样的婚礼过去了48天，而他，依旧没有她的任何消息。

一个人要做多少努力才能消失在这个世界上？

他知道她一定是蓄谋已久，现在不知道正在世界的哪个角落等着看他手忙脚乱，失措茫然，或者就在这个偌大的城内，每天留意各类关于那场婚礼的报道，然后露出得意的微笑。

她是一个圈套，而他，唯一能做的只有画地为牢。

会议结束已经是中午，他特意在三十楼停留了一会儿，落地窗下是这个城市最美好的风景，车水马龙，红尘陌陌，她曾经说在这里伸出手仿佛便握住了整个世界。而他，曾经因为在她的世界里，并没有自己的名字。

她，现在又在世界的哪个角落里呢？

手机响起收到新邮件的声音，来自工作邮箱，整个邮件只有一张照片，是她，在海边穿着纱裙，美的像她身后的朝阳。

没有时间，没有地点，只有发件人他还算熟悉，他亲爱的侄子，她的前任未婚夫。

他笑一笑，关掉了邮箱，把手机紧紧地攥在手里。

专用电梯检修，邵谨言只好乘员工电梯下去，下到某层的时候，正好有HR主管带着助理抱着大堆纸张进来，小助理大概是很惊讶会看到他，手一抖，纸张落了一地。他好心地帮忙收拾，原来是简历，目光却忽然被某份简历上的小脸吸引，原来是那个人。

HR主管连忙解释，“这是前几天从招聘会上带回来的简历，这些都不太符合公司的要求。”

“哦。”他随手翻了翻这份简历，“这个人，我们应该有合适她的职位吧，有时候，是要多给年轻人一些机会。”

HR主管战战兢兢地接过了那份简历，忙不迭点头，“是。邵先生说的对。”

邵谨言不再说话，思绪回到了48天前，那一天，也只有那个女孩子还算有趣，邵年远，这就算是叔叔送给你的一份谢礼。

我爱你

某一天，向小葵忽然想起一个很关键的问题。

“你是什么时候爱上我的呢？”她笑得好不得意，用手指戳戳正在电脑前看邮件的某人，“大家都这么熟了，坦白一下嘛。”

boss大人看她一眼，沉默不语。

“你这是害羞吗？那我来做选择题好了。”向小葵拉过椅子坐下，双手捧脸撑在桌上，“第一次见到我？”

“你骗了我的钱还指错路那次？”boss大人皱着眉头，“我又不是斯德哥尔摩症候群。”

“那就是我们在你婚礼上戏剧性的重逢？”

“当时你嘴里全是蛋糕，然后盘子里的食物堆得跟小山一样高，光饮料你就拿了三杯……”

“……”

“不会是我三拳两脚踹好了饮水机吧，你被我身上的侠义之气深深打动。”

“你觉得踢饮水机这件事是路见不平还是见义勇为呢？”

“……”

“那就是你爱上了我做的早餐，我先征服了你的胃，然后征服了你的心？”

“那么你呢？向小葵，你爱我哪一点呢？”

“呃……”向小葵痛苦思索，“反正……反正不是你的钱。”她可是很有节操的向小葵呢！

“哦，我明白了。”boss大人一脸了然，“原来你爱的是我的身体。”

= =boss大人你可以再无耻一点！

“所以……”boss大人伸出手狠狠捏了一下向小葵的脸蛋，“你不知道，我也记不清，我们扯平。”

好吧，其实这个世界上哪有那么多的为什么呢？我爱你，不过是因为那个人，就是你。

战斗力

很久之后的某天，乖巧聪明可爱的周先生终于得到了去亲爹家寄养的机会，而且可以在邵家老宅这种拥有开阔庭院的地方奔跑，真的是太开心啦。

周先生虽然从小在姨妈家长大，并且跟姨夫建立了深厚的关系，但是从心底里还是觉得，亲爹毕竟是亲爹啊，是它从一窝分外能吃的小狗中挑选了自己，送给了自己那个不靠谱的亲妈，于是不靠谱的亲妈又把自己快递给了姨妈，于是它才能过上幸福而快乐的狗生！

今天，当姨妈和姨夫再次出门去拍婚纱的时候，虽然好基友美丽被送去了宠物店，但是它却被领来这里跟亲爹团聚！好幸福有木有！好感动有木有！

所以，当包子姐姐去接自己的时候，周先生激动地把她扑倒了！虽然包子姐姐依然笑嘻嘻像以前那样很高兴啦，但是亲爹他居然在狠狠瞪自己……

周先生的玻璃心碎了一地，原来自己在亲爹心目当中是不受欢迎的小孩啊！呜呜呜呜，周先生只觉得狗生从此黑暗下来，连平日里难得玩一次的捡东西游戏都木有了兴趣，包子姐姐居然还不明白它的心，一边给它扎小辫一边说，“周先生你怎么啦？要不要我弄点包子给你吃啊？”

于是包子姐姐欢快地去觅食了，其实周先生心里明白，那是包子姐姐自己饿了有木有！

所以亲爹义不容辞地接手了自己，不过捡东西游戏没有了，亲爹牵着它走到了花园里一位老爷爷面前，恭敬地喊了一声，“爷爷。”

原来是太爷爷啊，周先生心里激动地想，听说今天是太爷爷的生日呢，所以亲爹和包子姐姐才会带自己来这里，不知道自己现在跟太爷爷说“汪汪汪汪”之后，晚上的蛋糕会不会有它的份呐，不过如果不给它吃它也没办法啦，谁让亲爹他们这些人类汪星语没有过四级呢。

只听太爷爷和蔼地说，“小葵呢？”

“去厨房给狗找点吃的。”

“是她自己饿了吧。”

= =

太爷爷你好了解包子姐姐哦。

亲爹只是微笑，现在这种眼神按姨妈的话来说，那就叫做肉麻兮兮！

只听太爷爷又说：“不过整个家里，就属她最有趣。”

“我第一次见到她的时候，就听见她拒绝你。”太爷爷得意地说，“这个世界上有谁拒绝过你呢？连我都没有过呢。”

亲爹又笑了，问太爷爷，“其实我一直不明白，爷爷为什么那么喜欢小葵，她实在不是你欣赏的类型，我一直以为，你喜欢的是薇薇，或者是怀恩这样的女孩子。”

太爷爷挑了挑眉毛，笑了，“做我邵家的媳妇，当然要是最出色的。她们跟向小葵怎么能比，小葵多有战斗力。”

“战斗力？”亲爹反问，眼中全是不解。

周先生也不明白战斗力是什么，能吃咩？

太爷爷不顾亲爹迷惘的眼神，自顾自说道：“下次再有不怕死的老家伙办寿宴，我就带上小葵一起去！”

此话一出，亲爹顿时石化了：“爷爷，我觉得最有战斗力的，是你。”

周先生想，寿宴好玩咩，太爷爷你下次要不要带汪一起去……